ロンドン幽霊譚傑作集

夏来健次 編

[illegible]文化・産業ともに飛躍を遂げた大都市ロンドン。その栄華の陰では、犯罪のもたらす恐怖、そして超自然がもたらす恐怖が蔓延していた——晴れ渡ったケンジントン・ガーデンズの一角で目に見えぬ何かと交信する、美しき寡婦を巡る愛憎劇を主軸とした出色のサスペンス「ザント夫人と幽霊」。アイルランドのバンシー伝説を背景に、野心家の外科医が運命の奇蹟に遭遇する「ハートフォード・オドンネルの凶兆」。周囲から憧憬を集めた愛らしい令嬢が、死に際に抱いた最後の願いを描く「揺らめく裳裾」ほか、魔都ロンドンを舞台に贈る様々な趣向のゴースト・ストーリー13篇を収録する。集中12篇が本邦初訳。

ロンドン幽霊譚傑作集

W・コリンズ、E・ネズビット他
夏 来 健 次 編

創元推理文庫

Mrs. Zant and the Ghost:
and Other Twelve Victorian Ghost Londoners

Edited by

Kenji Natsuki

2024

目次

ザント夫人と幽霊　ウィルキー・コリンズ　一一
C―ストリートの旅籠（はたご）　ダイナ・マリア・クレイク　六七
ウェラム・スクエア十一番地　エドワード・マーシー　九三
シャーロット・クレイの幽霊　フローレンス・マリヤット　一一五
ハートフォード・オドンネルの凶兆　シャーロット・リデル　一四五
ファージング館の出来事　トマス・ウィルキンソン・スペイト　一七七
降霊会の部屋にて　レティス・ガルブレイス　二〇五
黒檀の額縁　イーディス・ネズビット　二三五
事実を、事実のすべてを、なによりも事実を　ローダ・ブロートン　二五七
女優の最後の舞台　メアリ・エリザベス・ブラッドン　二七九
揺らめく裳裾（もすそ）　メアリ・ルイーザ・モールズワース　三〇七
隣牀（りんしょう）の患者　ルイーザ・ボールドウィン　三三七

令嬢キティー　ウォルター・ベサント、ジェイムズ・ライス　三五九

編者あとがき——魔の都、霊の市／夏来健次　三八八

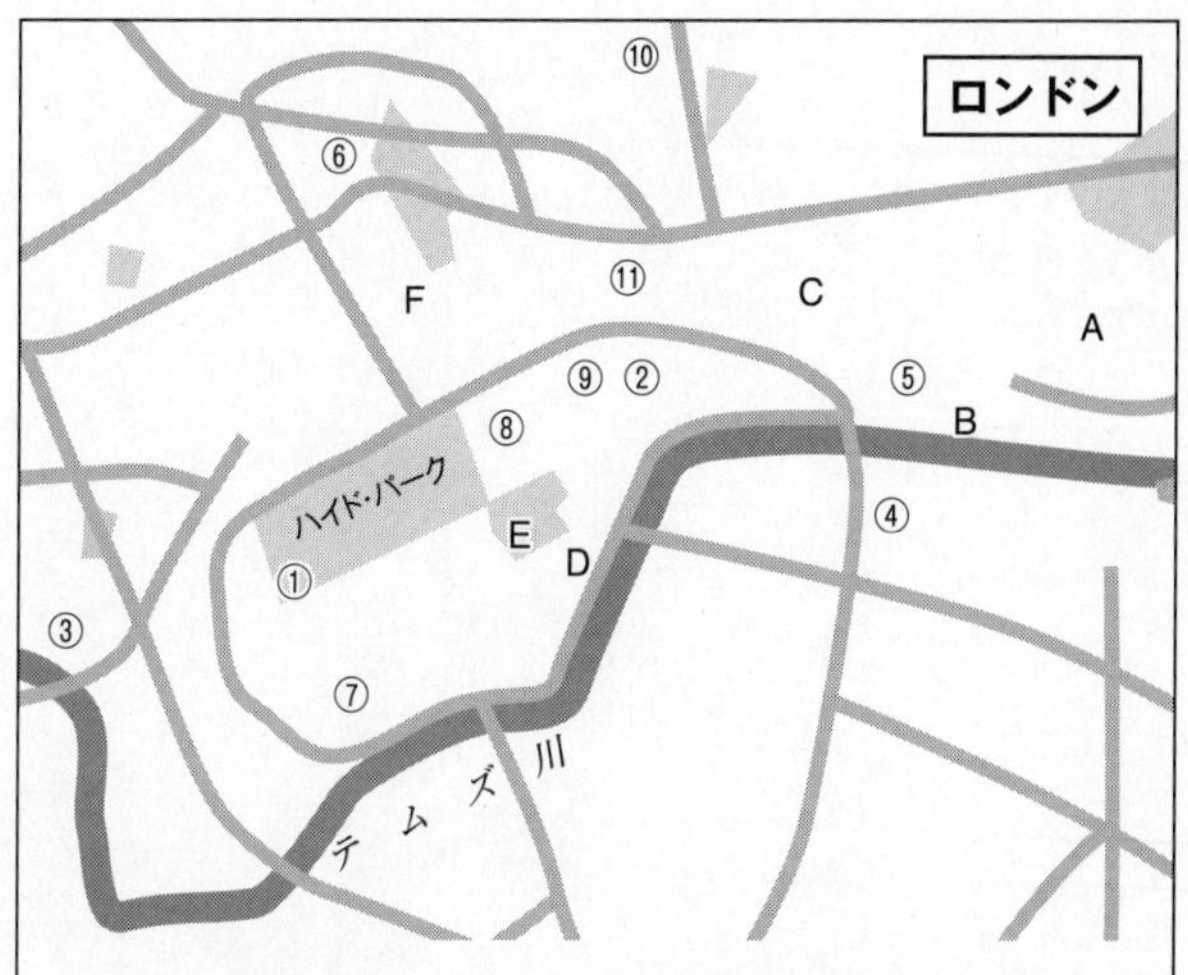

① ケンジントン・ガーデンズ
(「ザント夫人と幽霊」)

② ドルリー・レーン劇場
(「C——ストリートの旅籠」)

③ ハマースミス
(「シャーロット・クレイの幽霊」)

④ ガイ病院
(「ハートフォード・オドンネルの凶兆」)

⑤ ギルドホール
(「ファージング館の出来事」)

⑥ リージェンツ・カナル
(「降霊会の部屋にて」)

⑦ チェルシー
(「黒檀の額縁」)

⑧ バークレー・スクエア 50 番地
(「事実を、事実のすべてを、なによりも事実を」)

⑨ ロイヤル・オペラ・ハウス
(「女優の最後の舞台」)

⑩ リヴァプール・ロード
(「令嬢キティー」)

⑪ 大英博物館
(「ウェラム・スクエア十一番地」)

A ホワイトチャペル
(切り裂きジャック事件現場)

B ロンドン塔、タワーブリッジ

C セント・ポール大聖堂

D ウエストミンスター寺院

E バッキンガム宮殿

F ベイカー・ストリート
(シャーロック・ホームズ所縁の地)

1899 年のロンドン地図を元に作成

ロンドン幽霊譚傑作集

ザント夫人と幽霊

ウィルキー・コリンズ

（平戸懐古 訳）

Mrs. Zant and the Ghost (1885)

by Wilkie Collins

ウィルキー・コリンズ（Wilkie Collins 1824－1889）

正式名ウィリアム（William）・ウィルキー・コリンズ。十九世紀英国を代表する大衆娯楽作家の一人で、当時ベストセラーとなった大作『白衣の女』（国書刊行会 ゴシック叢書／岩波文庫）と、ミステリー小説の古典『月長石』（創元推理文庫）がこんにちでも名高く、後者のロングセラーにより東京創元社とも縁が深い。

「ザント夫人と幽霊」（Mrs.Zant and the Ghost 1885 ※別題 The Ghost's Touch にて雑誌初出、同年現題に変更して作品集に収録）はこの作者らしいミステリー味のある幽霊譚として優れる。タイトルに「幽霊」とありながら本文では一度もその語が使われていないのもユニーク。『白衣の女』『月長石』との仄かな関連性も。

前半の重要な舞台となるケンジントン・ガーデンズはロンドン中心部においてハイド・パークの西側に隣接する広大な王立公園で、敷地内にケンジントン宮殿が建つ。舞台がロンドンを離れる後半でもその公園空間からの谺が響いているように思われる。

森英俊／野村宏平編『乱歩の選んだベスト・ホラー』（ちくま文庫）に「ザント夫人と幽霊」として既訳があり（村上和久訳）、新訳に際し参考にさせていただきました。訳者に代わり謝意を表します。（夏来筆／以下同）

一

この物語は、肉体を失った霊魂が地上に戻ってくる様子を描き、読者諸賢（しょけん）の認識を新たな地平へと導くものである。

すべてが曖昧（あいまい）に溶ける真夜中ではなく、真昼の鋭い陽光のもとで、この超自然的な影響力はその姿を現した。といって眼に見えたのではなく、声が聞かれたのでもない。それは容易に欺（あざむ）かれることのない感覚によって、いずれは塵（ちり）となるひとの身に知覚されることとなった。つまり触覚である。

この出来事の記録は、聞き手によって相反する印象をもたらすだろう。ある者には理性の弁ずる疑念が持ちあがり、またある者には信仰の認める希望が湧きあがるはずだ。そして総（すべ）てのひとの辿る運命という恐ろしい謎を、何世紀もの調査が見逃してきた場所にふたたび置き忘れてゆくだろう――闇のなかに。

この物語において筆者は、一連の出来事に沿った道行きを辿ることだけに専念し、自身の意見を世間に押し付ける今風の方法に従うことはしない。出てきた影のなかに戻ってゆき、懐疑（かいぎ）と信念の両勢力に、古くからの戦場で古くからの争いを続けさせておくことにしたい。

二

その出来事は、十九世紀も三十年が過ぎた頃に起こった。

ある晴れた朝、四月頭のことだったが、中年の紳士（レイバーンという名だ）が娘のルーシーを連れて散歩に出かけ、ロンドン西側にある緑豊かなケンジントン・ガーデンズまでやって来た。

数名の友人らによれば、レイバーン氏は（悪い意味でなく）控えめで孤独を好む人物だった。精確を期すならば、一人娘にその身を捧げる寡夫(かふ)ということになったろう。せいぜい四十歳というところだったが、このルーシーの父親にとって人生を楽しいものとする唯一の喜びは、ルーシー自身から得られるものだけだった。

ボールで遊びながら、この娘は公園の南端まで駆けていった。そこはいまでも古くから建つケンジントン宮殿の近くに位置している。そばに広々とした屋根付きの休憩所、英国でアルコーヴと呼ばれる東屋(あずまや)があるのを見て、レイバーン氏は外套(がいとう)に今朝の新聞を突っ込んできたことを思い出し、座って読むのも悪くないと考えた。まだ朝早く、辺りにはひとの姿もない。

「遊んでいなさい」彼は言った。「でも私の眼が届くところに居るんだよ」

ルーシーはボールを放りあげ、父親は新聞を開いた。十分も読まないうちに、見知った小さな手が膝に載るのを感じた。

「もう疲れたのかい」彼は訊ねたが、眼はまだ新聞に向けられていた。

「怖いの、お父さん」

彼はハッと眼を上げた。娘の青ざめた顔に驚いた彼は、彼女を膝に抱えてキスをした。

「怖がることなんてないじゃないか。お父さんがついてるよ」彼は優しく言った。「どうしたんだね」言いながらアルコーヴの外に眼をやると、小さな犬が一匹、木立の只中(ただなか)にいるのが見えた。「あの犬かね」彼は訊ねた。

ルーシーは答えた。

「犬じゃないの――おんなのひとだよ」

女性の姿はアルコーヴからは見えなかった。

「そのひと、なにか言ったのかね」レイバーン氏が訊ねた。

「言わないよ」

「なにか怖いことをしたのかね」

娘は父親の首に抱きついた。

「大きな声は止めて、お父さん」彼女が言った。「聞こえちゃうかもしれないから。あのひと、頭が変なんだと思う」

「どうしてだね」

「あのひと、わたしの近くに来て、なにか言うのかと思ったの。具合が悪そうだった」

「ふむ。それでどうしたね」

「わたしを見てたの」

ルーシーはどう続けるべきか判らなくなり、口を噤んだ。

「まだそんなに怖くはないね」父親が先を促した。

「うん、お父さん——でもそのひと、わたしが見えてないみたいだったの」

「なるほど。それでどうなったね」

「そのひと、なにか怖がってた——それでわたしも怖くなったの、たぶん」娘は強く言い直した。「きっと、頭が変なんだよ」

レイバーン氏が考えたのは、その女性が盲目である可能性だった。確認するため、彼はさっと立ち上がった。

「ここに居なさい」彼は言った。「すぐに戻ってくるからね」

だがルーシーは両手でしがみつき、ひとりになるのは怖いと言った。ふたりは一緒にアルコーヴを出た。

視界がずれると、すぐに件の人物の姿が見えた。木の幹にもたれかかっている。未亡人の着る正式な喪服を身に纏っている。青ざめた顔と生気のない眼は、娘の感じた恐怖を充分に説明していた——彼女が物騒な結論に辿り着いたのも致し方ない。

「もっと近くに行って」ルーシーが囁いた。

ふたりは数歩だけ前に出た。その女性がまだ若く、病気で消耗していることがすぐに見て取れた——ただ（こうした状況では疑わしい結論かもしれないが）幸福だった頃には、魅力的な顔貌をもった人物だったと思われた。父と娘がさらに近づくと、この女性はふたりに気が付いた。すこし躊躇したのち、もたれていた木から離れ、明らかに話しかけようという意図で近づいてきて、それから突然に立ち止まった。驚愕と恐怖が、虚ろだった眼に生気を与えた。それまではっきりしなかったが、いまや彼女が見捨てられて途方に暮れた盲者でないことに、疑いの余地はなくなった。しかし同時に、その表情は理解しがたいものでもあった。もし観察者ふたりがその場から忽然と消えたとしても、彼女がいま以上に驚き戸惑うことはなかっただろう。

レイバーン氏は出来るかぎりの優しい声音と態度でもって話しかけた。

「失礼ですが、体調が悪いのでしょうか」彼は言った。「なにか私に出来ることが——」

次の言葉は舌先に留まってしまった。こんな事態を呑みこむことは困難だったが、しかしこの女性がもたらした奇妙な印象は、いまや確信となった。自身の感覚を信じるならば、その表情は彼女にレイバーン氏のことが見えておらず、その声も聞こえていないことを雄弁に語っていた。彼女は重い溜息とともにゆっくりと歩み去った。希望を失って悲しみ苦しむ者のようだった。その姿を眼で追ってゆくと、ふたたびあの犬の姿が視界に入った——毛並みの良い小柄な英国種のテリアである。といってテリアらしい落ち着きのなさは見られない。頭を下げて尻尾を垂らし、恐怖に麻痺したかのように蹲っていた。件の女性が呼びかけるとこの犬は起き上がり、背を向けた彼女のうしろを物憂げに辿っていった。

数歩進んだところで、女性は急に立ち止まった。

レイバーン氏は彼女の独り言を聞いた。

「またかしら」そう言った。恐ろしいような悲しいような疑念で、途方に暮れているようだった。それから彼女は両腕をゆらりと持ちあげ、優しく撫でるようなかたちを作った——虚空を抱きしめるような不思議な動きだった。「違うみたい」それからぽつりと言った。「明日になれば、もっと——でも今日はもうおしまい」彼女は晴れた青空を見上げた。「美しい陽の光、慈悲深い陽の光」そう呟いた。「夜闇のなかで起こっていたら、私は死んでいたかもしれない」

もういちど犬に声をかけ、彼女はゆっくりと歩いていった。

「あのひと、おうちに帰るのかな、お父さん」娘が訊ねた。

「確かめてみようか」父親が応えた。

この段階で、彼はあの哀れを誘う女性が世話人なしに外出することなど、許されるものではないと確信していた。人道的な動機から、レイバーン氏は彼女の知人と話をしなければと決意した。

三

女性は近くの門からケンジントン・ガーデンズを出ると、立ち止まって顔にヴェールを下ろした。それからケンジントンに続く混みあった大通りへと歩を進め、ハイ・ストリートに沿ってすこし進むと、立派な外観をした建物に入っていった。窓の貼紙には「貸し部屋有り」とある。

レイバーン氏はしばらく待った——それから玄関扉をノックし、この家の主人に会えないかと訊ねた。使用人は彼を一階の一室へと通した。よく整っていたが、家具がほとんどない部屋だった。小さな紙片が一枚、ほかになにも置かれていない机の単調な茶色に、白く変化を加えていた。それは名刺だった。

こどもらしく遠慮ない好奇心から、ルーシーがこの名刺を取り上げて、名前を一文字ずつ読んでいった。「ザ、ン、ト」繰り返してから言った。「どういう意味だろう」

父親もその名刺に眼をやり、娘から取り上げると机上に戻した。名前は印刷だったが、そこに鉛筆で住所が書き加えられていた。ミスター・ジョン・ザント、パーリーズ・ホテル。

家主が姿を現した。この女性を見た瞬間、レイバーン氏はここから出てゆきたいと心の底から思った。社会道徳を身に着ける方法は、一般的に考えられているよりも遙かに多様である。彼女はどうやら無慈悲な正義という厳格な地盤のうえで、同胞と接することを習慣としてきたようだった。ルーシーを見やる彼女の眼はこう語っていた。「この娘、悪さをしたとき、ちゃんと罰を受けているのかしら」

「貸し部屋をご覧になりますか」彼女は口を開いた。

レイバーン氏はすぐに来訪の目的を伝えた——出来るかぎり明瞭に、簡潔に、礼儀正しく。不法侵入の罪に問われるかもしれないことは理解していた（と彼は言い足した）。

家主の態度は、その点では完全に同意見であることを示していた。しかしレイバーン氏が動機に鑑（かんが）みて酌量（しゃくりょう）してもらいたいと言うと、家主は態度を変えて、今度は意見に相違があることを強調した。

「あなたのおっしゃるご婦人は」彼女は言った。「わたしの知るかぎり、社会的地位がとても高く、またお身体（からだ）の弱い方です。ここの二階をお貸ししていて、身元の保証もきちんと頂いています。問題を起こしたこともありません。あの方のされることに口出しはしませんし、身の周りのことをご自身でこなせるかどうか、疑う理由もございません」

レイバーン氏は浅はかにも弁明を試みようとした。

「考えていただきたいのですが——」彼は言った。

「なにをですか」

「私が目撃したことです。ケンジントン・ガーデンズで彼女を偶然に見かけたときに」

「あなたが公園で目撃したことにまで、わたしは責任を負えません。お忙しいなか、わざわざありがとうございました。もうお引き止めは致しませんから」

この言葉に促（うなが）され、レイバーン氏はルーシーの手を取って引き下がった。ちょうど部屋を出ようとしたとき、扉が外側から開かれた。ケンジントン・ガーデンズで遭遇したあの女性が、眼の前に立っていた。いま父と娘は、ちょうど窓に背を向ける位置に居る。彼女は公園で一瞬だけ、ふたりを見たことを思い出すだろうか。

「お邪魔してごめんなさい」件の女性が家主に声をかけた。「使用人の方に教えてもらいました。わたしの留守ちゅうに義理の兄が訪ねてきたとか。彼、ときどき名刺に伝言を書き残してゆくんです」

　彼女は伝言を探し、眼に見えて落胆した。名刺に伝言は書かれていなかった。

　レイバーン氏は敷居のところでぐずぐずしていた。もっとなにか聞き出せるのではないかと思ったのだが、家主が油断なくそれを見咎めた。

「あなた、この紳士をご存じですか」彼女は下宿人に意地悪く言った。

「さあ、覚えはないようです」

　そう答えながら、女性はやっとレイバーン氏を見て、それから突然に身を引いた。

「いえ」彼女は言い直した。「会ったことが――」

　困惑に圧し潰され、それ以上なにも言えなくなった。

　レイバーン氏が助け舟を出して台詞を引き継いだ。

「あるんです、ケンジントン・ガーデンズで」

　相手には彼が共感するような優しさを見せる理由が判らないようだった。すこし戸惑う様子を見せたのち、彼女はレイバーン氏に提案をしたが、どうやら家主のことをあまり信頼していないようだった。

「二階のわたしの部屋でお話させていただけませんか」

　そう言うと、返事を待たずに階段へと向かっていった。レイバーン氏とルーシーは付いていった。ふたりが階段を上りはじめたとき、意地悪な家主が下の部屋から追いついて、ふたりの頭越しに下宿人へ声をかけた。「気を付けて話をするんですよ、ザント夫人。このひと、あなたが狂っているとお考えですから」

　ザント夫人は階段の踊り場で振り返ると、レイバーン氏を見やった。なにも言わなかった。傷つき、恐れるような表情で、黙っていた。その諦めたような悲しい顔が、ルーシーの心にある無垢な憐みの気持ちを揺さぶった。娘はわんわん泣き出した。

　この取り繕うことない同情の表明に、ザント夫人はルーシーのところまで階段を降りてきた。

「この素敵なお嬢さんに、キスしても良いですか」彼女はレイバーン氏に言った。家主が階下の絨毯のうえに突っ立ったまま、泣く子を躾けるための甘やかすよりも健全な方法について意見を述べていた。「もしその娘がわたしの子なら、叱り飛ばしてやりますけどね」

　そのうちに、ザント夫人はふたりを自室まで先導した。

　彼女がまず発した言葉は、悲しいことに、家主の与えたレイバーン氏に対する先入観を如実に示していた。

「お嬢さんにお訊きしても良いでしょうか」夫人は言った。「どうしてわたしの頭がおかしいと思ったのか」

　迂遠な訊き方に、レイバーン氏は語調を強めた。

「あなたはまだ、私が実際にどう考えているのかご存じありません。私から説明させてもらえませんか」

「いいえ」彼女はきっぱりと言った。「お嬢さんは私を憐れんでくれました。だから彼女と話をさせてください。さあ、お嬢さん。あなたはケンジントン・ガーデンズで、どうしてわたしを見て驚いたのですか」ルーシーは不安げに父親を見た。ザント夫人は続けて言った。「わたしは最初、あなたがひとりで居るのを見て、それからこのお父さんと一緒に居るのを見ました」さらに続けた。「わたしがあなたに近づいたとき、わたしの様子は変でしたか――あなたのことが見えていないようでしたか」

ルーシーはまだもじもじしている。レイバーン氏が割り込んだ。

「娘は困っています」彼は言った。「私に答えさせてください――でなければ、失礼させていただきますよ」

その表情や口調には、なにか圧倒するようなものがあった。夫人は自身の頭に手を当てた。「疲れているのです」彼女はぼんやりと言った。「ひどく勇気を試される出来事があったのです。すこし休んで眠ることが出来れば、別人のようになってお会いできると思います。用事がたくさん残っていますし、心を落ち着かせる必要もあるのです。明日お会いできますか。お手紙のほうがよろしいですか。どこにお住まいですか」

レイバーン氏は黙ったまま名刺を卓上に置いた。彼女には強く興味を引かれた。この孤独なひとの助けになれる存在でありたいと心から思った――あまりにも無残に見捨てられたような恰好で、彼女自身がそうした道を選んできたようにすら見えた。ただ、もし夫人が助言を受け入れることに決めたとしても、レイバーン氏には彼女に指図する権限や資格などなかった。しかたなく、彼は夫人が階下で喋(しゃべ)っていた親戚のことに触れてみた。

「義理のお兄様には、いつお会いになれそうですか」彼は言った。

「判りません」彼女は答えた。「会いたいとは思っています――わたしにとても親切なのです」

夫人は振り向いて、ルーシーにお別れを言った。

「さようなら、ちいさなお友だち。おとなになっても、わたしみたいに惨めな女にならないことを願っています」それから突然レイバーン氏のほうに向き直った。「家には奥様がいらっしゃいますか」彼女は訊ねた。

「妻は亡くなりました」

「そしてあなたには、哀しみを和らげてくれる娘さんがいらっしゃるのですね。さあ、お帰りになってください。もっと酷いことを言ってしまいそうです。ええ、お判りになりませんか。わたしはあなたが羨ましいのです」

レイバーン氏は黙ったまま、娘と一緒に通りへ出てきた。ルーシーも喋ってはいけないような気がして、やはり黙っていた。しかし、ひとの忍耐には限界がある――ルーシーの自制心もついに限界を迎えた。

「あのひとのことを考えているの、お父さん」彼女は言った。

父親は頷くことで答えとした。娘が話しかけたとき、彼はちょうど沈思黙考の重大な局面に差し掛かっていたのだった。決意を固めようとしていたのである。

家に辿り着くまえに、レイバーン氏は決断に至った。ザント夫人の義理の兄は、明らかに介入が必要な事態だと知らずにいる――知っていたら、すぐに再訪する手筈を整えていたはずだ。

この状況でザント夫人になにか良くないことが起きた場合、レイバーン氏が黙っていることは、重大な不幸の間接的な原因と見做(みな)されるかもしれない。こう結論した彼は、もういちど初対面の相手から、失礼な対応を受ける危険を冒すことに決めた。

ルーシーを家庭教師に預けると、彼はすぐにあの下宿にあった名刺に書かれていた住所に赴(おもむ)き、自身の名を伝えてもらった。丁寧な伝言が戻ってきた。ジョン・ザント氏は在室で、喜んでお会いするとのことだった。

四

レイバーン氏は、ホテルの一室に案内された。

室内の家具がいくつか、普段の位置からすこしずつ動かされているようだった。肘(ひじ)掛け椅子、脇机、足載せ台が、いずれも窓の近くに寄せられており、出来るかぎり日光を浴びられるように配置されていた。机のうえにはモロッコ革のケースが広げられ、鋼鉄や象牙(ぞうげ)の上品な器具が並べられていた。机のそばに立っているのがジョン・ザント氏だった。

「おはようございます」そう言った低い声はとても朗らかで良く響き、ありふれた言葉にも拘(かか)わらず、彼の唇から出てくると新鮮な重みを帯びるのだった。外見もまた、格調高い声に釣り合っていた――背は高く、体格良く日焼けして、大きな眼は黒く輝き、顔の下半分は上品に巻いた髭で覆われていた。気品と礼儀のほどよく混ざったお辞儀をすると、この男は紋切り型の側面をいきなり捨て去り、どう見ても狂ったような側面を露(あら)わにした。足載せ台のまえに膝をついたのだった。朝の祈りでも忘れたのだろうか、そしてその過失を正そうと急ぐあまり、来客に気を遣う余裕もなかったのだろうか。こうした疑念ははっきりとかたちを成すまえに、予想外のかたちで解決してしまった。ザント氏は穏やかな笑みで訪問者を見やって、こう言った。

「お足を拝見させてください」

ちょっとのあいだ、レイバーン氏は茫然としていた。それから脇机に載った器具を見やった。

「あなたは魚の目切り(コーン・カッター)なのですか」どうにかそう言った。

「すみませんが」術者は穏やかに言った。「その言い方は、我々の業界ではもう使われていないのです」彼は立ち上がって、控えめに言い添えた。「足専門医(キロポディスト)と言います」

「それは、失礼しました」

「いえ、お気になさらず。どうやら、あなたは治療をお望みではなさそうだ。どのような理由でお越しいただいたのですか」

すでにレイバーン氏も気を取り直していた。

「お訪ねした理由ですが」彼は答えた。「説明とともに謝罪もしなければなりません」

ザント氏の洗練された態度が崩れ、警戒の様子が見て取れた。疑いは恐るべき結論に至ったようだった——金銭の入った懐中の底まで揺さぶるような結論である。

「色々と支払いが——」彼は弁明しはじめた。

レイバーン氏は笑って言った。

「ご安心ください。金目当てではありません。ご親戚の女性について話をするために参ったのです」

「義理の妹のことですか」ザント氏は声を上げた。「さあさあ、お座りください」

レイバーン氏は、そうした訪問に適切な時間だったかと不安になって躊躇した。

「診療にいらっしゃる方々のお邪魔にはなりませんか」彼は訊ねた。

「大丈夫です。午前の診療は十一時から一時までなのです」

そう言ううちに、暖炉棚(マントルピース)の時計は一時十五分を指した。「悪い知らせでないと良いのですが」ザント氏は真剣な調子で言った。「けさ彼女を訪ねましたが、散歩に出ているということでした。彼女とどう知り合ったのか、お訊きしても構いませんか」

レイバーン氏は一息に、ケンジントン・ガーデンズで見聞きしたことを説明した。それからザント夫人と話すことの出来た内容についても、忘れずに付け加えた。

彼女の義兄は、興味深そうに共感を示しながら話を聞いていたが、その態度は下宿の主人が見せた根拠なき無礼さとは正反対だった。自身の感じている恩義をしっかりと表現するためには、レイバーン氏のやり方にならって、旧友相手のような率直さでもって話をするほかなかろうと言うのだった。

「つまりね、義妹の悲しい物語を知れば、あなたが困惑せざるを得なかった出来事にも、合点(がてん)がゆくかと思うのです。私の弟は、オーストラリアからイングランドに来ていた紳士の家を訪(おとな)

ったとき、彼女と知り合いました。この家の娘たちの家庭教師として雇われていたのです。夫妻は彼女をとても気に入り、娘らが懇願したこともあって、一家が植民地へ戻るとき、一緒に来てほしいと頼みました。彼女もありがたくその提案を受け入れました」

「イングランドに親類は居なかったのですか」レイバーン氏は訊ねた。

「文字どおりの天涯孤独でした。彼女が孤児院で育ったと言えば、私の言うことがお判りいただけるでしょうか。彼女の物語には、甘い夢想の入る余地などなかったのです。両親のことも、なぜ自分が捨てられたのかも、彼女はそれまで知りませんでしたし、これから知ることもないでしょう。彼女の人生最上の瞬間というのが、私の弟とはじめて会ったときだったのです。お互いにひとめ惚れでした。裕福とは言えませんが、弟は商売で充分に収入を得ていましたし、また彼の人柄を思えばそれも当然です。ひとことで言えば、彼はこの薄幸の娘の人生を、当時の私たちが期待していたとおりに、救い上げてしまったのです。彼女を雇った夫妻はオーストラリアに戻る日取りを延期して、彼らの家から彼女を結婚式に送り出してくれました。そしてわずか数週間の幸福な生活のあと――」

ザント氏の声が途切れた。口を噤むと、彼は陽光から顔を背けた。

「すみません」彼は言った。「いまだ冷静に語ることが出来ないのです、弟の死について。私に言えることは、あの新妻は可哀想にも、幸せな新婚生活の只中で、未亡人になったということだけです。この惨事は彼女を打ちのめしました。弟が埋葬されるまえに、彼女は脳炎で命の危機に晒されたのです」

この言葉は、夫人の知性に乱れが生じているのではないかというレイバーン氏の恐れに新たな光を当てた。彼を注視していたザント氏は、客人の心のなかを横切った考えを見抜いたようだった。

「違うのです」彼は言った。「医師らの意見を信じるならば、病が損なったのは彼女の身体の面であって、精神の面ではないのです。たしかに脳炎以来、彼女の気性には不安定なところがあります。ですがそれは些細なことです。ただ、たとえば快復のあと、彼女を自宅に招いたことがありました。私の家はロンドンではなくて——空気が合わないもので——セント・サリンズ・オン・シーというところにあります。私は結婚していませんが、優秀な家政婦を雇っているので、彼女がザント夫人を最上のもてなしでもって迎えてくれるはずでした。ところが夫人は辞退しました——気の毒なほど頑固になって、ロンドンに残ることを主張したのです。言うまでもなく、彼女の喪に沈んだ（メランコリー）心を思えば、どんなに些細な願いでも叶えてやるべきでしょう。私は下宿を探し、彼女が特に希望したので、ケンジントン・ガーデンズ近くのあの部屋を手配したのです」

「あの公園が関係あるのでしょうか、ザント夫人がそう希望したということは」

「おそらく、亡き夫との思い出が関わっているのでしょう。ところで、あす彼女が在宅しているときに再訪したいと思っていますが、あなたはさきほど（興味深いお話のなかで）、予想では——彼女が明日もケンジントン・ガーデンズを散歩するだろうとおっしゃいましたね。それとも記憶違いでしょうか」

「ご記憶はまったく正しいです」

「ありがとうございます。正直に明かしますが、私はいま、ザント夫人についてのお話を伺って、悲しくなったばかりでなく――どのように動くべきなのか、判らなくなってしまいました。思いつくことといえば、転地療養で空気を変えてみることくらいです。あなたはどうお考えでしょうか」

「あなたの仰るとおりだと思います」

ザント氏はそれでも躊躇っているようだった。

「いまの私にとって」彼は言った。「足を治療中の患者を置き去りにして、夫人を海外に連れてゆくことは簡単ではないのです」

明々白々な解決法がレイバーン氏の頭に浮かんだ。もっと世知に長けたひとであれば、ここで疑いを抱いて沈黙を貫いたかもしれない。だがレイバーン氏は黙っていなかった。

「もういちど招待して、彼女を海辺のあなたのご自宅へ連れてゆくのはいかがですか」

悩めるザント氏の心には、こんな簡単なことも思いつかなかったらしい。暗かった顔がぱっと明るくなった。

「まさしくそれだ」彼は言った。「あなたのご提案に乗らせてもらいます。セント・サリンズの空気はきっと、彼女を健康にして、昔の美貌を取り戻させるでしょう。彼女、（幸福だった頃は）美しいひとだったのです。そうお思いになりませんでしたか」

あまりに馴れ馴れしい問いだった――というか、無作法ですらあった。黒い瞳の眼を細めたザント氏の秘密めかした表情は、それを意図して発したことを示していた。

もしかして彼は、レイバーン氏が抱いた義妹への興味を、まったく利他的でなく、まったく純粋でもない理由によるものだと考えたのだろうか。そう結論することは、繊細なこころもちに欠けるというだけの相手をあまりに早く、残酷に裁くことかもしれない。レイバーン氏は寛大な見方をするよう、懸命に努力した。しかし同時に、言葉を慎重に選んで質問に答えると、立ち上がって暇乞いを告げたこともまた事実であった。

ジョン・ザント氏は丁重に引き留めた。

「そんなに急がれなくても良いではないですか。本当に行かねばならないのですか。明日、あなたの素晴らしいご提案がうまくゆくよう準備を整えましたら、今度のご訪問のお礼に伺わせてください。では、さようなら。神のご加護がありますよう」

彼は手を差し出した。滑らかな黄褐色の手で、帰ろうとする友人の指を熱烈に握りしめた。「あの男は悪党だろうか」ホテルを出たレイバーン氏は、まずそう考えた。だが道徳心が戸惑いを押さえつけ——答えを出した。「そんな疑いをもつなんて、おまえは愚か者だぞ」

五

胸騒ぎを抑えられず、レイバーン氏は歩いて家に帰った。運動が心を落ち着けてくれるのではないかと試してみたのだった。

　この試みは失敗だった。自宅の二階でルーシーと遊んでから、昼食にはワインを一杯余計に飲んだ。夕方には娘と家庭教師をサーカスに連れてゆき、夕食は控えめにして、就寝前にも気付けにワインを一杯飲んだ――それでも漠然とした悪い予感に苛まれ続けた。自身の半生を振り返って、彼は自問した。これまでひとりでも、（もちろん亡き妻を除いて）ザント夫人ほど自分の心を占領した女性が居ただろうか――明確な理由もないというのに。もし彼がこの自問に答える勇気をもっていたならば、答えはこうだったはずだ。「ひとりも居なかった」

　次の日ずっと、彼は自宅でザント氏が約束した訪問を待っていたが、とうとう彼が訪ねてくることはなかった。

　日が暮れる頃、客間付きの使用人がお茶の席にやって来て、主人にやたらと大きな封筒を手渡した。黒い封蠟で綴じられて、見たことのない筆跡で宛名が書かれていた。切手や消印がないために、使者が届けたものであると知れた。

「どんな相手から受け取ったのかね」レイバーン氏は問うた。

「ご婦人です――深く喪に服しているご様子でした」

「なにか伝言はなかったかい」

「いえ、特には」

　当然の結論に辿り着いたレイバーン氏は、書斎に入って扉を閉めた。ルーシーが居るところでザント夫人の手紙を読んだりすれば、彼女の好奇心と質問攻めの的になることは必至である。

数葉の手紙を取り出すと、開いた封筒の蓋の内側に、次のような文章が走り書きされていた。

「義兄に相談すべきことで、貴方にご迷惑をおかけする言い訳を同封しました。率直に申し上げて、貴方はわたしが正気でないと疑い恐れておられますが、だからこそお願いさせてほしいのです。貴方の抱く疑念は、わたしの疑念でもあるのです。わたしが自身について書いたものをお読みください――そして教えてください、お願いします。わたしは超自然的な存在の接触を受けたのか、それとも精神病院に収容されるほかないのか」

レイバーン氏は手紙を開いた。注意深く読みはじめたが、すぐに呑まれて速度をあげ、息つく間もなく以下の内容を読んだ。

六　夫人の手記

今月は曇り(くも)が続いていたけれど、きのうの朝は、青い空に太陽が輝いていた。眩しい陽光は惨めな心に活気を与えてくれた。夜だっていつもより穏やかに過ごすことが出来た。あの夢に心を掻き乱されることもない。残酷なほど安心してしまう、あのひとがまだ生きている夢――いつも目覚めると涙が流れている。悲しみに沈んだ暗い日々からこちら、きのう夫の死後はじめて家を出てケンジントン・ガーデンズに向かったときほど、取り残された女を苛(さいな)む自責に満ちた恐ろしい幻から、こんなに距離を置けたことはなかった。

彼もわたしも大好きだった子犬だけを連れて、公園のなかでもケンジントン宮殿にいちばん近い、静かな地区まで歩いていった。

あの大きな木々の陰、柔らかな芝生のうえを、わたしたちは婚約中、いっしょに並んで歩いていた。あのひとが気に入っていた遊歩道だった。知り合ったばかりの頃から、よくわたしを連れていってくれた。はじめて妻になってほしいと言われたのもそこだった。はじめてキスの喜びを知ったのもそこだった。そうした記憶で聖別された場所をまた訪れたいと思うのは、自然なことだと思う。わたしはまだ二十三歳で、哀しみを和らげてくれることども同世代の友人も居らず、愛を分かち合う相手といえば、忠実に慕ってくれるものの言葉を交わすことの叶わない動物だけなのだ。

ふたりで並んで立った木陰に向かった。彼の眼が言葉よりも先に愛を伝えてくれた場所だ。あの過ぎ去った日の太陽が、ふたたびわたしを照らした。おなじ真昼、おなじ静寂がわたしの周りを包んでいた。過去と現在の恐ろしい落差がもたらす衝撃を恐れていたが、否、わたしは落ち着いて、諦めに身を委ねていた。思考は地上を離れて高く昇ってゆき、墓の先に広がっている、より善き世界を漂った。涙が出てきたが、辛いとは感じなかった。このとき起こった出来事についての記憶は、自身にだけ関わるような些細な部分でさえ、信頼に足るものだと思う――わたしは辛いとは感じていなかった。

ふたたび視界がはっきりしたとき、最初に見えたのは子犬だった。数歩ほど離れたところに蹲って、情けないほど震えながら、吠えることも出来ずにいた。いったいなにが、この子を怯えさせたのだろうか。

すぐに判った。

犬を呼んだが、その場から動こうとはせず——なにか近づいてくる得体の知れないものに、意識が縛られているようだった。この可哀想なほど震える子犬のそばに寄って、撫でて落ち着かせようとした。

だが一歩踏み出したところで、なにかに引き留められた。

眼には見えず、耳にも聞こえなかった。ただ、わたしは引き留められた。

蹲った子犬の姿が視界から消えていった。周囲のひと気ない景色も消えてゆき——天より降る陽光、背後に聳える木、眼前の芝生だけが残った。言いようのない予感に駆られ、わたしはその芝生を凝視した。突然、草の葉がひとかたまり、ぴんと天を向いてかさかさと震えた。ぞっとした。風のように見えない速さで、なにかが芝生のうえを通り抜けたのだ。草の震えは近づいてきた。わたしは囲まれていた。頭上の木の葉にまでその気配があった。葉は震えていたが、その音は聞こえなかった。葉の擦れあう心地良い音は聞こえなくなってしまった。鳥の囀(さえず)りが消え、池の水鳥の声も絶えた。凄まじい沈黙だけがあった。

陽光だけが心地良く、変わらぬ明るさでわたしに降り注いでいた。

眩しいほどの光のなか、恐ろしい静けさに包まれ、なにか不可視の存在が、近くに居るのを感じた。

それがそっとわたしに触れた。

瞬間、歓喜がどっと傾れ込み、心が跳ね上がった。痺れるような喜びが身体じゅうの神経を駆け巡った。わたしはこのひとを知っている！　不可視の世界から——眼には見えないが——わたしのところに戻ってきたのだ。わたしには判る！

それでもひとの身の情けない欲深さから、わたしはこの直感に確信を与えてくれる証を欲した。切迫が言葉のかたちを成し、わたしはそれを口に出そうとした。もし言えたならば、こう言っていただろう。「わたしの天使、あなたである証をください」だが茫然として——ただそう思うことしか出来なかった。

不可視の存在は、その考えを読み取ったようだった。唇に触れるものがあった。あのひとがわたしにキスをするときの唇のようだった。それは求めていた答えだった。別の考えが頭に浮かんだ。こういう言葉だった。「わたしをより善い世界へ連れてゆくために来たのですか」

待ってみたが、触れるものはなかった。

また別の言葉を考えてみた。「わたしを守るために来たのですか」

やさしく抱きしめられるのを感じた。あのひとがわたしを胸に抱き留めるときの腕のようだった。それは求めていた答えだった。

彼の唇らしき感触は、しばらく留まり、それから消えた。彼の腕のような抱擁も、わたしをそっと押し戻すようにして、それから消えた。公園の景色が視界に戻ってきた。そばにひとが居るのが見えた。かわいらしい女の子がわたしを見ていた。

そのとき、わたしは元の孤独な自分に戻っていたが、このこどもの姿に癒され、惹きつけられていた。話しかけようとして歩み出すと、恐ろしいことに、女の子の姿が消えてしまった。まるで失明したかのように、姿が見えなくなってしまった。

だが、周囲の景色は見えたままだった。頭上にも大空が広がっていた。時間が経つと——おそらく数分のことだと思うが——女の子の姿がふたたび見えるようになった。父親と手を繋いでこちらに向かって来る。わたしはふたりに歩み寄った。近づいてみると、ふたりは驚きながら憐れむような眼でこちらを見ていることが判った。顔や身振りにおかしなところがあるのかと訊ねたくなった。口を開くまえに、ふたたび恐ろしいことが起きた。ふたりとも眼前から姿を消してしまった。

あの不可視の存在が、まだ近くに居たのだろうか。それがわたしとふたりのあいだに立ち、あの時、あの場での意思疎通を妨害していたのだろうか。

きっとそうだったのだ。そのときは思い至らず、重い心で身を翻（ひるがえ）してみると、わたしを同族から二度も引き離したこの恐ろしい虚空は、子犬とわたしのあいだを遮ってはいなかった。この怯えた小動物に、わたしは声をかけた。子犬は呼びかけに反応して身を動かし、のろのろと付いてきた。まだ恐怖の衝撃から醒めていないようだった。

その場から数歩も離れないうちに、また例の存在を感じたように思った。縋（すが）りつくように両腕を伸ばした。またここに来ても良いと伝えてくれる感触が返ってくるのを待った。もしかしたら触れられることなく、答えがもたらされたのかもしれない。おなじ時間、おなじ場所にまた戻ってこようという決意とともに、心が落ち着いたことが判った。

今朝はどんよりと曇っていたが、雨にはならなかった。またケンジントン・ガーデンズに向かった。

通りに出ると、子犬はわたしの前を走ってゆき——それから止まった。わたしがどちらの道に進むのか判るのを待っていた。わたしが公園のほうに曲がると、この子はわたしの後ろを付いてきた。すこししてから振り返ると、もう付いてきてはいなかった。そわそわと足踏みしていた。呼びかけてみると、数歩だけこちらに来て——ぐずぐずしてから——家のほうに走っていった。

わたしはひとりで先へ進んだ。告白すると、犬が離れていったことは、なにか悪い予兆のように感じられた。

きのうの木のところに戻ってくると、わたしは木陰に立って待った。一分、また一分が、なにごとも起こらずに続いていった。曇り空は暗さを増した。芝生にも動きはなく、超自然の存在が通り過ぎてゆく証となる件の震えは認められなかった。

わたしは頑なに待ち続けた。それはすぐ、望みを失いながらその場を動かない頑固さに変わっていった。眼前の芝生をじっと見ているうち、どのくらい時間が経ったのかは判らない。ただ変化が起きたことだけが判った。

鈍色の陽光のもとで、芝生に動きがあるのが見えた——ただ、きのうの動きとは違っていた。まるで炎に焦げたように萎れていった。だが炎は見えなかった。芝草のしたの土色の地面が剝き出しになり、細い帯のように曲がりくねってこちらに進んできた――炎の踏み分けた道のようだった。ぞっとした。不可視の存在が守ってくれることを願った。迫る危険を警告してくれることを祈った。

触れるものがあり、それが答えだった。まるで眼に見えない手がわたしの手を取って――すこしずつ持ちあげてゆき、芝生を萎れさせながらうねうねと近づいてくる土色の小道を指し示すようにして、それから手を離したようだった。

小道の出発点を見やった。

不可視の手が、警告するようにわたしの手を握った。迫る危険がその姿を現すときが近づいていた――わたしは待った。そして見た。

ひと影が現れ、土色の細い小道を辿ってこちらへやって来た。近づいてくるにつれ、この男の顔がはっきりしてきた。朧(おぼろ)げではあったが、夫の兄の顔が見えた――ジョン・ザントだった。

意識が離れていった。なにも判らなくなった。なにも感じなかった。きっと死んだのだ。

息を吹き返した苦しさで眼を開くと、芝生に横たわっていた。優しい手に頭を持ちあげられた瞬間、感覚が蘇った。誰がわたしを蘇生させたのだろう。誰がわたしを見守ってくれたのだろう。

見上げると、こちらに屈み込んでいたのは――ジョン・ザントだった。

七

そこで手記は終わっていた。

末尾の頁には数行が書き込まれていたが、判読できないよう注意深く消されていた。その下に、こう説明が加筆されていた。

「書き洩らしたことを加筆しようとしましたが、どうやら意図せず、貴方の意見を偏らせてしまいそうに思いました。ただ、これだけは書かせてください。わたしはいま表現しようと努力してきた超自然的な存在の接触を、たしかに信じています。それを踏まえて――わたしには判定できないことを、わたしのために判定してください」

この依頼に応じることを妨げるものはなにもなかった。

唯物論者の視座に立てば、ザント夫人はまちがいなく（神経系の疾患によって生じた）幻覚に苛まれている。それは――有名なベルリンの書籍商クリストフ・ニコライ（十八世紀ドイツの著述家。長男の死後、その亡霊を繰り返し目撃するようになった）の事例のように――知力の錯乱なしに生じることが知られているのである。

ただレイバーン氏は、そうした専門的問題を解き明かすよう求められたわけではなかった。指示されたのは、ただ原稿を読み、書き手の精神状態についてどんな印象をもったかを述べることだけだった。書き手が自身を疑っていることは、冒頭でかつて罹った病のことを回想していることからも明らかだった――脳炎のことだ。

そういうわけで、意見をまとめることは難しくなかった。手記に書かれた出来事を想起する記憶力や、語る順序を決める判断力を思えば、彼女の精神は完全にその機能を保っていると知れた。

これに満足したレイバーン氏は、いま読んだ手記のなかのさらに重大な疑問点について考えることを放棄してしまった。

それまでレイバーン氏は、地上に生きる者たちのもとに超自然的な存在が接触してくるか否かなどということを議論できるような生き方や考え方をしてこなかった。彼の心はいま、読んだばかりの驚くべき体験の記録に動揺してしまい、なにか漠とした印象を受けた意識はあったものの――それについて熟考する余裕はなかった。ザント夫人の記録に不安が掻き立てられ、ザント氏に対する疑念が湧き上がったということだけが、依頼に対して彼の自覚できた実際の結果だった。ふだんであれば緊急事態に委縮してしまう人物だったが、ザント夫人が幸せに生きることを願う気持ちや、彼女がケンジントン・ガーデンズで義兄と遭遇してから起こったことを知りたいと思う衝動に駆られ、彼はすぐさま行動を起こした。半時間と経たないうちに、彼は夫人の下宿に辿り着いた。すぐに部屋へと通された。

八

ザント夫人はひとりで薄暗い部屋に居た。

「光を入れていないことをお許しください」彼女は言った。「頭に激痛があるのです。まるで脳炎が再発したみたい。いえ、ここに居てください。この痛みに加えて、ひとりでいることがどんなに恐ろしいものか、お判りにならないでしょうね」

声の調子には、泣いていたことが表れていた。レイバーン氏はすぐにこの哀れな女性の気持ちを落ち着ける最善の手段を考え、手記を読んで辿り着いた結論を伝えた。ほどなくして良い効果が認められた。顔色が明るくなり、もっと話を聞きたいという姿勢になった。

「なにかほかに感じたことはありませんか」ザント夫人は訊ねた。

レイバーン氏には、その含意が理解できた。彼女が自身の身に起きたことをどう考えたのかという点には心底からの敬意を表してから、彼は正直に、自分には超自然的な存在の接触という深遠な問題について考える用意がないのだと述べた。この配慮に満ちた答え方に感謝しながら、ザント夫人はさりげなく話題を変えた。

「義理の兄についてお話ししなければなりません」彼女は言った。「あなたが彼を訪ねたことを聞きました。あのひとのこと、どう思われましたか。ジョン・ザント氏は、好ましい人物でしょうか」

　レイバーン氏は躊躇した。

　悩みで擦り切れたような表情が、彼女の顔に戻ってきた。「あのひとがあなたに感じているくらい、あなたがあのひとに良い印象をもってくれていたら」彼女は言った。「わたしももっと軽い気持ちで、セント・サリンズへ行くことが出来たのですが」

　レイバーン氏は、手記の最後に書かれていた超自然的な存在の接触のことを思い出した。「あの恐ろしい警告を信じていらっしゃるのでしょう」彼は抗議した。「それなのに、義兄の家へ行くつもりなのですか」

「地上に繋ぎ留められていた頃に愛してくれたひとの魂を、わたしは信じています。あのひとに守られているのです。恐怖を捨てて、信仰と希望をもって待つことのほか、すべきことなどあるでしょうか。もし一緒にいて励ましてくれる友人が居たら、わたしが決心するのを助けてくれたかもしれませんけど」彼女は口を噤むと、悲しげに微笑(ほほえ)んだ。「わたしの立場について、あなたの理解がわたしの理解とは異なっていること、意識しておくべきでした。お話ししていませんでしたが、ジョン・ザント氏はわたしの健康について、心配しすぎるのです。あのひとは安心できるまで、わたしからは眼を離さないと言っています。その考えを変えてくれそうにもありません。彼によれば、わたしの神経はずたずたになっていて——誰が見たってそう言うでしょうね。だから快復するために、空気を変えて休養を取るほかないと言うのです——反論など出来るでしょうか。そして彼のほかに親類は居ないし、頼ることの出来る家もない——すべて彼が言うとおりなのです」

最後のほうには諦めたような憂愁の色があり、彼女を慰めようと努めることだけを目指してきた善良な男を悲しい気持ちにさせた。彼は思わず、旧知の仲であるかのように言った。

「もっと教えてください、あなたとザント氏について」彼は言った。「そうお願いするのは、好奇心のためではありません。真剣にあなたのことを心配しているのだと信じてもらえますか」

「心底からそう思っています」

この返事に勇気をもらい、彼はやはり言わねばならないと決心した。「あなたが失神から意識を取り戻したとき」彼は切り出した。「もちろんザント氏に事情を訊かれましたね」

「ケンジントン・ガーデンズのような静かな場所で意識を失うなんて、いったい何があったのかと訊かれました」

「どのように応えたのですか」

「応えるなんて。あのひとを見ることも出来ませんでした」

「なにも言わなかったと」

「仰るとおりです。どう思われたのかは判りません。驚いたかもしれませんし、怒ったかもしれません」

「怒りっぽいひとなのですか」レイバーン氏は訊ねた。

「わたしの知るかぎりは、違いますね」

「あなたが脳炎に罹るまえのことですね」

「ええ。体調が良くなってからは、セント・サリンズ周辺の患者を診ているとかで、あのひとはロンドンから離れています。ここに下宿を決めてもらって以来、あのひとには会えていませんが、でも、いつも思いやりのある方でした。何度か手紙を貰いましたが、わたしのことを疎(おろそ)かにしているとは思わないでほしい、お金がないので(それは夫から聞いていました)働くのに忙しいのだと書かれていました」

「ザント兄弟は仲が良かったのでしょうか」

「良かったです。夫から聞いた不満といえば、わたしたちが結婚してから、ジョン・ザント氏があまり会いに来てくれないということだけでした。わたしたちは疑いもしませんでしたが、あのひとには、なにか邪悪なところがあるのでしょうか。もしかしたら――でも、そんなことって。超自然の存在は警告をしましたが、あのひとには感謝すべき理由しかありません。いつだってわたしに気を配ってくれて、どれだけの借りがあるか、言い尽くせないほどなのです。いつ夫の死に恐ろしい疑いが掛けられたときだって、あのひとはわたしを宥(なだ)めてくれました」

「それは、自然死であることに疑いが生じたということですか」

「いえ、いえ、違います。急性の肺病でした――でも突然の死で、医師たちは驚いたようです。ひとりが睡眠薬の過剰摂取を疑ったのですが、またひとりがその結論を否定しました。その場で検視が始まるところでした。ああ、もうこの話は止めてください。別の話題にしましょう。いつまたお会いできますか」

「判りませんね。あなたと義兄は、いつロンドンを出発されるのでしょうか」

「明日です」彼女はレイバーン氏に嘆願するような眼を向け、おそるおそる言った。

「海辺には行かれますか。お嬢さんを連れていってあげることはありますか」

この仄めかすかたちの要請は、彼の頭のなかに芽生えていた考えと一致した。

ジョン・ザントに抱きはじめた先入観とともに話を聞いていたため、レイバーン氏は夫人の身に危険があるのではないかという予感で頭がいっぱいになった。そのためだろうか——彼はこの予感をしっかりと意識することを避けた。もしこの対談の場に第三者が同席していて、あとでこのように述べたとする。「あの男が弟の存命のあいだ、義妹を訪ねようとしなかったことは、彼女の無垢な心が想像できないほどに密かな罪悪感に結びついているのだ。あの男だけが、義妹の夫の突然死の原因を知っている。あの男が彼女の健康を心配するふりをするのは、彼女を家へと連れ込むための、いちばん安全な方法だからだ」——こう鋭く指摘されたとしても、レイバーン氏はそれをその場に居ない男に対する不当な中傷だと退けていただろう。それでも夕方にザント夫人のもとを辞す際、彼は休日ルーシーを海辺に連れてゆくことを誓った。それから恥じることもなく、あの子はふだんから良い子にしているし、よく勉強に集中しているのだから、ご褒美をもらうに値するだろうと言った。

九

三日後の夕方近く、父と娘はセント・サリンズ・オン・シーに到着した。駅ではザント夫人がふたりを迎えた。

父娘の姿を見つけた彼女の喜びようは、まるでこどものようだった。「ああ嬉しい、うれしい」その場で彼女に言えたのはそれだけだった。ルーシーはキスで窒息しかけ、初めて手にするような最高級の人形をプレゼントされて幸せいっぱいになった。夫人はこの友人たちを連れて予約済みのホテルへ向かった。そこで彼女はレイバーン氏に、心置きなく内密の話が出来た。ルーシーは人形を抱いてバルコニーに出て、海を眺めていた。

ザント夫人がセント・サリンズで過ごした短期間で起こったことのひとつに、まさに今朝、義兄がロンドンへ向かったということがあった。時間の価値というものを熟知する裕福な患者に呼ばれ、足に手術を施しに行ったのだった。家政婦によれば、帰宅は夕食頃だという。

ザント夫人の扱いは、これまでどおりに丁重というだけに留まらず――言葉や態度があまりに優しいので、ほとんど息が詰まるほどだった。ひとに可能な献身のなかで、ザント氏が熱心に行なわないものはひとつもなかった。夫人の体調はすでに快方に向かっていると断言し、彼女がこの家で過ごすと決めたことを喜んだ。そして（おそらく誠実さの証として）繰り返し彼女の手を握った。「どういう意味なのか、お判りになりますか」彼女は率直に訊ねた。

レイバーン氏は思ったことを言わずにおいた。判らないなと誤魔化してから、家政婦のひとなりを訊ねた。

ザント夫人は気味悪そうに首を振った。

「とても変なひとなのです」彼女は言った。「勝手なふるまいばかりするので、すこし頭がおかしいのではと思いはじめたところです」

「老いた方ですか」

「いえ――中年くらいでしょうか。今朝だって、雇い主である義兄が家を出てから、わたしに彼をどう思うかと訊ねてきたのです。出来るだけ突き放して、親切な方ですねと言いましたけど、わたしの口調にはおかまいなしで、さらに酷いことを訊いてきました。『ご主人様は若い女性を惹きつける男性だと思いますか』などと言うのです。そのときの視線、（勘違いだと願いますが）まるでその若い女性というのが、わたしのことであるかのようでした。そういうことは考えていないし、お話しするつもりもありませんと答えました。それでも彼女は引き下がろうとせず、今度はわたしのことを話題にしました。『失礼ですが――顔色がよろしくありませんね』まるで血色の悪いのを楽しんでいるようでした。しかもそのことでわたしの評価が上がったようなのです。『だんだん仲良くなれると思います』彼女はそう言いました。『あなたのこと、気に入りはじめています』それから鼻歌交じりに出てゆきました。わたしの意見に賛同いただけますか。頭がおかしいのだと思いませんか」

「実際に会ってみないことには、意見は出来ませんね。若い頃は美しかっただろうという女性ですか」

「そうだとしても、わたしが憧れるような美しさではありません」

レイバーン氏は微笑んだ。「おそらく、その家政婦のおかしな言動については説明がつくと思います。きっと雇い主の家に招かれた若い女性みんなに嫉妬しているのです――そして（顔色に気づくまでは）あなたにも嫉妬していたのですよ」

なぜ自身が家政婦の嫉妬の対象になるのか理解できず、ザント夫人は驚いた顔でレイバーン氏を見た。その驚きを伝えようとしたところで、邪魔が入った――歓迎すべき邪魔だった。客室係が部屋に入ってきて、来客があると伝えた。「紳士」であるという。

ザント夫人はすぐに立ち上がって、退室しようとした。

「どなたでしょうか」レイバーン氏が訊ねながら、夫人を引き留めた。

ふたりとも聞き覚えのある声が、扉の外から陽気に応えた。

「ロンドンから来た友人ですよ」

十

「セント・サリンズへようこそ」ザント氏が声を上げた。「いらっしゃるものと思っていました。それでホテルでお会いできるかも、と訪ねた次第です」それから義妹のほうを向き、サミユエル・リチャードソンの小説に登場するチャールズ・グランディソン卿（一七五三～四年に英国で出版された、同名の小説の主人公）も顔負けといった入念な慇懃さでその手にキスをした。

「帰宅したらあなたが出掛けたと聞いたものでね、きっと目的は我々の友人を出迎えることだと考えたわけです。私の居ないあいだ、寂しくはなかったでしょうね。そう、それは良かった」

彼はバルコニーに眼をやって、窓の開いたところからルーシーが、会ったことのない男を観察しているのを見つけた。

「レイバーンさん、あなたのお嬢さんですね。さあさあ、こっちにおいで。おじさんにキスしておくれ」

ルーシーはきっぱりとひとことで言った。「いや」

ジョン・ザント氏は簡単には引き下がらなかった。

「お人形を見せておくれ」彼は言った。「ほら、私のお膝においで」

ルーシーはきっぱりとふたことで言った。「わたし、いや」

父親は叱ろうと窓に近づいた。ザント氏が割って入ったが、その態度はこれ以上ないほど慈愛に満ちていた。彼は心から懇願するように両手を挙げた。

「レイバーンさん、妖精というものは恥ずかしがり屋なものです。そしてこの幼い妖精は、初対面の相手にすぐさま懐(なつ)くような娘ではない。愛らしいじゃありませんか。ふさわしい時というものがあります。おふたりはどのくらいセント・サリンズに滞在されるおつもりですか。なにもないところですが、長く留まっていただけると期待してもよろしいでしょうか」

彼はこのお世辞混じりの質問をいかにも気安い調子で放ったが、それが装ったものであることは明らかで、レイバーン氏をじいっと見つめている様子は、返答の重大さを物語っていた。

彼の言う「どのくらいセント・サリンズに滞在されるおつもりですか」は、実のところ「どのくらい早く我々のもとから消えるつもりなのか」という意味なのだ。そう結論に導かれたレイバーン氏は、状況に依るでしょうと注意深く答えた。ザント氏は義妹を見やった。部屋の隅で、黙ってルーシーを膝に載せている。「あなたの魅力を発揮して、素敵な友人が長居したくなるような環境を作って差し上げなさい。レイバーンさん、今日は我々と夕食を共にしてくれますね。小さな妖精さんもご一緒に」

ルーシーはこの比喩(ひゆ)の含意を受け入れようとしなかった。

「わたし、妖精じゃない」彼女はきっぱりと言った。「こどもだよ」

「しかも、いけないこどもだ」父親が出来るかぎり厳しい声で言った。

「だって、髭(ひげ)の男のひとって、怖いんだもの」

髭の男は楽しんでいるようだった——愛想の良い父親のように、ルーシーのきっぱりした口調を面白がった。夕食への誘いを繰り返したが、レイバーン氏が先約を言い訳にすると、最大限がっかりした様子を作ってみせた。

「ではまた今度」彼は言った(が、日程を押さえようとはしなかった)。「来ていただければ、私の家が住み心地の良いところだとお判りになるはずです。家政婦はちょっと変わり者ですが——でも千人にひとりの逸材です。もうロンドンとの違いを感じていますか。セント・サリンズの空気はじつに評判どおりです。ここを訪ねた患者は魔法のように治癒するのだとか。ザント夫人はいかがでしょう。顔色をどう思われますか」

レイバーン氏に良くなったと言ってもらいたいことは明らかだった。そのとおりに答えたが、ジョン・ザント氏はもっと積極的に肯定してもらいたいようだった。

「驚くべき快復ですよ」彼は強く言った。「完璧に快復したと言って良い。感謝しないといけませんね。私たちは本当に感謝しているのだと信じてくださいますね」

「私に感謝しているという意味ですか」レイバーン氏が言った。「よく判らないのですが――」

「判らないですと。最初にお会いしたときの会話をお忘れですか。ザント夫人をよくご覧ください」

レイバーン氏はザント夫人を見た。義兄がみずから説明を始めた。

「顔に血色が戻って、眼が健康的に輝いているのが判るでしょう（いやいやお世辞ではなく、ただ事実を述べているのです）。そしてこの嬉しい結果は、レイバーンさん、あなたのおかげなのですよ」

「そんなことは」

「そうなのですよ。あなたの貴重な提案があればこそ、私は義妹をセント・サリンズまで招待することに思い至ったのです。ほら、思い出しましたね。おっと、時計を確認することをお許しください。夕食のことが気になりまして。私はお嬢さんの想像しているような食いしん坊ではないですが、しかし料理人を待たせぬよう、時間に精確であろうとしているのです。明日はお会いできますか。早めに来ていただければ、我々はふたりとも家に居りますから」

彼はザント夫人に腕を差し出し、レイバーン氏に頭を下げて微笑むと、ルーシーに手を振って部屋を出ていった。ロンドンのホテルで行なった会話を思い起こして、レイバーン氏はジョン・ザントの（あの時の）目的をやっと理解した。彼は途方に暮れたふりをして賢明な提案を求めることで、もしザント夫人が自分の家に滞在していることで不利益が生じたとしても、レイバーン氏の助言がなければ彼女を家に入れることなどなかったと主張できるのである。

翌日になり、嫌々ながら前日のお礼としてジョン・ザント氏を表敬訪問しなければならなくなった。

レイバーン氏はふたつの選択肢に挟まれていた。ザント夫人の利益を優先すれば、彼は自身の意向を犠牲にして、この地に留まって彼女の義兄と良い関係を保たねばならない――もしくはさっさとロンドンに戻り、あの女性のことは運命の手に委ねてしまうべきなのか。言うまでもなく、レイバーン氏の選択に迷いはなかった。家を訪ね、ジョン・ザント氏を疑うような真似は一切せず――短い訪問のあいだ、快適に過ごすよう努めた。ホテルに戻る時間となり、ザント夫人に付き添われて階段を降りてゆくと、玄関広間に中年の女性が居るのを見て驚いた。まるでわざわざ注意を惹こうとそこで待っていたようだった。

「家政婦です」ザント夫人が囁いた。「無遠慮なひとですから、あなたとお近づきになるつもりかもしれません」

それがまさにこの家政婦の待機していた理由だった。

「ここの海水浴場がお気に召しましたか、お客さま」彼女は口を開いた。「お役に立てることがあれば、どうぞおっしゃってください。奥様のご友人とあらば、喜んでお仕えします――お客さまは古くからのご友人に違いありません。わたしはただの家政婦ですが、でも奥様のことを心から気にかけております。お客さまにお会いできて嬉しく思っています。いつもお友だちのちからが必要になるかなんて、誰にも予測できませんもの――そうですよね。別に悪気があって言ったのではないのです。ともかく、ありがとうございます。それでは失礼します」

　家政婦の眼には、心の乱れている様子は認められなかった。口元になにかの中毒を思わせる痕跡もない。やたらと親しげに絡んできたのは、なにか強い動機のためであるようだった。ザント夫人の語ったことに今しがたの観察を加味してみると、その動機とは雇い主への嫉妬であると思われた。

十一

　自室に戻ってひとりで考えてみると、賢明な方策はザント夫人にセント・サリンズを去るよう説得することだと思われた。翌日、彼女がルーシーと散歩をしようと訪ねてくると、レイバーン氏はこの強引な方法について考えてもらおうとした。

「もしまだ義兄の招待に応じたことを後悔しているのでしたら」彼は言葉を選んで言った。「あなた自身があなたの行動を決めて良いのだと、忘れないでください。ただここに私を訪ねて来てもらえれば、次の汽車でロンドンまでお連れできます」

　彼女はこの提案を断固として拒絶した。

「その提案を受け入れてしまったら、本当の恩知らずになってしまいます。わたしがあなたをジョン・ザントとの個人的な諍いに巻き込むような恩知らずだとお考えですか。いいえ、もしあの家を去らなければならなくなったら、わたしはひとりで出てゆきます」

この決意を変えることは出来なかった。彼女がルーシーと連れ立って散歩に出たあとも、レイバーン氏は落ち着かない心地でホテルに留まった。もっと機知に富んだ人物であっても、いま彼の直面している事態に対しては、なにが最善の行動になるのか判らなくなってしまうだろう。どうすべきかぐずぐず決められずにいると、何者かが部屋の扉を叩くのが聞こえた。

ザント夫人が戻ってきたのだろうか。開いた扉を見て、彼は驚いた——ザント氏の家政婦だった。

「警戒しないでください」彼女が言った。「ご主人様の家のまえで、ザント夫人が気を失われたのです。いまはご主人様が付き添っています」

「娘はどこにいますか」レイバーン氏が訊ねた。

「わたしがここまでお連れしたのですが、ホテルの玄関のところで婦人とその娘さんに出会ったのです。浜辺に出ようとしているところで——ルーシー様は一緒に行きたいとおっしゃいました。その婦人が言うにはふたりは遊び友だちで、あなたは反対されないだろうということです」

「そのひとのおっしゃるとおりです。ザント夫人は大丈夫なのですか」

「ええ。でも、あのひとのためにお伝えしたいことがあるのです。よろしいですか」彼女はレイバーン氏のほうに一歩進み、次の言葉を囁くように言った。「ザント夫人をここから連れ出してください。いますぐに」

レイバーン氏は警戒し、ただひと言だけ訊いた。「なぜですか」

家政婦は、奇妙なほど遠回しな言い方で答えた――冗談のようでもあり、真剣なようでもあった。

「ある男性が奥様を亡くされたとき、その奥様の姉妹と結婚することが適法か否かということで、議会には意見の相違があると聞きます。いえ、お待ちください。要点を申し上げます。ご主人様は、遠くまで見通せる頭をおもちの方です。わたしのような人間からは逃れ去ってゆくような結果まで把握しているのです。ご主人様のお考えでは、ある男性が奥様の姉妹と結婚することが問題ないのであれば、別の男性が姻族に敬意を表し、兄弟の未亡人と結婚することにだって異論はないだろうというのです。ご主人様が、その『別の男性』なのです。『未亡人』が結婚する前に、彼女を連れ出してください」

これは忍耐の限界を超えていた。

「ザント夫人を侮辱しましたね」レイバーン氏が応えた。「そんなことは有り得ません」

「彼女を侮辱したですって。聞いてください。みっつにひとつです。罠に嵌められて同意することになるか、脅しに怯えて同意することになるか、薬を飲まされて同意することになるか――」

レイバーン氏は怒りのあまり、話を遮った。

「いい加減なことを言わないでください」彼は言った。「結婚なんて有り得ません。法律だって禁じています」

「あなたは目先のことしか見ようとしないのですか」彼女は横柄に言い放った。「法があの方の金を受け取らないと言い切れますか。あの方が結婚許可証を手に入れるとき、自分がすでに彼女と姻族であることを、わざわざ話すと思うのですか」そこで唇をぎゅっと閉じ、態度を急変させた。猛烈に床を踏み鳴らした。彼女を突き動かす本当の動機が次の台詞に表れていて、レイバーン氏はもっと好意的に耳を傾ける必要があるのだと悟った。「あなたが止めないなら、わたしが止めます。あの方が結婚するなら、その相手はわたしです。あの女を連れていってください。お願いですから、どうかあの女を連れていってください」

最後に訴えかけた調子が、功を奏したようだった。

「一緒にジョン・ザントの家に戻りましょう」レイバーン氏は言った。「自分の眼で判断したい」

家政婦は手を彼の腕に置いた。

「わたしが先に参ります――でないと、あなたは入れてもらえないかもしれません。五分後にいらしてください。表の扉は使わないように」

立ち去ろうとしたところで、彼女は急いで戻ってきた。

「忘れていました」彼女は言った。「ご主人様がお会いにならないと言った場合のことです。平静を欠いて癇癪（かんしゃく）を起こしたり、あなたを不愉快にさせたりして、帰るように仕向けるかもしれません」

「私だって平静を欠いて、癇癪を起こすかもしれない」レイバーン氏は答えた。「それに──ザント夫人のためを思えば、彼女を伴わずに家を出ることなど拒否します」

「それは駄目です」

「どうしてですか」

「わたしが責められることになります」

「なぜですか」

「だって、あなたがご主人様と口論をすれば、あなたをお通ししたわたしの責任になりますから。それに夫人のこともお考えください。ふたりのあいだで揉めごとが起こったら、彼女はまた怯えて、正気でなくなってしまいます」

誇張した言い方ではあったが、この最後の意見に説得力があることは、レイバーン氏も認めざるを得なかった。

「それに結局」家政婦が続けた。「ご主人様のほうが、夫人に対してより多くの権利をもっています。あの方は夫人の姻族で、あなたはただのご友人です」

レイバーン氏には、この意見に与するつもりはなかった。「ジョン・ザント氏こそ、夫人とはただの姻族なのです」彼は言った。「もし夫人が信頼してくれるなら──なにがあっても、私はその信頼に値する者になります」

家政婦は首を振った。

「また口論になるだけです」彼女はそう言った。「ご主人様のような相手と上手くやるには、友好的にやるべきです。どうにかして裏をかかなくては」

「謀りごとは好きになれません」

「それなら、わたしはここで失礼します。ザント夫人がご自身で最善の方法を見つけるのを見守りましょう」

レイバーン氏が根負けした。その選択肢だけは受け入れることが出来なかった。

「わたしの言うことを聞いていただけますか」家政婦が訊ねた。

「悪いことにはなるまい」彼は頷いた。「聞きましょう」

彼女は話を進めた。

「ご主人様の家へいらしたとき、二階の廊下にいくつか扉があったことを覚えていますか。ええ。そのうちひとつは客間の扉で、もうひとつは書斎の扉です。客間の様子は覚えていますか」

「広くて明るい部屋でしたね」レイバーン氏は答えた。「入口とは別の壁に扉があって、豪華なカーテンが掛けられていましたか」

「それを覚えているのであれば充分です」家政婦は続けた。「そのカーテンの奥をご覧になっていたら、書斎に繋がっているのが見えたはずです。ではご主人様が普段どおりの丁重さで、いまは都合が悪くてお相手が出来ないとおっしゃるのを想像してください。あなたも礼儀正しく客間から出てゆかれる。階段を下りていった踊り場で、わたしが待っています。これでお判りですか」

「いや、どういうことですか」

「驚くほど察しの悪い方ですね。わたしたちはこっそり戻って、廊下の扉から書斎に入るのです。そうすれば二番目の扉を、客間の出来事を知る手段として使えるのです。カーテンの裏から、ご主人様がザント夫人に無礼な振る舞いを行なわないかどうか見張ることが出来ますし、夫人が助けを求める声も聞くことが出来ます。必要になれば、あなたは手遅れになる前に、ふたりのあいだに割り込んでいただいて構いません。夫人を怯えさせたのはあの方であって、あなたではないわけですし、レイバーン氏が女性を救うために必要なことをしたからといって、無力な家政婦が非難されることにはならないでしょう。これがわたしの計画です。試してみる価値はあるでしょう」

レイバーン氏はきっぱりと言った。「好きにはなれません」

家政婦はふたたび扉を開け、別れを告げた。

もしレイバーン氏がザント夫人に通り一遍の興味しかもっていなかったならば、そのまま彼女を帰らせていただろう。だが、彼は家政婦を呼び止めた。そしてぐずぐずと(無益に)抗議した挙句、ついに屈したのだった。

「わたしの指示に従っていただけますね」彼女は確認した。

彼は約束した。家政婦は微笑み、頷くと、今度こそ部屋を出ていった。指示に従って時計で五分を数えてから、彼もまた部屋を出た。

十二

家政婦は通りに面した玄関扉を半開きにして待っていた。

「ふたりとも客間にいらっしゃいます」彼女は囁くと、レイバーン氏を連れて上階にあがった。

「そっと歩いて、不意打ちをするのです」

客間の真ん中には長卓があり、その窓側をザント夫人が壁際まで行ったり来たりしていた。長卓の反対側にはジョン・ザントが座っていた。完璧に驚愕した様子で、本来の性格が剝き出しになっていた。彼は卒然と立ち上がると、侵入者に向けて罵倒するように抗議の声をあげた。

そちらに注意を向けることなく、ほかのなにも意識せず、レイバーン氏はザント夫人だけに注目していた。彼女はまだふらふらと歩き廻っており、彼のかけた同情の言葉にも気づいた様子なく、客間にひとが入ってきたことすら知覚していないようだった。

ジョン・ザントの声が沈黙を破った。先の憤激は抑え込まれていた。彼にはレイバーン氏と友好的な関係を保たねばならぬ理由があった。

「すみません、我を忘れていました」彼は言った。

レイバーン氏の意識はザント夫人に向いたままで、謝罪の言葉にも反応はなかった。

「いつ、こうなったのですか」彼は訊ねた。

「十五分ほど前です。幸いにも私は在宅していたのですが、こちらに話しかけたり、気付いたりする素振りも見せず、夢遊病であるかのように、階段を上がっていったのです」

突然、レイバーン氏がザント夫人を指差した。

「見てください、変化が」

ぐるぐると歩き廻る反復は止まっていた。長卓の奥、窓際で立ち止まり、外からの陽光が顔に降り注いでいた。その眼はまっすぐ前を見つめており――表情は空っぽだった。唇をかすかに開き、頭をわずかに肩へと傾け、なにかに耳を澄ませるようだった。眩しく暖かい光のなか、彼女はふたりの男の眼前で、死の沈黙に包まれた者のように静止していた。

ジョン・ザントには意見を述べる準備が出来ていた。

「神経の発作ですよ」彼は言った。「強硬症（カタレプシー）に類似する症状です」

「医者は呼びましたか」

「必要ありません」

「失礼ですが、どうみても医療の介入が必要ではないですか」

「覚えておいていただきたいが」ジョン・ザントが答えた。「決定権は私にあるのです。夫人の親族なのでね。あなたの訪問は名誉なことです。だが間が悪かった。申し訳ないですが、お引き取りいただけますか」

家政婦の助言や約束を忘れてはいなかった。しかしジョン・ザントの表情を見ていると、レイバーン氏には自制を保つことが難しかった。彼は逡巡（しゅんじゅん）し、ザント夫人に眼を戻した。

もし居残って口論になったら、夫人を力ずくで連れ出すことになる。だが突然にこの忘我から揺り起こされたとき、彼女に生じる影響を考えると、従わざるを得ないと思われた。彼は退室した。

階段を下りていった踊り場で、家政婦が待っていた。客間の扉が閉ざされると、レイバーン氏に付いてくるよう合図して、ふたたび上階へと戻っていった。いまいちど逡巡したのち、彼は従った。廊下から書斎に入り——もうひとつの扉口、そのカーテンの裏側に立った。端を捲ると、疑われることなく隣の客間が観察できた。

レイバーン氏が覗いてみると、ちょうどザント夫人に義兄が近づこうとするところだった。すると彼女の身体が動いた——彼が完全に距離を詰める直前だった。静止していた姿が揺れだした。うなだれた頭がもちあがった。一瞬、痙攣するような動きがあった——まるでなにかが触れたようだった。彼女はその相手が判ったようで、また動きを止めた。

ジョン・ザントはこれを観察していた。感覚が戻りかけているのだと考えて、彼は試みに話しかけた。

「愛しいひと、甘美なる私の天使よ、おまえを崇める心のもとに降りてきてくれ」

そう言って前に進み、彼女を照らしている陽光のなかに歩み出た。

「眼を覚ますのだ」彼は言った。

夫人は同じ場所に立ったまま、声も聞こえず姿も見えない男の掌中にあった。

「眼を覚ますのだ」彼は繰り返した。「愛しいひと、さあ」

彼女を抱きしめようとした瞬間——レイバーン氏が客間に飛び込んできて——ジョン・ザントは腕を硬直させ、伸ばした姿勢のまま動けなくなった。恐怖の声をあげ、彼は腕を動かそうと藻搔いた——陽光の空虚な輝きのなかで、なにか見えない手に腕を摑まれているようだった。

「これはなんだ」悪党は叫んだ。「誰かが手を摑んでいるのか。ああ、冷たい、冷たいぞ」

顔が痙攣し、黒眼がぐるりと上擦って白眼が剝き出した。それから客間を揺らす勢いで、轟音をたてて倒れた。

家政婦が走り寄って、雇い主のそばに跪いた。片手でスカーフを緩め、もう片手で長卓の端を指差した。

ザント夫人はまだ同じ場所に留まっていたが、また変化が起こった。すこしずつ、その眼が生気を取り戻し——それからそっと閉じられた。長卓のそばからふらふらと後ずさり、なにか支えを摑もうとするかのように、両手をむやみに振り回した。レイバーン氏が駆け寄って、転倒するまえにその身体を抱き留め——部屋から運び出した。

玄関広間で使用人のひとりと行きあって、馬車を呼んでもらった。十五分も経たぬうちに、ザント夫人はレイバーン氏のホテルで手当てを受けていた。

十三

その夜、家政婦の書いた手紙がザント夫人に届けられた。

「医師たちにもほとんど手立てがありませんでした。発作による麻痺が顔にまで広がっています。もし死を免れたとしても、身体は動かせなくなるでしょう。わたしは最後まで彼の世話をします。あなたは――彼を忘れてください」

ザント夫人は手紙をレイバーン氏に渡した。

「読んで捨ててください」彼女は言った。「恐ろしい真相を知らずに書いているのです」

彼は従った――そして黙って彼女を見つめ、続く言葉を待った。彼女は顔を伏せた。いくらか迷ったのち、まだ躊躇を見せながら、ぽつぽつと喋りだした。

「ジョン・ザントの腕を摑んだのは、生者の手ではありませんでした。わたしを守ってくれる者の魂が、あの場に居たのです。約束のとおりに。判るんです。それ以上のことは知りたいと思いません」

話し終えると、彼女は立ち上がって退室しようとした。自室で休息する必要があることを見て取って、レイバーン氏は扉を開けた。

ひとりで残された彼は、これからのことに思いを巡らせた。いま出ていったばかりの女性のことを、どう考えるべきなのだろうか。可哀想に病で心身ともに弱ったひと。神経が見せる幻覚の犠牲となったひと。超自然的な存在の啓示を受けるよう選ばれたひと――それも、これまでに聞いたり読んだりしたことのないような類の啓示だ。これまで彼女の言動をどのように受け取っていたのか、彼ははじめて自覚した。彼は彼女を哀れんでいたのではなく、その信念に共鳴し、ほかの女性たちよりも遙かに高い位置へと据えていたのだった。

十四

彼らは翌日、セント・サリンズを去った。

旅の終点に到着しても、ルーシーはザント夫人の手をぎゅっと握りしめたままだった。娘の眼には涙が溜まっていた。

「本当にさよならしないといけないの」彼女は悲しそうに父親に訊いた。

彼には自信をもって告げる勇気がなかった。ただこう言った。

「ほら、自分で訊いてみなさい」

だが、結果として彼は正しかった。ルーシーの顔に幸せが戻った。

C―ストリートの旅籠（はたご）

ダイナ・マリア・クレイク

（夏来健次 訳）

The Last House in C—Street (1856)

by Dinah Maria Craik

ダイナ・マリア・クレイク（Dinah Maria Craik 1826 - 1887）

女流小説家。未婚時代の姓を用いダイナ・マリア・ミューロック（Mulock）と称する場合もあった。おもに児童向け読み物で力を揮ったが、少ないながら短篇怪奇小説も著わした。本邦初紹介作家。

「C——ストリートの旅籠」（The Last House in C – Street 1856）は老夫人による話中話として語られるジェントル・ゴースト・ストーリー。最後にある人物がなぜか涙を流すところが印象的。

本篇の舞台C—ストリートは架空の通りと思われるが、シティ・オヴ・ロンドン地区のテンプルに所在してテムズ川を望むとされている。また有名なドルリー・レーン劇場でシェイクスピア劇を観覧するくだりが重要な契機とされていることから、同劇場のあるシティ・オヴ・ウェストミンスター地区コヴェント・ガーデンからもあまり離れていないところと想像される。

　わたしは幽霊を信じているわけではない。むしろ信じるに足りないと思っている。よく伝えられるところによれば、〈彼ら〉の顕われ方の多くは目的もなく脈絡もなく、謂わば荒唐無稽であり、そこに介在するという超自然的感覚と称するものも疑念を呼ばずにはいない。だがその一方で、現世的な普通の感覚もまた信じきれない場合がある。たとえば、仮に十の幽霊譚があるとすると、そのうちの九つは合理的な説明がつくだろうが、残るひとつは自然な解釈ができないことがある。俗世間は〈事実〉と呼ばれる曖昧な要素に頼りすぎ、すぐに懐疑的にかぶりを振っては、「証拠を見せよ！　事実という証拠がなければだめだ！」と叫んでしまう。

　しかしわたしにとっての懐疑は、人と霊との交流が存在するかもしれないという、きわめて可能性の低そうな奇妙な説に対して――俗に謂う〈幽霊が出る〉という漠然とした捉え方について――決して頑迷にあるいは軽蔑的に疑いの目を向けるものではないつもりだ。天と地とさらにその下の世界を語るに際して、自分の頭のなかだけの些細な法則に照らして考えようとする自称賢人ほど、無知で幼稚で信頼できない者もいないだろう。つまり、大自然が孕む不可思議を、説明がつかないから、不可能であるから、というだけで実在の可能性を否定してしまうのは、不遜にすぎると言わざるをえないのだ。

これもまた一意見にすぎないとはいえ、こうした考え方を前提として、わたしはここにひとつの実話を幽霊譚として発表しておきたいと思う。その表層的な出来事と状況には否定しようのない実在の証拠があるが、それらの原因および結果にかかわる人間の精神面の謎に関するかぎりは、依然として安易な説明を許さない。ここに出てくる幽霊は、シェイクスピア悲劇『ハムレット』に登場する国王の幽霊と同様に善良だ。そしてその幽霊の娘にあたる老夫人――彼女の記憶のなんと優しく細やかなことか！――からわたしが聞いたのが以下の実話なのである。


「これはずいぶんと昔の話よ」と、ドロシー・マッカーサー老夫人は語りはじめた。「テーブルが独りでに動くことがあると信じられた時代のね。晩餐の食卓の上に死んだご先祖さまの霊がやってきて、空中で帽子を揺らせたり、お皿をくるくるまわしたりすると、若い人たちは仕掛けがあるに決まってると笑ったけれど、年とった人たちは驚いて怖がったものよ。でもわたしは幽霊をそんなふうに遊びの道具にはしたくないの」

「どうして？」とわたしは訊き返した。「幽霊を信じているから？」

「少しね」

「見たことがあるの？」

「いいえ。でも一度だけ――」

マッカーサー老夫人ははっきりとは答えにくいとでも言うように、妙に真剣な顔になった。

幽霊が怖いからなのか、それとも幽霊を信じていると莫迦にされるのを恐れてか。でも心優しい老夫人がなにか幻めいたものを見たと言ったとしても、だれも笑ったりはできないだろう。他人に対して皮肉めいた言葉を吐いたりすることの決してない人なのだから。そういう人がなにかを恐れているように思えるのは、日常的な感覚しか持っていなくて驚きが少なく、想像力もまだ乏しい少女だったそのころのわたしにとっては、とても気になることだった。

それゆえ、マッカーサー老夫人の幽霊譚に好奇心を持って耳を傾けることになった。

「これは相当昔のことで、記憶が混乱したり、あるいは忘れたりしているかもしれないと思われても仕方ないほど、古い時代の話なの。でも、わたしは混乱してもいないし忘れてもいないのよね。ときどき思うのだけれど、人は今に近い時期のことよりも、十代のころに経験したことのほうをはっきり記憶しているんじゃないかしら——そのときわたしは十八歳だったのでね。それに、そのころのことを鮮明に憶えているわけはほかにもあるのよ——そう、わたしが恋をしているときだったからなの。

老夫人は穏やかながらも意味ありげな微笑みを向けた。そんなことありえないとか滑稽だとかいうふうには、齢若いわたしにも考えてほしくはないとでも言うように。

「ご主人のマッカーサーさんと恋をしていたのね」純朴な少女時代だったわたしにとってはそれが自然なことだったので、訊き返すというよりも事実を言っただけのつもりだった。だれもが初恋の人と結婚するものだと思っていたから。

「いいえ、ちがうの。相手はマッカーサーではなかったのよ」

わたしは驚き、一瞬黙りこんでしまった。この齢老いたよき友人については、ある種の理想像を思い描いていたからだった。老夫人もそんな気持ちを見抜いたのか、五分ほどのあいだ話を中断して、手もとの編み物にいそしんだ。やがてかすかな笑みとともに話が再開されたときも、わたしの驚きはまだ薄らいでいなかった。

「その人は上品な若い紳士でね、わたしのことをとても好いてくれていたの。恋人にしているのを誇らしく思うほどにね。ほんとにそうかと疑われるかもしれないけれど、そのころのわたしはとても美人だったのよ」

わたしは少しも疑ってはいなかった。細身で小柄で、手も足も小さく、今でさえ後ろから背中を見ながら歩いているときなど、つい若い女性かと錯覚しそうになるほどだ。わたしたちよりもこの老夫人ぐらいの世代のほうが、ゆっくりと安逸な人生を送れているのかもしれない。

「ほんとなのよ。まだドロシー・スウェイトだった当時のわたしは、バース（サマセット州の都市。英国有数の観光地）一の美人と言われていたんですもの。エドモンド・エヴェレストという人と恋に落ちたのも、バースでのことだったの。わたしはすっかり有頂天になったわ。というのは、フランシス・バーニー（十八－十九世紀英国の女流作家）の『セシリア』（バーニーの代表作、一七八二年の長篇恋愛小説）を読んだばかりだったから。エドモンドのことをモーティマー・デルヴィル（『セシリア』の登場人物。主人公セシリアが恋する）とそっくりだと思っていたのね。『セシリア』はとても素敵な小説よね。あなたは読んだことあるかしら？」

「いいえ」わたしはそう答えてから、話題を幽霊譚に戻すため、かつてエドモンド・エヴェレストという恋人がいて、今はマッカーサー夫人になっているという、ふたつの事実から導かれる唯一の結論を口にした。「それじゃ、そのエヴェレストさんの幽霊なのね？」

「いいえ、そうじゃないのよ。幸いなことにエドモンドは今も生きているの。ときどきわが家を訪ねてくるわ。今ではそれぞれの家族同士で友人付き合いをしているの。彼はほんとにいい人なのよ！」そう言って老夫人はゆっくりとかぶりを振った。半ば嬉しそうに、半ば思い出に耽(ふけ)るように。「それはもう信じられないくらいにね」

　十八世紀の小説の話やわたしの祖母ほどの世代の恋人の話ばかりをされても、笑顔で聞き入るのはむずかしい。幽霊譚にはまだほど遠い回想話に辛抱強く耳を傾けた。

「でも、マッカーサーさん、これからしてくれるお話は、そのバースで見聞きしたことなんでしょ？　もちろん幽霊の話のことだけど」

「幽霊、とは呼んでほしくないのよ。なんだか笑われているような気がするから。幽霊というより、まだ生きていた人間だったの。ここでこうして椅子にかけている、七十五歳の老人であるわたしと同じくらいに、たしかにいる人間なの。十八歳の淑女であるあなたとも同じほどにね。いいわ、これからいきさつの全部をお話ししましょう。

　わたしが父母を伴って、エドモンドと一緒にロンドンを訪れているときだったの。エドモンドがわたしもつれてくるようにと、父母を説得したからなのね。彼はわたしに広いロンドンを見せたかったんでしょうけれど、勉強にいそしむ貧しい法学生だった彼の住んでいる界隈(かいわい)は、むしろ狭苦しい雰囲気の街だったわね。彼はわたしたち親子のためにテンプル（シティ・オヴ・ロンドン地区に属する法曹街）に近いC―ストリート（架空の地名と思われる）の奥にある旅籠(はたご)を予約してくれたの。テムズ川を望む宿でね。彼はテムズ川がとても好きで、勉強が忙しくてわたしたちをラネラー・ガーデンズ（十八世紀、ロンドンのチェルシー地区にあった公園）やお芝居につれていけないときには、テンプル・ガーデンズ（法曹地区テンプルにある公園）の散策を案内してくれたわ。わたしと父母の三人をね。テンプル・ガーデンズ、あなたは行ったことある？　今もとてもいいところよ。忙しくて騒々しい大都会の真ん中でありながら、静かで落ちついていて。大きな木々の隙間から見る星空も素敵なものよ。でもわたしが若かったころのほうが今よりもっと素敵だったわね」

ああ、そんな景色を見てみたかった！

「その日の最後の散策の場所が、そのテンプル・ガーデンズだったの。わたしと母とエドモンドの三人で歩いたんだけれど、そのあとで母はバースに帰ったの。ロンドンの街は華やかすぎて賑やかすぎて、母は少し疲れてしまったみたいだった。それにバースの実家は大家族だったうえに――そのなかでわたしがいちばん上の娘だったわけだけれど――母には一、二ヶ月のうちにいちばん下の子供が産まれる予定だったので、みんなとても楽しみにしていたのね。とにかくそんな事情で、そうなる前に母はそのときのロンドン旅行でわたしと一緒にいろんなところに行っておきたかったんでしょうね。あちらこちらの演劇に行ったり、いろいろな景色を眺めたり。わたし自身そういうところにたくさん行けるのが嬉しくて仕方ない年ごろだったので、ほんとに楽しかったわ。

でもその日の夜、母は急に顔が青白くなって、気分が悪そうになり、早く家に帰りたいと言いだしたの。

わたしたちはもう少し一緒にいられないかと、なんとか母を考えなおさせようとしたわ。というのは、つぎの日の夜にロンドン旅行のなかでもいちばんの楽しみを予定していたからなの。つまり、ドルリー・レーン劇場で『ハムレット』を観劇することになっていたのよ。ジョン・ケンブルとサラ・シドンズの共演の！　想像してもごらんなさいな。あれほどのお芝居は今はもう観られないでしょう。日ごろ楽しみごとに億劫な父でさえ、是非と行きたがっていたわ。そのためなら実家に帰るのを遅らせてもいいと、それとなく仄めかすほどにね。でも母の気持ちは固かった。

　するとエドモンドが母に向かって――（彼がそれを言ったときわたしたちが立っていた場所を、今でもはっきり憶えているわ。テムズ川の高い岸壁に漣が打ち寄せ、対岸のサザーク地区の家並みが夕日に煌めいていたの）――彼は母に向かって、不躾とも思えることを言ったの。わたしと恋をしているときだったから、思いきって言うしかないと思ったんでしょうね。

『奥さま、おそらく、お独りきりで故郷でおすごしになるというのは、初めてのことかもしれませんが――』

『わたしが初めて独りきりになるって、どういうことかしら、エヴェレストさん？』

『こんなお願いをしてすみません。でも、もしできるなら、ご主人スウェイトさんとドロシーをあと二日間だけあとに残して、お独りで故郷にお帰りになってはいただけませんでしょうか？』

『ドロシーたちをあとに残して、ですって？』おもしろいことを言うとでも思ったのか、母は笑った。『あなたはどう思うの、ドロシー?』

わたしは黙っていたわ。じつのところ、母が短いあいだでもわたしと父のそばからいなくなるとしたら、それはたしかにかつてないことだったの。若かったわたしは、以前には母のそばを離れるなんて考えたこともなかったし、母抜きでなにかを楽しめるなんて思ってもいなかった——その三ヶ月前にエドモンドと恋に落ちるまでは。

『お母さま、わたしは決して——』

でもそこでエドモンドの顔を見やって、つい口ごもってしまったの。

『どうしたんだ、ドロシー。言ってごらん』

でも言えなかった。エドモンドがとても悲しげな顔になっていたから。それほどわたしと彼は一緒にいるとき幸せを感じられた、ということなんだわ。でももしここでわたしが母と一緒にバースに帰ってしまったら、その先何年も再会できなくなるかもしれないんですもの。バースとロンドンのあいだの旅は長くてたいへんだったの——たとえ恋人である二人にとっても。彼は遊ぶ暇もないほど勉学に励んでいたから、とてもバースまでは来られなかったし。だからここで親子三人とも故郷に帰るというのは、たしかに母のわがままであるかのように思えなくもなかったの。

わたしはとてもそんなことを口には出せなかったけれど、でもわたしの悲しげな目が本心を物語ってしまったようで、母はそれを見てとったにちがいないの。

母は考えごとをしながら、ゆっくりとした足どりでしばらく歩いていた。そのとき母がかぶっていた頭巾を飾る桜色のリボンの下の、疲れの滲む青白い顔が、今でも目に浮かぶわ。当時の母はまだ若くて、とても綺麗な顔立ちをしていた――ああ、愛しいお母さま！

『ドロシー、もうこの話はやめにしましょう。とにかく、悪いけれどわたしはやはり帰らなければいけないの。でも、お父さまにはわたしから話して、あなたと一緒に週末までこのロンドンにとどまるようにさせましょう。それでどうかしら？』

『だめよ、そんなこと――』とわたしは言いかけたけれど、エドモンドに腕を押さえられ、ここは思いとどまるようにという説得のまなざしで見られて、こう言い変えたの。『――わかったわ』

エドモンドがとても嬉しそうに感謝をあらわにしたから、母はもうそれ以上なにも言えなくなって、彼の腕に凭れかかるようにして、しばらく黙って歩いていたわ――彼のことをとても気に入ってくれたみたいで。それから立ち止まると、テムズ川を上流から下流へと眺めわたしたの。

『これがわたしのロンドンでの最後の散歩ね。とても親切にしてくださって、感謝していますよ、エヴェレストさん。わたしが故郷へ帰ったあとも――ドロシーのことをどうかよろしくお願いしますわね』

そう言った母の声と言葉が、今もわたしの胸に焼きついているわ。母への感謝と、自分への後悔が綯い交ぜになったような気持ちで。母はわたしを思いやってくれたのに、わたしはそうできなかったという気がして。でも――後悔――この言葉に、わたしたちはだれもが囚われすぎるのかもしれないわね。結局人は〈今〉このときをどうにかしていくしかなくて、後先のことは考えてもどうにもならないんですもの。とにかくあのときのわたしは、もう自分もほかのだれかも責めないことにしたの。なにが起こるとしてもそれは運命で、変えられないことなんだと思って。

翌朝、母は独りで故郷へと帰っていったわ。わたしと父も数日後には帰るつもりでいた——母はもっとゆっくりしていればよかったのにと言うかもしれなかったけれど。母の出立はよく憶えていないほどあわただしくて、唯一記憶にあるのは、父がほとんど命令と言ってもいいほど強い調子で、母にこう望んだこと——なにかあったらただちに知らせを送ってよこせ、と。『少しでも変わったことがあればすぐ連絡するように。約束できるな？』父はそう諄く言った。『約束します』と母は答えた。

母が帰ったあと、あんなに深刻に約束させることもなかったかもしれないと父は洩らしたわ。というのは、バースへのゆっくりと進む馬車で故郷に帰った母が、ロンドンへの手紙を書いて送るころには、わたしたちもすでに帰途について、おおよそ帰り着くころになっているかもしれないんですからね。それに、そもそも変わったことなど起こりそうに思えなかったし。それでも父はずいぶん落ちつかないようすだった。とても幸福だった夫婦生活のせいで、母がそばにいないことに慣れていなかったからでしょう。でも人はたいてい自分が悪いとは思いたくないものだから、父もそうだったにちがいないわ。それでその日は一日じゅうわたしとエドモンドに交互にやつあたりして、つぎの日もそうだったから、わたしたちはいい加減うんざりしながらも我慢するしかなかった。
『観劇にでもつれていってあげれば、お父さんも機嫌がなおるんじゃないかな』とエドモンドが言うの。『お母さんのことは、ほんとはあそこまで心配する必要もないと思えるからね。それにしても、ドロシー、きみのお母さんはなんていい人であることか！』

恋人がそんなふうに言ってくれるのがわたしにはとても嬉しくて、自分ほど幸せな女はいないんじゃないかとさえ思ったわ。

それで、三人で観劇に出かけたの。あなたには当時のお芝居がどんなものかわからないでしょうね。ジョン・ケンブルもサラ・シドンズも見たことがないわけですものね。じつのところ、先週あなたにつれていってもらった『ハムレット』に比べて、当時のそれはひどく劣っていたのよ、衣裳や舞台の華やかさにおいても。おまけに、いちばん深刻な場面でもつい笑ってしまったの。だって幽霊がお酒に酔っているとしか思えなかったんですもの。それにもかかわらず、奇妙なことには、あのとき初めて観た『ハムレット』の強い印象がずっと心から去らないの。その後なにか関係のある出来事があったわけではないのに。そしてもうひとつ奇妙なのは、あのとき観たのがほかのお芝居ではなくて、『ハムレット』でこそなければならなかった、という気がすることなの。シェイクスピアという劇作家が、謂わゆる幽霊と人々が呼ぶものを信じていたかどうか、あなたはどう思うかしら？」

わたしには答えられなかった。でも、マッカーサー老夫人の長い話のすえに、ようやく幽霊が出てくるんだな、とは思った。

「こんな話を笑わないでね。笑うのだけはやめてちょうだい」

老夫人は明らかに感情が高まっているのだった。その先を話すには、よほど心を強くしなければならないようすだった。

「その夜のわたしがどんな気持ちだったか、できればわかっていてほしいわね――舞台劇のすばらしさにすっかり魅了され、頭のなかがいっぱいになるほどだったの。夕食のときも三人でお芝居の話題で楽しく盛りあがって、そのあとエドモンドはわたしと父を旅籠に残して去っていった。父は就寝する前にも、ジョゼフ・グリマルディ（十八世紀―十九世紀の名喜劇俳優、道化師）のお道化た演技を思いだして、心底可笑しそうに笑っていたわね。あまりにおもしろくて、ハムレット役者も王妃ガートルード役者も霞むほどだったと言って。真剣な演技や高尚な演技よりも、滑稽な演技のほうがたいがい強い印象を人に与えるものよね。

わたしは旅籠の自分の寝室で窓辺の椅子にかけて、一緒につれてきていた小間使いのパティーに髪粉（かつて髪や鬘にまぶした化粧粉）を頭から払い落としてもらいながら、彼女とお喋りをしていたの。テムズ川を望む窓を半開きにしていたから、星空の下の暖かい夜気が入ってきて、まるで屋外に出ているような気分だった。外から街の賑やかさが聞こえたり、歩きまわる人々の影が見えたりしていたから、閉めきった深夜の部屋の寂しさや侘しさはまるでなかった。

さっき言ったように、わたしはパティーとお喋りしたり笑いあったりしていたの。パティーもわたしと同じく若くて、しかも恋人がいたのね。それに、うちの家族と同様にエドモンドのことをとても気に入ってくれて、彼をずいぶん誉めるものだから、わたしは笑いながらもちょっと窘めたりしていたわね。そのときセント・ポール大聖堂の鐘の音が、テムズ川の静かな水面の上を響きわたってきた。

『十一時ですね』鐘の数を数えていたパティーが言った。『わたしたち、ずいぶん晩くまで起きていてしまいましたわね、ドロシーお嬢さま。バースにいるときとは時間のすぎ方がちがうような気がしますもの』

『お母さまはきっと一時間前ごろには寝んだでしょうね』そう返したわたしは、そのときまで母のことを思いださずにいたのを少しだけ悔やんだ。

　つぎの瞬間、わたしもパティーも驚きにビクッと背筋をのばした。

『今の音、聞こえました？』とパティー。

『ええ。蝙蝠かなにかが窓にぶつかったんでしょう』

『でも、このお部屋の窓は半開きにしてありますけれど』

たしかにそうなの。それに、外には鳥も蝙蝠も飛んでいなくて、川面に流れ星が煌めくだけの静かな夏の夜だった。それなのにわたしにも聞こえたの。ちょうど――そう、ちょうど――だれかが窓ガラスを叩いているみたいな音が。

『そんなはずないわ！』

　そう言い返したけれど、聞こえたのはたしかなの――口では蝙蝠などと言ったのに。ちょうど人の手が窓ガラスを叩くような――とても優しい手がそっと叩いているふうで、故郷のバースの家で母が庭の花壇のなかを散歩しているとき出窓をそっと叩くことがあったけれど、それを思わせるような音だった。

『お父さまにはなにか聞こえたかしら。鳥かなにかだったとしたら、お父さまの部屋の窓にぶつかったのかもしれないわね』

『ああ、ほんとに鳥でしょうか！』

パティーもわたしと同様、鳥だなどとは信じていなかった。わたしは髪粉払いをつづけさせようとブラシを手わたしたけれど、彼女は手が震えて受けとれないほどだった。わたしは窓をぴたりと閉めきって、そのあとは二人とも窓ガラスをじっと見ていたわ。

するとそのとき、聞きすごしようのないたしかな音が、もう一度はっきりと聞こえた。ちょうどだれかが外から呼びかけるために窓ガラスを叩いているような音が。でも相変わらず窓の外にはなにも見えないの。ただ明るい星空が広がっているだけ。

わたしはひどく不審に思ったけれど、なぜか怖くはなかった。むしろ説明のつかない嬉しさが湧いてくる気がしたの。でもそんな自分の気持ちをしっかりとは把握できなくて、どう考えたらいいのかと思っているとき、突然大きな呼び声が父の寝室から響いてきたの。

『ドリー――ドリー！』

じつはわたしと母は同じドロシーという名前なのだけれど、父がドロシーと呼ぶのはわたしに対してだけで、母を呼ぶときはいつもドリーという愛称を使っていたの。でもそのときはそんなことを考えるいとまもなく、大急ぎで父の部屋の前に駆けつけ、鍵のかかったドア越しに父に呼びかけたわ。

部屋のなかからは父がなにか独り言をつぶやいたり呻き声を洩らしたりするのが聞こえたけれど、わたしの呼びかけに気づくまでには時間がかかった。痛風の発作の前のいつもの悪夢を見ているみたいで。そう思ったので、わたしは少し危機感が薄らいで、間を置きながらノックしたり耳を澄ましたりしていると、ようやく父が返事をしたの。

『どうしたんだ、ドロシー?』

『お父さまこそ、なにかあったの?』

『なんでもない。おまえも寝なさい』

『お父さま、だれかを呼んでいたんじゃなかった?』

『おまえじゃない、ドロシー——ああ、可哀想なドリー!』父はそう言うと、泣きだしそうな声でこうつづけたの。『どうしてわたしはおまえ独りを帰らせてしまったんだ!』

「お父さま、具合がよくないの? いつもの痛みが起こったんじゃなくて?」(こう言ったのは、痛風の発作のとき父は母にいちばんそばにいてほしがる癖があったからなの。ほかのだれかではだめだというほどにね)

『大丈夫だ。早く寝なさい。来なくていいから』

わたしとエドモンドのせいで故郷に帰るのが遅れてしまったことを、父はまだ少し不満に思っているんじゃないかという気がしたので、仕方なく退きあげたわ。そしてもうしばらくパティーと一緒に寝ずにすごし、ロンドンに来てまで父が痛風の発作を起こすことをつらい話題にしたりしていたの。母のいない旅先の旅籠では、わたしたちしか父を世話してやれる者がいないのだから。そんな話ばかりしていたせいで、初めにあわてふためくことになったいちばん肝心な原因を、つい忘れてしまっていたの――床に敷いた仮寝床で寝ていたパティーが不意にこう声をあげるまでは。

『ご主人さまのご病気がひどく悪いことにならないといいのですけれど。ひょっとして――あれは前触れだったんじゃないでしょうか？　さっきの音、本当に鳥かなにかだと思われますか、ドロシーお嬢さま？』

『それしかないでしょう。さあ、パティー、わたしたちももう眠りましょうね』

　そう言ったわたし自身、ひと晩じゅう眠れなかったの。間を置きながらも父がときどき呻くのがずっと聞こえていたから。痛風のせいにちがいないと思いこんでいたので、心の底では、みんなで母と一緒に帰ればよかったと悔やみはじめていたわ。

　やがて驚かせたのは、朝のとても早い時間に父が起きだして、旅籠の階下におりていく音が聞こえたことなの。まるで痛みなんかまったくなかったみたいに！　わたしも階下の食堂におりてみると、父は旅仕度の外套を着こんだ姿で朝食をとっていたわ。なんだかとても窶(やつ)れているようすだったけれど、でも旅籠を発つ決心は固いようだった。

『お父さま、まさかバースに帰るつもりなの？』

『そうだ』

『馬車が発つのは夜よ』わたしは強い調子で諭(さと)した。『それまでは帰れないわ』

『それなら郵便馬車に乗るまでだ。おまえも一緒に帰るなら、あと一時間のうちに仕度しなさい』

あと一時間！　そんなに早々とエドモンドと別れなければならないなんて！――（若いころのわたしはなんでもつらく考えてしまいすぎだったみたいね）――そう思うと、悲しみがひどくつのってきたわ。一時間後にはもうエドモンドにさよならを告げるのよ。それほどつらい別れがあるかしら――わたしたちの若い人生の半分ほども捨て去るにひとしいんですもの。そうなったら、真の別れは愛情がまったくなくなったときであるべきだなんてことまで、忘れてしまいそうな気がして。そのあと数年も離ればなれになるとしたら、そんな耐えがたい苦しみのあいだ、どうやって人目を忍んで泣けばいいというの？　ただ、さよならを言うだけで――わたしを愛してくれているエドモンドに――そんなときが来てしまうのよ。

やがていつものようにエドモンドが朝食のために旅籠にやってくるまでのあいだ、一分一分がそれぞれ一日ほどにも長く感じられたわ。眠れないで赤くなったわたしの目と、すでに紐で縛ってある父の旅行鞄をひと目見ただけで、彼は事態を察したようだった。

『スウェイトさん、今からもう発たれるのですか？』とエドモンド。

『そうだ』と父はまたも答えた。食堂のテーブル席で沈みがちに身を屈めたきり、朝食もろくに口にできていないみたいだった。

『夜の馬車までお待ちになれませんか？』とエドモンド。『王室画家ベンジャミン・ウェスト画伯（ジョージ三世期の英国王室付き歴史画家。一七三八―一八二〇）にお二人をご紹介したいと思っているものですから』

『王室画家だろうと国王陛下だろうと、ご遠慮しよう。早くドリーのもとに帰りたいのでね』

と父は言った。

エドモンドはほかにもさまざまなことを言って父を説得しようとしたわ。わたしもそれに一縷の望みを託したの。彼はものごとをよいほうへ導くのが得意な人だったから。とても明るい性格で、父もそこが気に入って、影響されていたぐらいだったし。

『ドロシー』と彼はわたしに小声で言った。『お父さんを説得するのに、きみも力を貸してくれないか。もう時間が残されていないからね。説得できないと、すぐさよならをしなければならなくなる』

そう、さよならをしたら、ずっと会えなくなるということよ。

『二人とも』父がついに声をあげた。『まだなにもわかっていないんだ。結婚して二十年経たないとわからないことだよ。わたしがドリーのそばに早く帰りたいと思う気持ちはね。家でなにかがあったにちがいないのだ』

そう言われたとき、わたしもなにかしらよくない兆しに勘づくべきだったけれど、でもエドモンドが浮かべた微笑みに絆されてしまったのね。『結婚して二十年経たないと』と父が言ったときの、彼の嬉しそうな表情に。

『お父さま』とわたしは言った。『そういうふうに思うわけがあるの？　あるのなら、わたしたちに話してちょうだい』

父は顔をあげ、悲しげな表情で見返した。

『ドロシー、わたしは昨夜、おまえのお母さんを見たんだ——今こうしておまえを見ているのと同じほどはっきりとね』

『奥さまをですって？』エドモンドがそう訊き返して笑った。『それはもう、わかりきったことじゃありませんか。夢をご覧になっていたんですよ』

『昨夜は一睡もしていないよ』と父は言った。

『どのようにして、奥さまをご覧になったと？』

『寝室に入ってきたんだ。故郷の家で寝室に入ってくるときと変わらない自然さで。燭台を持ち、片方の腕には寝入っている赤ん坊を抱いていた』

『奥さまはなにか仰いましたか？』と問い糺したエドモンドは、かすかな皮肉気味の笑みを洩らしていた。『昨夜ご一緒に「ハムレット」を観劇しましたよね。その影響で、奥さまの霊と出会ったかのように錯覚されたんでしょう。ぼくは霊といったものの存在を信じていません。健全な考え方に反することですから——人間の英知に。神の英知にも沿わないでしょう』

　エドモンドの話し方は正しさに溢れ、説得力があって、わたしもそのとおりだと思うしかなかった。父でさえも、自分の考え方の弱さに迷いを覚えはじめているようだった。父は医者であり、スウェイト家の家長でもあるから、迷信的な考えに囚われてうろたえてしまうのはたしかに恥だと思いはじめたかもしれないわね。するとエドモンドはさらに追い討ちをかけるように、わたしがためらいがちに打ち明けた別の出来事を持ちだしたの。

『ドロシー、きみが聞いた窓を叩くような音も、鳥だったのにちがいないよ。ぼく自身、この前の春の夜に、自分の部屋の窓に小鳥がぶつかってくるという出来事に出くわしてね。小鳥は怪我をして落ちたので、助けあげて手当てしてやり、しばらく飼っていたよ。とても可愛かったから。まるできみを思いださせるほどにね』

『そんなことがあったの?』とわたしは声をあげた。

『やがて怪我が治ったら、飛び立っていったよ』とエドモンド。

そしたら父が、『逃げていったのならドロシーとはちがうな!』と不意に言ったの。

そうやって父が説得されてしまったから、わたしもその場はそれで納得したの。そして結局父も夜までロンドンにとどまることになった。わたしたちはエドモンドにつれられて――小間使いのパティーも一緒に――ベンジャミン・ウェスト画伯の絵を鑑賞したり、心地よいテンプル・ガーデンズの木陰を散策したりしてすごした。そんなふうに四時間もとても楽しくすごしたから、あとになって余計につらい後悔をすることになったの。今ではもうわたしも自分を許しているけれどね――優しい母ならとうに許してくれていると思えたから」

マッカーサー老夫人はそこで話を中断し、涙を拭いてから、語りを再開した――年配の人々がよくするような、努めて落ちつき払った話しぶりで。

「さて、どこまで話したかしら?」

「テンプル・ガーデンズを散策したところよ」と、わたしは思いださせてやった。

「そうだったわね。わたしたちは散策のあと旅籠に戻ってきて、夕食にしたの。父はいつもどおり夕食が済むと仮眠をとった――気分はもとどおりになったようだけれど、睡眠不足もあって疲れていたんでしょうね。わたしとエドモンドは窓辺で椅子にかけて、帆を張った遊覧船や積荷船がテムズ川をくだるのを眺めていた――知っているでしょうけれど、当時はまだ蒸気船がなかったのね。

そのとき旅籠の人が部屋のドアをノックして、父に伝言があると呼びかけたの。でも父は仮眠から目覚めず、聞きつけなかった。それでエドモンドが代わりに戸口へ出向いていった。わたしは窓辺に立って、マーゲイト船（イングランド、ケント州の港市マーゲイトにちなむ荷船）の赤い帆が川をくだるのを眺めていたけれど、いっときでもエドモンドがいなくなると部屋のなかがひどく暗くなったような気がして、厭なものを感じはじめていたの。

変に長い間があってから、エドモンドが戸口から戻ってきたけれど、わたしを見もせずにまっすぐ父のところへ向かっていった。

『スウェイトさん、出立される時間です』と彼はいきなり言ったの！『旅籠の玄関口に馬車が来ています。急いで乗られるのがよいかと』

父は弾かれたように立ちあがった。

『ぼくが代わって言づてを聞いたところです。スウェイトさんご夫妻に――もうお一人お嬢さんができたそうです！』

『ああ、ドリー！』父はそう母の名を呼ぶなり、ほかにはなにも言わず、待ち受けていた郵便馬車に帽子もかぶらず跳び乗り、ただちに発っていった。

『エドモンド！』わたしは息も切れる思いで呼びかけた。『ああ、ドロシー、可哀想に！』

彼は抱きしめてくれたけれど、なぜか恋人というより兄に慰められているような気がした。彼が泣いているとわかると――わたしの首に涙がつたい落ちたから――それだけでもうわかったの、愛しい母にはもう二度と会えなくなったのだと。

母は赤ん坊を産むと同時に亡くなったの」長く間（ま）を置いたのち、マッカーサー老夫人はそう告げた。「その時間はちょうど、だれかが窓を叩く音をわたしが聞いたとき、そして赤ん坊を抱いた母が部屋に入ってくるのを父が見たときだったのね」

「赤ちゃんも亡くなったの？」とわたしは問い糺した。

「初めはそう思われたらしいけれど、あとで息を吹き返したのよ」

「なんて不思議な話かしら！」

「あなたに信じなさいなんて言うつもりはないわ。どうしてあんなことが起こったのか、わたしにもまるでわからないんですもの。言えるのはただ、あの出来事が事実だったということだけ」

「それで、エドモンド・エヴェレストさんはどうなったの？」わたしは少しためらったあとでそう尋ねた。

マッカーサー老夫人はかぶりを振った。

「あなたにも遠からずわかるようになるでしょうけど、人が初恋の相手と結婚できるというのは、ごく稀（まれ）なことなのよ。あの日のあと、わたしとエドモンドは二十年も会うことがなかったの」

「そんなことって――どうして？」

「彼が悪いわけではないと思ってるわ。でもあのあと父は彼を避けるようになったの――それもまたある意味で仕方のないことよね。母が生きてさえいればそうはならなかったでしょう。わたしも良心の咎（とが）めを感じたわ。わが家にはわたしを含め六人もの子供が遺されて、しかもいちばん下の赤ちゃんは生まれたときから母親がいないんですもの。わたしはエドモンドの気持ちが変わらなければずっと彼を愛しつづけられたでしょうけれど、彼はそうは考えられなかったのね。でも彼が悪いわけではないの――わたしは責めるつもりはないわ。結局こうなる運命だったんでしょう」

「その後エヴェレストさんは結婚したの？」

「ええ、数年後にね。奥さんをとても愛しているそうよ。わたしのほうは三十一歳のときマッカーサーと結婚したの。だからエドモンドもわたしも不幸せではないと言えるでしょうね。少なくとも、世の中のたくさんの人々のなかで、不幸のほうには入らないでしょう。しかも、二十年経ってから、エドモンドとは家族ぐるみの友だち付き合いができるようになったの。今でも日曜日には、奥さんと一緒によく訪ねてきてくれてるわ。あら、あなた、どうしたの？　そんなに泣いてしまって」

　そう、わたしは泣いていた――幽霊譚を聞いて涙が出たことなど、今にいたるまでほかにはなかったと思う。

ウェラム・スクエア十一番地

エドワード・マーシー

（夏来健次 訳）

No.11 Welham Square (1885)
by Edward Masey

エドワード・マーシー（Edward Masey　1857 - 1932）

準男爵・法廷弁護士ハーバート・スティーヴン〈Sir Herbert Stephen〉の変名で、本篇が唯一の世に出た創作とされる。本邦初紹介。

「ウェラム・スクエア十一番地」（No.11 Welham Square 1885）は不可視の幽霊との闘いに迫力がある。

舞台となるウェラム・スクエアは架空の街区と思われるが、語り手が勤務先である大英博物館に近い住居として選んだという理由があることからして、同博物館の所在地ブルームズベリー（カムデン地区に属する）からほど近い界隈と思われる。なお作者マーシーは実際に同博物館に奉職した経験があるわけではなく、その点も含めフィクションである模様。

一

わたしたち一家はベイズウォーター（ロンドン中心部シティ・オヴ・ウェストミンスターの一地区）の自宅の居間で夕食後の愉しいひとときをすごしていた。ちょうどわたしが勤務先である大英博物館（ブリティッシュ・ミュージアム）（十八世紀設立された世界初の国立博物館。カムデン地区ブルームズベリー所在）のある地位に就くよう辞令を受けた日で、それにより最も関心の深い分野の研究に専心できる機会が増えることになり、素養を大いに高められると期待できるようになった。それでそうした展望についてその日家族に打ち明けたわけだが、唯一払うべき懸念は、現状では自宅から博物館まで約三マイルの距離を通勤しなければならないため、もう少し朝早く職場の席につけるようにしたほうがいいのではないかという問題だった。

「ほんとに残念なのは」と、二人いる姉のうちの年下のパトリシアが口を開いた。「ウェラム・スクエア（架空の地名と思われる）の懐かしい旧邸にはいまだに住めないってことよね！　あそこからなら、エドワードが大英博物館まで通勤するのも五分ぐらいで済むでしょうに」

わたし自身は一家がウェラム・スクエアの旧邸を離れたあとで生まれたが、六歳年上のパトリシアは幼児期をすごしたその邸を記憶にとどめているのだった。

「そうとは言えんさ」と、父が唐突に反対表明した。「長距離を歩くほど体にいいことはないんだからな」
ベッドに入れば十分とはかからずに寝入ってしまう老紳士である父がそんな活力溢れることを言いだしたので、わたしはいささか驚きを覚えた。ふと顔をあげると、母が心配そうな顔でパトリシアになにやら目配せを送っているのが見てとれた。姉はその指示に従うように、急に話題を変えた。

数日後、大英博物館での新しい立場に就く初めての日、わたしはエッジウェア・ロード駅（シティ・オヴ・ウェストミンスター地区にある駅）の地下への階段を気乗りしない足どりでくだっていた。そのとき不意にあの日の話題が頭に浮かび、両親はなぜウェラム・スクエアの旧邸を忌避するような態度を見せたのだろうと疑問になってきた。そこで、もう一人の姉エレンにそのことを訊いてみようと心に決めた。だがその成果が期待したほどではなかったため、ほかからの情報集めに努めるようになり、ついには以下のような来歴を知るにいたった。

ウェラム・スクエア十一番地は土地建物ともわがマーシー一族が恒久的所有権（フリーホールド）を持つ不動産で、主邸（しゅてい）と隣接する数棟を含み、十八世紀初頭に一帯の土地所有者だったさる祖先によって建設された。事務弁護士を職業としたのち隠棲（いんせい）した人で、子息がなく、代わりに二人の甥がおり、一人はわたしの高祖父の父親にあたるアンドリュー・マーシー、もう一人はその従兄（いとこ）ロナルド・マーシーだった。周囲にはロナルドのほうが叔父の覚え目出度（めでた）きを得ていると見なされ、いずれは遺産相続人となると思われていた。並はずれて長身にして強壮で、近づきがたい風貌に憂愁（ゆうしゅう）を秘めた表情を帯びた若者だった。子供のころから非常に内向的で、しかもそうした自己表出の不得手さが成長とともにさらに進展し、ついには知力の弱さをも思わせるほどになって、一緒に暮らす者たちに従わざるをえなくなり、とくにわたしの祖先にあたる従弟アンドリューとは立場が逆転し、憧憬を懐くほど強く影響下に置かれることとなった。そのアンドリューは人一倍意志の強い若者だったため、従兄ロナルドを自分の思いどおりに変えていくほどに力を及ぼすにいたった。やがて現在ウェラム・スクエアと呼ばれている土地に新たな邸を建設したのち、彼らの叔父が当主のまま身罷った。するとアンドリューは叔父が生前したためた遺言書に自分が遺産のすべてを相続できるとする条項があると主張し、それが認められて相続が執行された。遺言書を目にしたのはただ一人の遺言執行者となったアンドリューだけであるため、ロナルドはそれに異議を唱えることもできたが、結局反対を表明することはなかった。またロナルドは叔父が死ぬ少し前にレティス・ホワイトという若き淑女と婚約しており、近隣の人々にはいずれ彼が叔父の遺産を相続するとともに結婚も果たすものと予想されていた。ところが老当主の死からさほどの間隔を置くこともなく、麗しのレティス嬢を結婚の祭壇へと導いた者は、遺産を継げなかったロナルドではなくて、幸運に恵まれた従弟アンドリューのほうだった。しかも新婚夫妻が新たな所有者として居住することになるウェラム・スクエア十一番地の邸に、ロナルドも同居せざるをえなくなった。

　そんな取り計らいを仕切ったアンドリューに対しては、ごく親しい友人知己たちの一部が、あまりに例外的で異常な差配ではないかと提言を試みたが、彼は口早にこう反論するのみだった——つまりロナルドの弱まった精神と知力の状態からして、係累から離れた単身での生活を認めるのは好ましくなく、この不幸な青年を自分たちと同じところに住まわせて保護することこそが縁者の愛情であり責務ではないか、と。斯くて彼らは広壮にして鬱然たる大邸宅に三人で同居しはじめた。アンドリューは隣接する貸し棟に住まわせた人々からきびしく賃借料を徴収し、それ以外の近所付き合いはほとんどしなかった。一方のロナルドはといえば、ほどなく知力の低さがだれの目にも疑いないものとなってきた。人前に出ることが稀になり、たまにそういう場合があってもたいていは沈黙を通しているだけだった。かつての婚約者と従弟を完全な服従のまなざしで眺めていたが、ときにはそれが人の理解を超えるほどに深い諦念の表情にまで陥ることもあった。

「まるで怯えきった獣かなにかみたい」

ロナルドをそう評したのは、マーシー家と交流する数少ない知人の一人だったある老夫人で、その人はこの不穏な一家の芳しからざるもてなしを受けることが稀にあるがゆえにそう言えるのだった。わが祖先アンドリューとその妻レティスおよび従兄ロナルドの三人の共同生活のようすについては、それ以上人に知られることはまずなかった。やがてアンドリューの結婚からおよそ六年ののちロナルドが亡くなったが、それまでの数ヶ月まったく人目に触れていなかったためもあって、だれにも特段の関心を払われないまま質素に埋葬された。

ロナルドの死から一年を経ずして、アンドリューとレティスの夫婦は突然ウェラム・スクエア十一番地を離れて余所へ転居していった。その後しばらくして、ある一家がウェラム・スクエアの邸で借家住まいをはじめた。三十年後にその一家の賃貸期限が切れると、アンドリューの息子が父親の旧居であるかの邸に自ら住みはじめた。だが長くはつづかず、数年後に突然離れていった。すると、幽霊が出るせいではないかという噂が広く立った。つまり不幸なロナルド・マーシーの霊が邸にとり憑いているにちがいないというのだ。以後は所有権のみマーシー家の代々の父から子へと受け継がれたが、一族の経済的事情により、隣接する棟々は徐々に切り売りされていった。ときどきマーシー家自身が居住を試みることがあったが、つねに数ヶ月とはとどまれず、そのたびに幽霊の噂が蒸し返された。しかしそうした悪評も歳月とともに色褪せると、やがてふたたび賃借人が住むようになり、それらの人々がよからぬ出来事に悩まされることもなかった。そしていちばん最近マーシー家の者が住んだ例がわたしの父の代であり、姉パトリシアがまだ幼いころのことだった。居住はわずか一年で唐突に終わったが、その理由について父は子供たちに明言することがなく、わたしが姉エレンに問い糺したときも、父が邸を嫌ったためではないかという以上の答えを得られなかったのはそのせいだった。やがて邸はある株式仲買人の一家に貸しだされることになった。

二

前章の冒頭での会話のときから五年の月日が経った。わたしの両親はすでにこの世におらず、下の姉パトリシアは結婚し地方都市で夫とともに暮らしている。わたし自身は大英博物館で成果を積み重ねるうちに、より地位が高く報酬もよい役職に就けるにいたった。ちょうど同じころ、ウェラム・スクエア十一番地を賃借していた住人から転居したいとの知らせが入ったのがきっかけで、この際家系の伝統に従ってマーシー家自らが今一度かの邸に住んでみるのも興味深いことではないかと考えた。邸の趣(おもむき)がわたしの好みに適(かな)っていることも、言うまでもなく大きな理由だった。幽霊が出るという噂にもまったく動じない自信があったし、わたしの妻マリオンも迷信深かったり気弱だったりしない気質だ。それで新たな年が明けるとともに、わたしたちは二人の幼児および長年同居してきた独身の姉エレンとともに、ついにウェラム・スクエアの邸に住みはじめた。大英博物館に近いのがわたしの仕事に大いに役立つのはもちろんのこと、頑丈な石壁、広い部屋べや、天井の高い廊下、そしてなによりも近郊で有名となっている十八世紀から遺る威風が、住む者に大いなる感興をもたらさずにはいない。およそ半年にわたって如何なる異状に見舞われることもなく、心地よい生活をつづけることができた。

七月になると、妻は二人の幼児をつれて海辺の避暑地で一、二ヶ月すごすため、邸を離れていった。わたしは職場の休暇がとれる時期になったら妻子に合流することにして、さしあたりはロンドンにとどまって大英博物館への勤務をつづけた。姉エレンも邸に残り、義妹マリオンの留守中の家事を預かった。

妻子が邸を出てから四、五日後のある宵、わたしは書斎の椅子でくつろいでいた。書斎は広い部屋で、居間につづくドアがあり、わたしのいる側のドアわきの壁は分厚いカーテンに覆われている。午後十一時をすぎたころで、姉エレンは一時間半ほど前に寝室に退(ひ)きあげ、住み込みの女中二人もおそらく寝入っている。それゆえに奇妙に思われたのは、どこかから重く低い足音が聞こえていたことだった。なにやら大柄の男が一階から階段を昇ってくるような音だ。玄関ドアは施錠され鎖もかけられていると承知しているし、外から呼び鈴が鳴らされた憶えもなかった。足音は階段を二階まで昇り、わたしの部屋の前に位置する踊り場で止まった。と思うと何者かはさらに上の階へとふたたび階段を昇りはじめた。三階には寝室が並んでいる。わたしは椅子から立ちあがると、燭台を摑み、書斎のドアを開けた。敷居に立って耳を澄ますと、足音がたしかに聞こえていた。書斎の前の踊り場から三階へと昇っていった重々しい足音が、そこまで昇りきったようだ。燭台を頭上にかざしてそちらを照らしてみたが、人の姿などは見えない。いつもの景色があるだけだ。そこでわたし自身足早に階段をあがったが、やはり何者もいなかった。並ぶ部屋べやを片っ端から開けてみても、どこも人けのないままだ。姉エレンと二人の女中を呼びだしたが、三人とも人影を見たり物音を聞いたりはしていないという。そこで、邸の奥にある格別に広い一室を念入りに捜索してみたが、苛立たしくも如何(いか)なる成果もなかった。そこはわたしたち夫婦が夜間保育室として使っている部屋で、また伝えられるところによれば、遠い昔かの不幸な縁戚ロナルド・マーシーの居室に供されていたという。わたしはそのあとふたたび階下におりてほかの場所も探しまわり、邸じゅうの捜索を済ませた。結局どこにも異状はなく、書斎に戻ったときには探索しはじめてから一時間ほどが経っていた。実りのない努力に時間を費やした不興から、妙なことはもう考えまいと決めて読書に専念した。

　その翌日の夜、寝室で眠っているさなかに、部屋のなかにだれかがいるという感覚に突然囚われ、ビクッとして目を覚ました。長く尾を引く人の吐息の音が聞こえたと思ったのだが、それが耳の奥で依然響きつづけている気がした。上体を起こしたわたしは緊迫感に震えながら、七月下旬の夜明けの薄明のなかで室内を見まわした。人の姿は見えないが、ここにいるのは自分だけではないとたしかに感じていた。緊張に耐えがたくなってついにベッドからおり、不安な決意とともに窓辺に近づいていった。そこまで来て振り返り、背にした窓からの仄明かりを頼りにもう一度室内を見わたしたが、やはり人はいない。ふたたび部屋を横切るべく足を進めると、その最中に疑いなくなにかがいる感覚を受けた。たとえば通りを歩いているときごく間近で人とすれちがう際に受ける、あのかすかな空気の波動に似ている。夜着の表面をなにかがうっすらと掠った気すらした。しかも曰く言いがたい匂いまで嗅ぎとれた。自分には憶えがないはずの、遙かに遠い昔日を思わせる匂いだ。思わずその場に釘づけになるかのように立ちつくした。恐怖と驚愕で心臓が早鐘を打ちはじめた——自分がいるその場所の間ぎわから、何者かが窓のほうへ向かっていく重々しい四歩の足音が、たしかに聞こえたからだった。一歩ごとに足の重みで床が軋んだ。するとつぎの瞬間、人の気配が不意に失せた。だがそのあとは、朝の陽光が真昼ほどに明るくなるときまで眠れずにすごさねばならなかった。

　目覚めてからも不安はつのるばかりで、代々の当主たちのようにこの気味悪い邸を離れたほうがいいのではないかと悩みはじめるにいたった。朝食をとりながらいくらか落ちついてくると、姉エレンには今はまだ打ち明けまいと心に決めた。ことのなりゆきを見きわめてからがいい、と。だがその考えは予想より早く是非を問われることとなった。

その日のわたしは夕食どきの間近になるまで職場から帰宅しなかった。居間に入ると、姉エレンがこう言って迎えた。

「ああ、エドワード、ちょっと聞いてちょうだい！　サイクスが死んだのよ！」

サイクスというのは妻が飼っていた灰色の鸚鵡（おうむ）の名前だ。飼いはじめたときからしょっちゅう毒づくので、同じ癖があるチャールズ・スチュアート・カルヴァリー（十九世紀英国の詩人）の詩の主人公サイクスにちなんで冗談半分で名づけたのだった。ときには無礼なほど遠慮会釈（えしゃく）なく毒づくことがあって、日ごろから困りものだった。

だから鸚鵡の死を知らされても、内心ではさほど残念とは思えずにいた。そのため、場ちがいなほど冷静にこのように問い返した。

「猫にでも食われたのかい？」

「いいえ」とエレンは答えた。「なんだか急に激しく痙攣（けいれん）しだして、そのあげくに死んでしまったの」

夕食に備えて着替えるため寝室へとあがっていくときわたしが考えていたのは、鸚鵡の死がどのようなものだったかといったことではなくて、妻が代わりのうるさい鳥を飼いはじめるのをどうやったら防げるかという問題だった。だが食事の最中の会話によって、サイクスの死がなんとも奇妙なものであることがわかってきた。

「サイクスの痙攣というのは、どんなふうだったんだ？」とわたしは問い糺した。

「それがとても変だったの」とエレンが答えた。「さっきそれをあなたに話そうと思っていたのよ。わたしが居間で手紙を書いているとき、突然ものすごい叫び声と翼搏き(はばた)が聞こえたの。なにごとかと顔をあげると、サイクスが部屋のなかでめちゃくちゃに飛びまわって、嘴(くちばし)で宙をつついたり、鉤爪(かぎつめ)で引っ掻くような仕草をしたり、翼を激しくバタつかせながら鳴き叫んだりしているのが見えたの。わたしは押さえつけようと駆け寄っていったけど、たどりつく前にサイクスの首が急に右まわりに二、三回も捻(ねじ)れて、そのまま床に落ちて死んでしまったの」

「すると彼の痙攣というのは」とわたしは訊き返した。「宙を飛んでいるさなかに起こったのか？」

「そうなのよ。わたしは小卓の上に置いてある鳥籠を見やったのだけれど、彼は籠よりずっと上の宙を飛びまわっていて、その最中に自分で首を捻ったの」

「じつに不思議な死に方だな」

「そうでしょ。もうひとつ不思議なのは、サイクスが自分で鳥籠の扉を開けて外に出たとしか考えられないってことよ。でも彼がそんなことをした例(ため)しはこれまで一度もないわ。今日もお菓子や食事をあげたときには、籠の扉は留め金でしっかり閉めきられていたの。なのに彼が死んだとき籠を見たら、いつの間にか扉が開いていたんですからね」

「かなり前から籠の外に出ていた、ってことはないのか？」

「そんなことはないわ。痙攣に襲われたのは、籠から飛びだして間もなくのはずよ。というのは、激しく鳴きはじめたときより五分ほど前に、なぜだか籠の扉が開けられる音がかすかに聞こえたような気がしたことがあったけれど、わたしがなにごとかと見やっても、もちろんそんなことをするだれかなんているはずもないし、サイクスもいつもどおり籠のなかにいるだけだったからよ」

「なるほど」とわたしは言った。「とにかく、彼が死んだのは寿命だったんだろう。ひどく風変わりな最期ではあったがね。マリオンが嘆き悲しまないといいのだが」

夕食の残り時間はいささか気まずく寂しいものになった。わたし自身の不可解な体験と、鸚鵡サイクスの不幸な死からまだ間もないためだ。しかしながら、より客観的な見方で考えてみるならば、たしかに不可解ではあるが、普通ならありえない莫迦げたことだろう。だからあの出来事は姉エレンには話せない。他人などいるはずのない邸で奇妙な足音が聞こえて怖かったなどと、いい大人が打ち明けるのは、恥辱以外のものではない。ありがちな悪夢を見ただけかもしれないのだから。したがって、以下に述べる出来事をここで躊躇なく告白するのは、それがたしかな事実であることが明らかとなったからにほかならない。

ひどく寒い夜だったので、姉におやすみと告げて書斎に入ったわたしは、暖炉に赤々と火を焚いて椅子に身を沈め、読書に没頭しはじめた。読みたいと長らく思っていた新刊小説だ。半ばまで読み進んだころ、急に室内の寒気が強まったのを感じた。暖炉の焔は明るく燃えているのに、その暖かみが感じられない。ガラス製の透明な衝立か、あるいは人の目に見えないなにかが、暖炉とわたしのあいだをさえぎってでもいるかのようだ。だがそう思ったすぐあと、焔からの熱気がふたたび顔にかかるようになった。と同時に、暖炉の前の絨毯の上を踏み歩くようなくぐもった音が聞こえた。わたしは片手を突きだしてみたが、そこに触れるものがあるはずもなく、暖炉の熱を感じるのみだ。不審さをつのらせながら室内を見まわすと、暖炉前のもう一方の側に置いてある肘掛椅子で視線が止まった。ウェラム・スクエアのこの邸に転居する直前のころに買った、比較的新品に近い椅子だ。なめらかな革張りで、擦り切れたところなどまったくなく、内部の発条は弾力に富んで坐り心地がいい。椅子の背凭れ覆いには美しいクルーエル刺繍がほどこされている。その椅子に目を凝らすと、座面が異様に凹んでいるのが見てとれた。あたかもつい今し方まで人が坐っていたかのようだ。しかもその凹みがもとに戻ろうとしない。というのは、同じ日の朝わたし自身その椅子に坐ったのだが、そのときは発条の弾力がとてもよく効いていたのだから。背凭れ覆いに目を移すと、人の背のあたる面が上へ行くにつれ皺が寄っているのがわかった。じっと見ているうちに、その部分に独りでに皺ができることはありえないと気づいた。まるで目には見えないがたしかに存在する人間の体がそこに座して、背を凭せかけているかのようだ。そう思った瞬間から、言い表わしがたい恐怖に駆られ、凹みのなおらない肘掛椅子を麻痺したように凝然と見つめつづけた。その意味するところを卒然とたしかめたくなって、さっきまで読んでいた本を椅子めがけて投げつけた。本は座面に落ちるだろうか、それとも数インチ逸らされて暖炉前の絨毯の上に落ちるだろうか？　つぎの瞬間、椅子の座面がかすかな音とともに通常の高さまで膨らみ、背凭れ覆いの皺もなおって平らかになった。但し皺があったかすかな痕跡は残っている。わたしは立ちあがってそちらの椅子に近寄り、指でつついてみた。椅子の状態に格別不自然なところはない。そう思ったとき、片方の肩に人の手が触れたような気がした。驚いて振り返ったが、何者もいない。

「いったいだれなんだ？」わたしはそう怒鳴った。「なにが望みだ？」

だが返事はない。依然として人の姿は見えない。

そのあとは椅子に戻って、午前一時ごろまであれこれと考えていたが、ついには寝室に退きあげた。ベッドに入りながら、暗いままでは不安がつのるだけだと思い、少し震える手で卓上灯を点けた。そのあと横たわったが、こんどは恐れを覚えている自分に苛立たしくなり、やはり明かりなど消してしまおうと考えた。ところがベッドから出るのは気が進まず、明かりがあっても害にはならないからと思いなおし、結局点けたままにしておくことにした。ベッドに入ると安心感を覚えるというのも妙なものだ。ほかの場所にいるより安全だというわけでもないのに。そんなことを考えているうちに眠りに落ちた。

何時ごろか、不意に目覚めた。上掛けで覆っているはずの胸のあたりに、かすかな空気の戦ぎを感じたためだった。しかも――頭を載せている枕の一方の端のほうが奇妙に凹んでいる。横向きにしているわたしの顔のすぐ前だ。なにか重みのあるものに圧迫されているような状態になっている。思わず手をのばし、調べようとした。その瞬間、寒けを覚えた。自分の手が別のだれかの手を摑んだのを感じたからだ――冷たさも温もりもないが、大きくて固い手の感触だ。卓上灯はまだ火を保っており、そこにだれもいないことはひと目でわかる。何者かの手はわたしの手のなかからすばやく引っこめられた。ゾッとしてベッドから撥ね起きると、焦って暖炉のほうへと逃げだした。すぐ後ろから何者かが追いかけてきはしないかと恐れて。暖炉から火掻き棒を摑みとり、振り返りざまやみくもに宙に振りまわした。なにかを叩けたかどうかはわからない。憶えているのはただ、狂乱したようになにもないところを攻撃しているさなかに、後頭部に鋭い一撃を受けたのを感じたことだけだ。意識をとり戻したのは朝の六時ごろで、わたしは寝室の床に倒れたままだった。卓上灯はとうに消え、窓から朝日が射しこんでいる。打撃を受けた後頭部には、大きくてひどく痛い傷ができていた。

三

もはや冗談ではとうてい済まない事態になったと感じていた。こうなっては激しい恐怖に駆られるのもやむをえまい。幽霊めいたなにかが、九柱戯(ナインピンズ)（球を転がし九本の木柱を倒す競技）の柱(ピン)でも倒すかのようにたしかにわたしを卒倒させたのだから。もう人に打ち明けずにはいられない。だが何かに降参するつもりは毛頭ない。むしろマーシー家の血が自分のなかで沸き立っていた。邸が建てられて以来祖先たちが居住と移転をくりかえさざるをえなかったという事実を思うと、ここで負けるわけにはいかず、さらなる抵抗を試みるしかないと決意を固めるにいたった。そこでまず、体験のすべてを姉エレンに告白した。姉は幽霊――仮にそう呼んでよい存在だとすれば――というものについては端(はな)から懐疑的で、わたしの体調が悪いせいでそんなものがいるように感じてしまうのではないかと示唆した。それに対し、わたしは誓って健康そのものであり、出来事が事実である証拠は後頭部にできた大きな傷だと説明した。姉もやむなくわたしの頼みを受け容れ、ひと晩もしくはふた晩にわたって居間での寝ずの張り番をすることを承知してくれた。一方わたしは書斎に入って、双方の部屋をつなぐドアを開けたままにしておき、もしなにかおかしなことが起こったらすぐ姉を書斎に呼び入れるという計画を立てた。だがもしわたしが幽霊に攻撃された場合、男性の戦力がなくなってしまうことになり、それでは危険きわまるので、大学時代からの親友であり住まいも近い医師プレスコットに助力を頼んだ。屈強で分別に富み活力豊かな男なので、エレンと一緒に居間で張り番をしてもらうことにした。事情を打ち明けると、専門である科学を尊重するプレスコットは、わたしの話が信じられないようすで大いに笑ったが、それでも邸に宿泊して張り番に協力することにはまったく吝かではなかった。その夜わたしは計画どおりいつものように書斎で椅子に座し、姉エレンとプレスコットは居間に娯楽読み物を持ちこんで時間をすごしはじめた。だが午前二時半になってもなにごとも起こらないので、その夜は就寝することにして、三人それぞれの寝室に分かれた。プレスコットは懐疑精神が正しかったと満足してはいたが、反面でなにも異常な騒動が持ちあがらないことに一抹落胆してもいた。エレンは無用に夜更かしさせられたと言って憤懣を示した。わたし自身はといえばその前のふた晩でたいへんな目に遭っていただけに、わずかでも安逸に眠りを貪れるのは嬉しかった。

　姉と友人にはもう一度だけ幽霊に出現の機会を与えてやろうではないかと説き、つぎの晩もふたたびふたつの部屋に分かれて待機しはじめた。このたびも共通する戸口のドアは開けたままにして、カーテンのみで簡易に仕切っておいた。

午後十一時ごろ、わたしが腰をおろしている椅子のすぐ後ろの床板が軋むのが聞こえた。即座に大声をあげて立ちあがり、音の聞こえた場所へと駆け寄った。その瞬間、大柄な人体とぶつかった感触を覚えた。プレスコットとエレンは急いで書斎に駆けこんでくると、目に見えないなにかに押さえつけられているかのようなわたしの姿に目を瞠った。

「なんてことだ！」とプレスコットが言った。「エドワードにはなにかが見えているんだ！」

彼が言う〈なにか〉とは幽霊のことではなく、専門である医学の観点での幻覚といったたぐいの意味にちがいない。だがわたし自身は目に見えない存在にたしかに押さえつけられ、あらがうのに必死で、とても説明している余裕はなかった。

「こいつを捕まえてくれ！　ここにいるんだ！」ただそうわめくのみだった。

その瞬間、何者かは脱兎のごとき勢いで離れていった。わたしはその余勢に弾かれ、部屋の奥まで飛ばされた。

プレスコットがやみくもに前へ跳びだしたが、そのとたんに、なにかにつまずいたかのように床に倒れこんだ。あとで彼が語ったところによれば、目に見えない足のようななにかに強く蹴られた感触だったという。そのときはわたし自身も部屋の奥でまだ倒れていたのだから、足を使おうが手を使おうが、彼に対してそんな打撃を加えることなどできるはずもない。

わたしとプレスコットがようやく立ちあがるころ、エレンはなにごとかと問うように室内をすばやく見まわしていた。そのとき三人ともたしかに聞いたのは、人の足が二、三歩床を走る音だった。つづいて、ガシャン！　と大きな音が響き、直後には静寂が返った。音のしたのほうを見やると、窓がガラスも桟もともどもにそっくり窓枠から外へ突きはずされ、窓を覆っていたカーテンがその余波でいまだ激しく揺らいでいた。

プレスコットが顔を蒼白にしていたのと、エレンが本気で悲鳴をあげていたのが、その場面で最も強く印象に残ったことだった。

「この恐ろしい邸をすぐに離れましょう！」とエレンが訴えた。「このまま住みつづけたら、もっとよくないことがきっと起こるわ」

だが正体のわからない客人が逃げだしたかのような結果になったことから、わたし自身は巧く説明できない勇気に似た感覚を覚えていたし、それにプレスコットがついに宗旨替えして、わたしの幻覚説を二度と口にしなくなったおかげで、ある種の誇らしさを感じてもいた。

「今夜はまだここを出ていくわけにはいかない」とわたしは言った。「われらが客人はさしあたり外へ逃げたようだから、そのあいだにつぎの作戦を練ろうじゃないか。プレスコットもここにとどまって、この現象を徹底的に調べたいと思っているはずだしね」

窓のはずれた窓枠に鎧戸を閉めてしっかりとふさいでから、その夜の出来事について三人で晩くまで話しあった。幸い、わたしの得た勇気がほかの二人にも徐々に伝播していったようだった。今夜はこれ以上はもうなにもなさそうだと思いさだめると、つぎに備えて英気を養うためようやく就寝した。幽霊がふたたび侵入してきた場合のため、わたしは二連銃身の拳銃をベッドわきの小卓に置いた――発砲によって撃退できるものか否かはわからないにせよ。プレスコットはアメリカに旅したとき持ち帰ったボウイ・ナイフ（西部開拓時代の米国で盛んに使われた武器・作業兼用ナイフ）を手の届くところに置いた。使う機会が来るのを長らく待っていたのだという。

就寝中、わたしは突然命の危険に襲われ目覚めを余儀なくされた。何者かの強力なふたつの手によって、いきなり激しく首を絞められたのだ。圧し潰されそうな重みが胸板にのしかかっているのを感じた。拳銃を撃ちたかったが、無理だ。呼吸ができず、急激に死が近づく。横臥したまま悶え苦しみながら、向かいの壁にかかる常夜灯からの明かりのなかで、両の目が眼窩から飛びだしそうなほど必死に室内を見まわしたが、何者も見えはしない。喉はますます耐えがたいまでに絞められ、視界が徐々に暗くなってくる。殺意を持った相手がたしかにそこにいるのに、姿はまったく見えない。絶望的な状況のなかで、絞殺せんとする鉄のごとき強いふたつの手首をようやく両手で摑んだ。だがもはや意識が遠のく寸前だ。その瞬間、拳銃の存在が最後の希望の光となって脳裏にまたたいた。横たわったまま懸命に右手をのばし、ようやく銃把の端に触れた。なんとか引き寄せると、不可視なる曲者の体軀があるとおぼしいところに銃口を押しあて、死力を振り絞って引金を引いた。銃弾はどこへ行ったかわからず、その痕跡すらあとになっても見つからなかった。だが発砲と同時に絞めつけていた手の力がゆるんだ。この機とばかりに、敵の手中から首を振りほどいた。つぎの瞬間、見えない体軀がわたしもろともベッドから横ざまに床へ転げ落ち、重い音を立てた。銃声を聞きつけたエレンとプレスコットが寝室に飛びこんできた。彼らが目にしたのは、わたしの体が床からわずかに浮かんだところにひざまずく姿勢でもがいている光景だった。二人はただちに救出すべく駆け寄り、そこにいるものにたしかに手を触れ、たしかに押さえつけた。曲者の抵抗力は急速に弱まっていく。

わたしはようやく自由になった片方の手で、床に落ちている拳銃を拾いあげた。倒れている幽霊の胸の位置を推し測って引金を引くと、弾丸の残るほうの銃身から発砲された。床めがけて上から撃つ形になったが、このたびも銃弾はどこかへ消えた。一方プレスコットはめった刺しの勢いでボウイ・ナイフを幾度も振りおろした。振りおろすごとに、ナイフの刃先が絨毯に届く寸前に一瞬宙で止まる。闘いはまたたく間に終わり、聞こえるのはわたしたちが息を喘がせる音だけとなった。三人とも床に膝をつき、中空を押さえつけるような体勢をとっている。手には長身で屈強な男の肉体をたしかに感じていた。

「ついにやっつけたぞ――こいつがなんであるにせよ！」わたしはしわがれ声を発した。

プレスコットが引き攣った笑いとともにこう言った。「石膏で型取りすればわかるだろう」

彼がそう言ったまさにそのとき、虜が突然激しく痙攣し、その弾みでわたしたち三人は振り払われてしまった。もう一度捕獲するよりも前に、今し方まで押さえつけていた空間から低い呻き声が迸り、つづいて墓場からのような暗鬱な響きでこう呼ばわるのが聞こえた。

「レティス！」そのあとはまったき静寂に帰した。

躍りかかったわたしは、なにも捕獲できずただ床に転ぶのみとなった。寝室のいたるところのみならず、三人して邸じゅうを探しまわったが、曲者の気配はもはやどこにもなかった。以来こんにちにいたるまで、少なくともわたしの知るかぎり、あの幽霊めいたものの声が聞こえたり、手に触れたり、もちろん姿がかいま見えたりしたことは、ただの一度とてない。

熟考ののち、わたしたちのこの冒険についてはしばらくのあいだ秘密に伏せておくことにした。そしてこの前の夏、幽霊とふたたび出会うことなく相当の歳月をこの邸ですごしたと見計らったとき、ここに述べた出来事を初めて妻マリオンに伝えた。だが彼女はまったく信じてはくれず、わたしは打ち明けたことを悔やんだ。

あれは本当にロナルド・マーシーの幽霊だったのだろうか？ もしそうなら、幽霊はわたしのみならず祖先たちをすでに充分悩ませてきたことに満足し、邸から去ったのだろうか？ アンドリュー・マーシーとその妻レティスから生前受けた屈辱へのロナルドの復讐は、あのときを以て終わりを迎えたのか？ あるいは、わたしたちがたしかに幽霊を滅ぼしおおせたということか？ ひょっとしたらそうなのかもしれない。生前のロナルドは弱く哀れな男だったはずなのだから。

一八八五年、ウェラム・スクエア十一番地にて、エドワード・マーシー記す。

シャーロット・クレイの幽霊

フローレンス・マリヤット

（夏来健次 訳）

The Ghost of Charlotte Cray (1879)

by Florence Marryat

フローレンス・マリヤット（Florence Marryat　1833 - 1899）

怪奇小説「人狼」（創元推理文庫『怪奇小説傑作集2』所収）の作者として知られる作家・軍人フレデリック・マリヤットの息女。小説家・劇作家・歌手・女優・学校経営と多才さを発揮した。超自然現象に関心がありその分野の長短篇も多い。本邦初紹介。

「シャーロット・クレイの幽霊」（The Ghost of Charlotte Cray 1879）は出版社社長と女流作家という人物関係と、丑三つ時（うしみつどき）の古邸ならぬ白昼のビジネス街での怪異を描いた点に異色さがある。

舞台となる出版社のある街区名は明示されていないが、十九世紀に出版・印刷・新聞などの業種が軒を並べていたというフリート・ストリート（シティ・オヴ・ロンドンを東西に走る通り）を想定できるかもしれない。主人公シギスマンド・ブラゲットが住む菫屋敷（すみれやしき）があるストリーサムはテムズ川の南岸。またヒロイン格の女性シャーロット・クレイがひっそり暮らしていたハマースミスはチェルシーやケンジントンのさらに西に位置する街。

シギスマンド・ブラゲットは自分で書斎と呼んでいる小ぢんまりした部屋で椅子にかけ、深甚に——陰鬱にとは言わないまでも——物思いに耽っていた。現在のブラゲットの人生においてもまわりの状況においても、それほど深い物思いに沈まねばならないことなどないはずだった。出版社の社長であると同時に書店主でもあるブラゲットは、精力的な働きぶりによってロンドン中心街での事業で成功し、ストリーサム（テムズ川南岸のランベス地区内の街区）にひときわ贅沢な外観の邸宅を所有している。年齢はまだ四十歳をすぎたばかりで、髪にはひと筋の灰色も混じらず、口には義歯などひとつもない。私生活では三ヶ月前に結婚したばかりで、イギリス人女性のなかでもいちばん魅力的な部類の淑女と言える花嫁を射止め、独身暮らしから楽園での生活へと昇りつめていた。

そんなシギスマンド・ブラゲットに、これ以上なにが望めるだろう？　これ以上などあるはずもない！　困惑すべきことといえば、望み以上のものを手に入れてしまったことぐらいだろう。だが世の中の人々のほとんどは小さな罪を犯しているもので——気まずい過去はできるなら深さ五尋の海の底に沈めてしまい、二度と人の口の端に昇るのを耳にしたくないものだが、しかしそういうことにかぎっていちばん都合のよからぬときにぶり返してくるものでもあり、とくに中年にさしかかるまで独身でいた男児が、結婚生活に入ってから問題を蒸し返されることほど困った事態もなかろう。

頰を赤らめる花嫁エミリー・ブリムローズを教会の祭壇へと導き、死が二人を分かつまで彼女のみのために生きると誓ったとき、そののちに如何（いか）なる問題に直面しなければならなくなるかなど、シギスマンド・ブラゲットが想像するはずもなかった。女性という生き物がそれほど強い追及心を持っているとは思わなかったし、それほど饒舌（じょうぜつ）な種族だとも、またそれほど創意工夫に富んでいるものだとも思わなかった。結婚生活が破局を迎えたりしないようにと、丸一日を費やして過去の手紙を燃やし、頭文字を消し、髪の毛を丹念にとり去り、かかわった異性といえば金銭（かね）で買った女たちだけだととりつくろおうとした。だがそういう努力は無駄だった。ブラゲット夫人は美しい猛禽（もうきん）のように夫の上に翼搏（はばた）きおりて、甘言を弄したり宥（なだ）めすかしたり、ときには接吻さえ用いたりして、なにをされているか夫が気づかずにいるうちに、秘密の半分までもさぐりだしてしまうのだった。だがことシャーロット・クレイについてだけは、ブラゲットは決して口を割らずに済ませてきたつもりだった。そしてその点に関するかぎり、必ずや巧くやれたと思いたかった。つまりそのシャーロット・クレイという存在こそが、今現在のブラゲットの沈思の原因にほかならない。

ところで、世の淑女には本物の淑女と世慣れた淑女とがいる。本物の淑女は控えめで、男たちから秘かに求愛されるのを待つのみだが、世慣れた淑女は求愛されるより求愛するほうで、ときには傷つき逃げ惑う男たちを追いかけ、あるいは男たちの砦の扉口で蛸のように待ち伏せ、隙あらばあらゆる方角から獲物へと触手をのばす機会を窺いさえする。

　そしてシャーロット・クレイ嬢は明らかに後者に属する淑女だ。男児が思い悩むに足る女ではないと、だれもが言うだろう。だがブラゲットが彼女に対してよい振る舞いばかりをしてきたわけではないのも事実だった。つまりそれこそがブラゲットの犯してきた〈小さな罪〉のひとつだ。シャーロットは女流作家であり――ただの〈作家〉ではない点が重要で、女流作家という呼称は性差の意味以上に、職業より趣味の雰囲気を持たせる意味がある――彼女の書く小説は如何にも〈淑女風〉な物語であり、また文章は韻を踏む傾向にある。二人の仲は出版社社長と小説家によくある良好な関係だった。初めて顔を合わせたのはブラゲットの会社の奥の狭くて埃っぽい事務室でのことで、そうした者同士の間柄によくあるように、冗談や駆け引きなどを交わしつつ友好の基礎を築いていった。

　シャーロットの小説を出版するのは初めはある種の賭けだったが、そのうちに彼女の存在が多くの面で有用であることに気づいた。シャーロットはブラゲットと同年齢で、女性としては「ああ神さま、わたしにもだれかいい男をお与えくださいますように!」と祈るころあいだと世間から言われる世代になっていたが、充分に賢い女性であるだけに、欲しいものにはなんにでも手をのばす術を心得ており、いずれはブラゲットと結婚できると思いさだめたとしてもまったくおかしくはなかった。ブラゲット自身も――そういう〈手段〉として自分が有用だとわかっているだけに――彼女がそう考えるのに任せていたところがあり、それこそが今現在書斎で沈思する彼にのしかかる問題となっているのだった。シャーロットを褒めそやしたり、贈り物をしたり、一緒に街に出かけて逢瀬を楽しんだりしたのも、すべて仕事のために有用だと思えばこそだった。シャーロットのためなら自分以外にはやりそうにないことまでしてやったし、そのせいで自分たちが恋愛関係にあると、つまりブラゲットのほうも自分を愛しているのだと、彼女が思っていることまで承知していた。

そのころはそういうことについてあまり深く意識してはいなかった。まだエミリー・ブリムローズと結婚しようとは思っていないときだったし、シャーロットが喜ぶことをしてやると同時に、だれも傷つけずにすごすのがあらゆる面でいちばんいいと考えているだけだった。ところが今は事情が大きく変わってしまった。結婚して三ヶ月になるが、最初の二週間ほどはじつに苦い時期となった。というのはシャーロットが結婚に対する非難の手紙を奔流のようにたくさん書き、しかも毎日出版社を訪れては直接それらの手紙を手わたしていくのだった。それはブラゲットにとって恐ろしい威嚇と思えるほどに膨らんだ。社長室でのシャーロットとの会話を社員たちに聞かれはしないかと恐れ、剰えその噂が妻に伝わりはしないかと怯えもした。

ブラゲットは会話によってあるいは手紙への返信によって、自分をこれ以上責めるのはどうかやめてくれないかとシャーロットに懇願をくりかえした。だがそれへの返事はいつも決まって、すべては彼が偽善者であることが原因であり、だからせめて結婚相手の女性と会わせてくれるまでは、出版社を訪ねることも手紙を出すこともやめるつもりはないの一点張りだった。つまり彼の犯した罪はそれほど大きく深いと言いたいのだ。彼にとっては愛人と本妻が顔を合わせるなど由々しき事態だが、シャーロットにしてみればそれを認めないのは侮辱だと怒っているわけだった。いつも彼の髪を胸のあたりに付着させ、彼の写真を寝室の暖炉上の台に飾っているシャーロットにとって、反対する機会さえ与えずにほかの女性と結婚してしまうだけでも充分ひどい仕打ちだというのに、彼が自分のためだけに造ったエデンの園を覗き見ることすら認めないとは、とても許されるものではないのだった。

　シャーロットは想像力がきわめて豊かなうえに、非常に情熱的な女性だ。ブラゲットがこれまで自分のために育んでくれた希望がすべてまやかしだったことが明らかになったあとも、その希望のすべてを失ったとは考えていなかった。人妻と雖も永遠に生きられるわけではないし、人の一生には変化や機会がつねに訪れるものであり、もしなにか大きな変化が起こったなら、最初の結婚よりも二度めの結婚のほうがよかったとブラゲットが考えるようにならないとはかぎらない。だがもしここで完全に関係を断ってしまったら、そういう希望すら失くなってしまうと、シャーロットは考えているようだった。にもかかわらず、徹底した偽善者であるブラゲットは決して態度を崩そうとしなかった。するとそのうちに、あれほど責め立てていたシャーロットからの音沙汰がひと月ものあいだぴたりと途絶え、顔を合わせることもなくなった。ブラゲットも人の子か、なにかあったのではないかと案じはじめた。前の男の不誠実に同情し慰めてくれるほかの男でも見つかったのかとも考えた。ブラゲット自身は慰める気など持ちはしないが、シャーロットがまったく慰めを得られずにいるとしたらそれも好ましくは思えなかった。

結局のところ――とブラゲットは自分に言い聞かせた――シャーロットに対して冷酷でありすぎたのだ。あれほど献身的にしてくれたのに。出版社の社長室に入ってくるときの彼女が如何に目を輝かせたか、如何に頬を赤らめたか。ブラゲットのためならどんな仕事でも積極的に引き受けてくれた、内心ではどんなに承服しがたいことでも！　彼女がブラゲット夫人になりたがっていたのはよく承知していたし、エミリー・ブリムローズと結婚したと知ったときどれだけ落胆したかもよく知っているではないか。

　ブラゲット夫妻が住まいとする菫屋敷（すみれやしき）に、いっそシャーロットを招いたらよいのではないか？　客として呼ぶならなにも問題はないだろう。妻エミリーがいささか敏感な気質なので嫉妬しやすいから気をつけるようにと、あらかじめシャーロットに言い含めておけばいい。ちょうどクリスマスが近い時期でもある。つまりクリスマスには親しい友人たちが集まって、過去の忘れがたい厭（いや）なことを修復するのが慣（なら）わしだ。ハマースミス（ロンドンのチェルシー、ケンジントン地区の西に位置する地区）の小ぢんまりした住居で独りぽつんと座す哀れな中年独身女性の姿を、ブラゲットは思い描いた。もはや彼が男らしい優しさで慰めに訪れてくれることも期待できず、ただ寂しく暮らす姿を。両刃（もろは）の剣のようなそんな想像に苛（さいな）まれながら机の前に坐り、シャーロットへの手紙をすばやくしたためた。まず健康の良否を問い、それから菫屋敷を訪ねてほしい旨を書き記した。

　手紙を書いて送達を済ませると、ブラゲットはいくらか安寧を得られた。書斎を出て暖かな雰囲気の居間に移り、暖炉のそばでくつろぐ愛らしい妻エミリーのわきに腰をおろして、独り暮らしをしているある女性を招待したいと切りだした。

「古くからの友だちでね、頭がよくて気持ちもいい女性なんだ。きみも是非優しく接してやってほしい。わたしのためにもね」

「年配の女性なのね？」エミリーは眉を吊りあげながら訊き返した。「古くからの友だちって、そういうことでしょ？　知っておきたいわ」

「きみの倍ぐらい年配だよ——少なくとも四十五歳にはなってる。その年齢を考慮しても、それほど魅力的とは言えないしね。でも交流するにはよい相手だと思えるはずだ。彼女のほうもきみを気に入ると思う」

「それはどうかしらね。わたしって頭のいい人には好まれないみたいよ。理由はわからないけど」

「きみが綺麗だから羨ましがられてるだけさ。でもミス・クレイはそんなことを気にする性質じゃない。きみならきっと合格だと思われるよ」

「あなたの妻として合格だとしても、そう思ったことをわたしに知られたくはないでしょうね、その方は」

妻が目を鋭く光らせながらそう返すと、夫は二人の女性を引きあわせるという危険な実験を躊躇しはじめた。二人ともそれぞれの立場で自分を欲し、関係を維持したがっているのだから。

それでブラゲットはシャーロットの話題を切りあげ、妻の今日の格別な綺麗さを褒めるほうへ転じた。それが奏効して会話がよい調子をとり戻し、二人とも安堵を得た。

そのあと二日間待っても、シャーロットからの音信はなかった。ブラゲットにとっては意外なことだった。送った招待状を受けとったなら、すぐにでも出版社を訪れ、磨りガラスの扉に護られた社長室で、自分の腕のなかに飛びこんでくるはずだと思っていたのだから。ときによりそんなふうに有頂天になることの多い女だし、そうした場合にはブラゲットの自宅で彼の妻と顔を合わせることも厭わないだろう。今でも彼を自分のものだと信じて疑わないにちがいないのだから。それなのに依然としてなんの音沙汰もない。このうえはこちらからハマースミスのシャーロットの住まいを訪ねて、直接交渉するしかないと考えるにいたった。ちょうどクリスマスが近づいている時期で、彼女以外に頼める作家がいない特別な出版計画のある折でもある。そんなふうに考えているところへ、一通の黒枠に縁どられた封書が届いた。なんの気もなしに封を開けてみたところ、驚くべき内容の書信を目にすることとなった。

謹啓——このようなことをお伝えしなければならないのはまことに遺憾でございますが、一週間前にミス・シャーロット・クレイがわたくしの家で亡くなりましたため、埋葬を済ませた次第です。病床での臨終が近づいておりましたとき、故人はあなたさまのお名前をたびたび口に出しておいででした。詳細をお知りになりたい際には、是非当方をお訪ねくださいませ。謹んでお話をさせていただきますので——敬具　メアリ・トンプソンより

ブラゲットにとってこれほど衝撃的な報せもなかった。死んだライオンより生きている犬のほうがましだという言葉は、必ずしも真実ではない。知り合いが世を去ったと知らされるだけ

でたいへんな苦痛を覚えることが人にはあり、シャーロットはまちがいなくそういう知り合いだった。彼女から責め立てられることはもはや永久になくなり、彼女の弱々しい笑顔も記憶のなかにとどまるのみとなった。亡くなった以上は彼女が妻と顔を合わせることもないと思うと、大きな安堵を覚えるのを否めなかったが、しかしそれと同時に、必要以上なほど自分を責める気持ちも起こっていた。死の前にしばらく連絡をとれていなかったのが悔やまれるせいだ。ブラゲットはひどく暗鬱な顔で朝食の席におりていくと、葬儀屋のような雰囲気を漂わせつつ、さる小説家の訃報を妻に伝えた。妻エミリーは悔やみと同情を示してくれたが、しかし彼女にとっては一女流作家などほかの無数の見知らぬ他人の死と同じであって、夫がそれほど昏い顔をしていることのほうが驚きであるようだった。だがブラゲットはこの件をたやすくは心から退けられない。午前の仕事のあいだもそのことが頭にとり憑いて離れず、運よく早めに退社できたので、ただちにハマースミスへと赴いた。シャーロットが住んでいた小ぢんまりとした家は、外観も内部も以前とまったく変わっていなかった。この住まいから彼女が永遠にいなくなってしまうとは、なんと奇妙なことか！　膝を曲げて会釈しながら現われた大家のトンプソン夫人は、初めて会ったときと同じ部屋着と造花付きの黒い編み帽子といういでたちだった。前掛けを手に持ち、必要な状況になったらすぐに目をぬぐえるようにしているが、それ以外のところはすべて以前見たトンプソン夫人そのままだ。だがこの大家夫人がシャーロットの帰宅を待つことはもはやない。

「ほんとに急なことでしたのよ」ブラゲットの質問に答えてトンプソン夫人が言った。「どなたにお知らせするいとまもございませんでした」

「でも、クレイさんはわたしの住所を控えておいたはずですが」

「ええ、それはそうでしょうとも。きっと頭が混乱していて、そんなことにも思いいたらなかったんでしょうね。でも最期のときが近づいたら、あなたさまのことを思いだされたようでした。亡くなった日の朝、不意にベッドの上で身を起こして、『シギスマンド！　シギスマンド！』と声のかぎりに叫んだんですのよ。そのあとはもうひと言も言葉を発しませんでしたけれど」

「わたしになにか遺言のようなことは？」

「なにもおっしゃいませんでした。亡くなる前の日に、あなたさまになにかお伝えすることはないかとお尋ねしたんですけれど（とても近しい方だと承知していましたから）、あの方はただ『手紙を書いたので、読んでくれているはずです』とおっしゃるだけでしたので、もうご存じじゃないかと思っていましたのよ」

「最近は手紙も届いていませんでした。だからまったく突然のことに思えました。病気についても聞いていませんでしたので。あの人はどこに埋葬されているのでしょうか？」

「近くの墓地ですわ。もしお参りされるようでしたら、うちの娘に案内させましょう」

ブラゲットは勧めを受け容れ、その場をあとにした。

墓と称される盛り土の前に立つと、ブラゲットはトンプソン夫人の娘を帰してやり、そのあとポケットに忍ばせていたシャーロットからの最後の手紙をとりだして、読みはじめた。

「『仕事の用以外でわが社を訪ねるのはやめてほしいと、あなたは言ったわね』」と走り書きされている。「『妻に知られては困るから、自宅に手紙をよこすのもやめてほしいと。でもわたしは社を訪ねるわ。手紙も書くわよ。奥さまに会えるまではね。それでもあなたがなにもしてくれないなら、自分がだれであるかを奥さまに名乗り、知られては困ることを話すつもりよ』」

この手紙を受けとったとき、ブラゲットはひどい怒りを覚えたものだった。不遜な脅迫に対する憤激のあまり、あらゆる神にシャーロットを呪いさえした。だが足もとの地下六フィートあまりのところに彼女が眠る場で読み返すと、別の感慨が湧かざるをえない。彼女の狂乱する心情に同情すら覚え、憤慨した自分を悔いた。ハマースミスからストリーサムの自宅へと帰る道すがら、ずっと沈鬱がつづいていた。

塞ぎこんでいるわけを妻に話すわけにはいかなかったが、翌日になっても落ち込みがつづいて、出社する気にもなれず自宅に籠ったまま、愛らしい妻の世話を受けるばかりだった。それがまた大きな癒しになってくれた。おかげで翌朝はいつもどおりきびきびとした足どりでロンドン中心街へと向かうことができ、普段よりやや早い時間に社に着いた。磨りガラスの扉を抜けて社長室に入ったとき、伝言や書信の預かりを任せている男性事務員が後ろから追いついてきて、書簡類の束をわたした。

「昨日はヴァン・オーナーさんがいらっしゃいまして、週末までには原稿をお届けできる予定だと仰っていました。それからハンレー社の部長さんがなにかお仕事のご用の向きでお訪ねになりまして、今日午前十一時にもう一度お立ち寄りになるそうです。ほかにはエリスさんが来られて、お手紙へのお返事を伺いたいと仰せでした。あとクレイさんもお見えになりました」

「だれが来たって?」ブラゲットは声を高めた。

「クレイさんです。一時間ほどお待ちになっていましたが、今日は社長は出社されないようですとお伝えしますと、帰っていかれました」

「だれの話をしているのかわかっているのか、ヒューストン? きみはクレイと言ったんだぞ」

「仰るとおりです——シャーロット・クレイさんです。ぼくだけでなくバーンズとも話しておいででした」

「まさか!」ブラゲットは蒼白になって声を荒らげた。「すぐバーンズを呼んでくれ」

するとと別の事務員バーンズがやってきた。

「バーンズ、昨日きみが会話を交わした女性客はだれだった?」

「シャーロット・クレイさんです。とても分厚いヴェールをお召しでしたが、その陰の顔色がなんだかひどく青白く見えたので、お加減がよくないのではとお訊きしたら、『ええ』と仰って、このお部屋で一時間ほどお待ちになっていましたが、社長が見えられないとわかると、ようやくお帰りになりました」

「顔からヴェールをあげなかったのか?」

「はい、お話ししているあいだ一度も」

「それでどうしてクレイさんだとわかるんだ?」

バーンズ事務員は大きく目を剝いた。「それはもう、あの方のことは社員みながよく知って

います から」

「名前は訊いたのか?」

「いいえ、お尋ねするまでもありませんので」

「それは人ちがいだ。きみもヒューストンも見まちがってる。クレイさんであるはずはないんだ! あの人は今——今——ロンドンにいないってことを、わたしはよく知っている。別人に決まってる」

「そうでしたでしょうか。でも申しわけないんですが、あの方でしたらどこで出会っても、お姿とお声からすぐそうとわかります。たとえお顔を見なくとも。それに、このたびも少しだけですがお顔が見えたんです。それがあまりにも青白くて、まるで——死人のようでした!」

「もういい! その件はこれで充分だ。どの道大したことじゃない。すぐ仕事に戻りたまえ」

だが社長室に独り残ったブラゲットをもし覗き見る者がいたとしたら、大したことではないとはまったく考えていないのがすぐわかっただろう。十二月なのに額から汗が噴きだし、社長席に座したまま落ちつかないようすで体を前後に激しく揺らしていたのだから。

ようやく勢いよく立ちあがると、椅子が後ろへひっくり返ったのもかまわず、外の事務室へ飛びだしていき、なにか問い糺したそうな顔をしている二十人あまりの社員たちの前を素通りして、やっと出せた声で辻馬車を呼び止め、ハマースミスへと急がせた。

シャーロットの住み家に着くと、玄関を開けたトンプソン夫人は、熱病から脱したばかりのようなブラゲットの顔を見て驚きをあらわにした。

「これはまた、いったいどうなさったんですの？」

「トンプソンさん、シャーロット・クレイさんの件についてだが、あなたの言われたことは本当なんでしょうね？　彼女が亡くなったというのは？」

「それはもう本当ですとも！　わたしが瞼を閉じてさしあげましたし、この手で棺の蓋を閉めたんですもの。あれがあの方でないとしたら、ほかのだれだと？　もしそれほどお疑いでしたら、死亡診断書を書いたお医者さまにお尋ねになるとよろしいわ」

「なんという医者です？」

「ダドソン先生ですわ。うちの向かいがお住まいです」

「妙な質問をしたとしたら申しわけない、トンプソンさん。でもあの可哀想な友人を巡ってよくない夢を見たものでね。このうえはどうしてもその医師から話を聞かずにはいられません」

「どうぞご自由に」大家夫人はますます気を悪くしたらしく、そう言い棄てた。「お医者さまがどんなことを言われるか、まったく心配していませんわ。あの先生はクレイさんをとても熱心に診てやっていましたし、わたしとしても良心の咎めるようなことはなにもありませんから。それではご機嫌よう」そう言うとブラゲットの顔の前で玄関扉を強く閉じた。

ダドソン医師の家はすぐ見つけられた。

「つまりこういうことですかな」訪問者の怯え顔をまっすぐ見返しながら医師は言った。「あなたは亡くなったシャーロット・クレイさんのお友だちで、あの方の死亡診断書を是非見せてほしいと？　よろしいでしょう。これがそうです。十一月二十五日に腹膜炎により死亡したと、よくおわかりになるはずです。わたしとしては治療と看護に手を尽くしましたが、残念ながら助けられませんでした」

「では、たしかに亡くなったんですね?」ブラゲットはなんとも不可解な念の押し方をした。

医師は相手の正気を疑うようなまなざしで見返した。

「患者が死亡し、棺に納められて埋葬されるのを見とどけた以上、たしかに亡くなったと申しあげるしかありませんな。クレイさんの死について疑いうる点はなにひとつありません」

「それは非常に——非常に奇妙で、理解しがたいことです」哀れなブラゲットはそうつぶやくと、よろめくようにダドソン医師宅をあとにし、出版社への帰途についた。

社長室で少し休み、強いブランデーをソーダで割って飲み干すと、ようやく人心地が戻ってきた。結局のところトンプソン夫人とダドソン医師の話はまちがいではなく、そうだとすれば自社の事務員たちがまちがっていると考えるしかない。とはいえ彼らにそんなことを告げるわけにもいかず、そのまま幾日かがすぎると、不思議な訪問者の噂は聞かれなくなり、ブラゲット自身その件を忘れかけるまでになった。

やがて二週間ほども経ったころ、ブラゲットがそれとはまったく関係ないことを考えているとき、若い事務員ヒューストンがさもなにげなさそうにこんなことを知らせにきた。

「昨日またクレイさんがお見えになりました。社長の乗られた馬車が社の前から発ったすぐあとのことでした」

かの疑念にまつわる恐怖が以前の倍もの強さで、不幸な出版社社長の心に蘇(よみがえ)った。

「莫迦なことを言うな！」ブラゲットは口を開くや、怒りに任せた喘ぎ声を吐いた。「わたしを誑かそうとしても無駄だ！　言っておくが、そんなことをするときみのためにならんぞ」

「た、誑かすですって！」ヒューストンがつっかえがちに言い返した。「なにを仰っているのかわかりかねます。ぼくはただ事実をお伝えしただけですから。お留守のあいだに訪ねてこられたお客さまのお名前については、洩らさずお知らせするようにいつも仰せつかっていますので、その務めをちゃんと果たさなければと思っているだけで――」

「わかった、ヒューストン、もういい」とブラゲットはさえぎり、ハンカチで額を拭いた。「きみが指示を忠実に果たそうと努めてくれていることはよくわかってる。ただこの場合は誤りなのだ。しかも同じ誤りが二度くりかえされた」

「誤りですって！」

「そうだ――誤りはだれにでもあるものだが、とにかく昨日来たのがクレイさんじゃないことはたしかだ」

「でも本当にあの方でした」

「それじゃ、わたしがとんでもない悪夢かなにかを見ているとでも言うのか？」出版社社長は怒鳴った。「それとも、どこかで話が行きちがってるのか？　わたしはミス・シャーロット・クレイの話をしているんだが、きみの話もそうなのか？」

「ぼくもミス・シャーロット・クレイの話をしています。『愛しのグウェンドリン』を書いた女流小説家で、最近の二年ほどのわが社の出版業務の大きな力になってくれた方です。長い鼻と巻き毛の髪が特徴です。そういうミス・シャーロット・クレイをぼくはほかに知りませんが、もしもう一人いるとすればその方かもしれません」

「そこまで言われても、わたしにはまだ信じられないんだよ、ヒューストン。なぜなら、わが社と協力関係にあったミス・シャーロット・クレイは、先月二十五日に亡くなっているからだ」

「亡くなったですって！　クレイさんが？　そんなことはありえませんよ。それこそだれかが社長を誑かしているんじゃないでしょうか。昨日の午後この部屋にいたのはたしかにあの人だと、誓って言えますから。存じあげて以来ずっと変わらないお姿でした。急いで帰らなければならないらしく、お話はあまりされませんでしたが、この前と同じドレスと婦人帽をお召しでした。以前と同じように、この部屋でも慣れたようすでいらっしゃいましたし。そう言えば――」ヒューストンは不意になにか思いだしたようにつけ加えた。「――社長への書き置きを残していかれました」

「書き置きだと！　なぜそれを先に言わない？」

「ぼくの言ったことをすぐお疑いになったものですから、すっかり忘れていました。青銅の花瓶の下に挟んであるはずです。そこに置いたから伝えてほしいと、クレイさんが仰っていましたので」

ブラゲットが急いで花瓶に近寄ってみると、たしかに三角形の紙片が下敷きにされていた。シャーロットの手書き文字がかいま見えた。ひょっとしたら複製かもしれないにせよ、筆跡は見憶えがある。震える手で紙片を広げた。そこにはこう書かれていた。

「仕事の用以外でわが社を訪ねるのはやめてほしいと、あなたは言ったわね。妻に知られては困るから、自宅に手紙をよこすのもやめてほしいと。でもわたしは社を訪ねるわ。手紙も書くわよ。奥さまに会えるまではね。それでもあなたがなにもしてくれないなら、自分がだれであるかを奥さまに名乗り、知られては困ることを話すつもりよ」

今も胸ポケットに入れたままにしているあの手紙と、一言半句同じ文面だ。この文面を目にした者は、この世でブラゲットとシャーロット本人しかいない。不幸な男は広げた紙片を見すえたまま、瘧にでも罹ったかのように総身を震わせた。

「クレイさんの筆跡じゃありませんでしたか？」

「たしかにあの人の文字だよ、ヒューストン。だがありえない。無理なことだ！　クレイさんは先月亡くなり、墓もこの目で見た。医師と看護師の手当ても報われなかったそうだ。そうであるからには、ここを訪ねてきたりこんな書き置きを残したりするのは、なにかのまやかしとしか思えない」

「では、あの女性はだれだったんでしょう？」そう言ったヒューストンがこんどは震えに襲われる番だった。

「今はまだわからないと言うしかないが、もしその女性がまた訪ねてきたら、思いきって名前と住所を訊いてもらいたい」

「その役目はぼくじゃなくて、ほかのだれかに言いつけていただきたいです」ヒューストンはそう言うと、急いで社長室を出ていった。

ブラゲットは不可解さと想像に苛まれつつ、なんかとその日の仕事を済ませて、菫屋敷への帰途を急いだ。

帰宅してみると、妻エミリーは外で友人と日中をすごしたらしく、夫より数分早く帰ってきたばかりだという。

「シギスマンド、ちょっと聞いてちょうだい！」夕食のあと二人して居間に入るなり、エミリーがそう切りだした。「この家のことなんだけど、錠前や閂（かんぬき）をちゃんとなおしたほうがいいんじゃないかしら。今日の午後わたしが外に出ているあいだに、おかしなことがあったらしいのよ。さっき小間使いのエレンから聞いたばかりなんだけど」

「なにがあったんだ？」

「ちょうどお昼ごろ外に出かけるとき、夕食どきまで戻らないからと使用人たちに告げたの。だからみんな台所で気楽にすごしていたと思うけど、料理方の女中がエレンに言うには、居間から人の足音が聞こえたそうなの。玄関は鍵がかけてあるから、エレンは初め女中の思いちがいだろうと思ったけど、みんなで耳を澄ましてみると、だれもが足音を聞きとったそうなの。それでエレンが急いで二階にあがってみたら、そこでいったいなにを見たと思う？」

「わたしに予想がつくはずもなかろう」

「この部屋で一人の女性が椅子に坐っていたというの。ちょうどだれかを待っているみたいなようすで。エレンが言うには、巻き毛の髪を両頰のわきに垂らしたちょっと年配の女性で、ひどく青白い顔をしていたんですって。頭には白い羽飾りのついた青色の婦人帽をかぶって、裾の長い黒い外套を着て――」

「エミリー――もうやめろ！　きみは自分がなにを言ってるかわかっていないんだ。あの小間使いは頭がどうかしてるな。もう暇を出したほうがいい。玄関に鍵がかかっていたのに、どうして他人が家のなかに入れるというんだ？　まったく莫迦げてる。そんなくだらない話のせいで、わたしまで頭がどうかしそうじゃないか！」ブラゲットはそうわめくと、呻くように吐息を洩らして、椅子の背にどっと身を預けた。

愛らしい妻エミリーの顔に困惑が浮かんだ。疑われるべくもない事実を伝えただけなのだから無理もない。憤慨もあらわに顔を背け、黙りこんでしまった。

「悪かったよ」やや間を置いてからブラゲットは言った。「今夜は気分が優れなかったものだから、きみの話についカッとなってしまったんだ」

「どうしてわたしの話にカッとなるの？」エミリーが言い返す。「こんなふうに他人が家のなかに踏みこめるままにしていたら、そのうち泥棒までされてしまうわよ。もしそうなったら、なんでもっと早く知らせなかったんだと、あなたは言いだすに決まってるじゃないの」

「彼女は――その女性のことだが――名前を言わなかったか？」

「わたしもうこの話はしたくないわ。エレンに訊いてちょうだい」

「だめだ、エミリー！　きみから聞いておきたいんだ」

「だったら話の腰を折らないでね。エレンは椅子にかけている女性を見つけたとき、どこのどなたで、なんの用があるのかと尋ねたけど、返事がなかったそうなの。それでエレンはなんだか急に不安になって、料理方の女中を呼ぼうと背を向けたら、まさにそのとき女性は不意に立ちあがって、電光石火の速さでエレンのわきを通りすぎ、それきりどこかへ消えてしまったというの！」

「どこから外へ出ていったんだ？」

「入ってきたときと同じく、出ていくところをだれも見ていないの。使用人たちが言うには、玄関扉は開けられも閉められもしなかったんですって――もちろん開け閉めされたにちがいないのによ。エレンの話では、背が高くて痩せた五十絡みの女性で、髪は染めているらしかったそうよ。なにかを盗みに入ってきたのかもしれないから、それでわたしは錠前をちゃんとなおしたほうがいいと言ったのよ。まあ、シギスマンド、どうしたの？　エレン、ジェイン、早く来てちょうだい！　主人が気を失ってしまったわ！」

一日のうちにくりかえされた衝撃と恐怖のせいで、哀れブラゲットは束の間意識を失くするほどの混乱に見舞われたのだった。そこでクリスマス休暇を名目にして、すべてを忘れるため妻と一緒にパリへ出かけることにした。あの華やかな花の都に赴くなら、自宅にまで降りかかってきた恐ろしい気がかりを振り払えるだろうと、そう考えて。パリでは思いきり休暇を愉しむつもりだったが、しかしシャーロット・クレイの記憶がわずかでも脳裏をよぎると、もう愉しみは雲散してしまい、いずれ出版社に戻らねばならないと考えるだけで、暗闇のなかを寝室へ向かう子供みたいに身震いを覚える始末だった。

そういう気分をエミリーには隠そうと努めたが、しかし妻の感覚は鋭かった。いつも頰を赤らめていた純朴な娘エミリー・ブリムローズからいつしか成長し、結婚生活の圧力に耐えるうちに有能な家庭の番犬へと変じ、些細な異変も逃さない嗅覚を具えるまでになっていた。

エミリーは秘かに推測を働かせ、夫の絶えざる気鬱のようすからして、自分以外の女性の存在を嗅ぎとっていた。そうなると当然嫉妬心がつのる。もし夫が自分を愛していないのなら、なぜ結婚したのか？ 夫の愛情を勝ちとっているほかの女性がいるのだとしたら、このまま放ってはおけない。夫は自分にとって法的に正当な所有物なのだから。その〈ほかの女性〉がだれであるかをつきとめることが、今やエミリーの不断の目標となった。目標を果たした暁には、その相手に対してひと言もの申さねばならない。恐れるに足りず！ しかも夫は明らかに職場に行きたがらないようすを見せ、それがますます怪しさをつのらせた。良心の咎めがなければためらうことなどないはず。そう考えると、希望に燃えていた幸せな夫婦ではもはやなくなったのだと感じた。出版社への通勤を渋る夫のようすがほとんど恐怖の表われとも見えるほどになってくると、エミリーはさらにあれこれを考えあわせ、謎の解答にいよいよ確信を持った。もはや女性絡みと断言せざるをえない。自分がなにをしようとしているかを、夫には決して知られないようにしなければならない。そこで、表向きは愛らしい妻を装いながら、裏では暗闇を忍び歩く猫のように、あるいは地を穿つ虫のように、絶対に気どられないように努めつつ行動した。

哀れなブラゲットは重い心を引きずりながら出版社から帰宅するが、その陰で妻がなにをもくろんでいるかにはまったく気づかなかった。もし翌日の出勤を代わってくれる者がいるなら、千ポンド支払うのも厭わなそうな面持ちだ。だが社長としては出勤するしかなく、イギリス男児の勇気を奮い立たせて出かけていく。だが夫がなにかに怯えているにちがいないと勘づいているエミリーは、もくろみを諦めはしなかった。ブラゲットは事業の場に妻をつれこむことを決してしなかった。埃っぽくて汚れた出版社の建物に愛らしい妻を敢えて立ち入らせるには及ばないと考えているからだが、しかし彼女のほうは今日こそ足を踏み入れようと決意していた。そこで夫が菫屋敷から出社の途についたのち十分ほど待ち、それから着替えをして、夫のあとを追うべくロンドン中心街への列車に乗りこんだ。

そのころブラゲットは中心街にいて、歯科医などへ向かう人々がそぞろ行き交う通りを歩いていた。これから自分がどうすべきかはよくわかっているのに、それをしたら生きていられないのではないかというような漠然とした不安を振り払えずにいた。自分がいないあいだに社内でなにが起こっていたかを想像すると恐ろしくて、いつもなら使う馬車には乗らずに、わざと三十分ほど出社を遅らせるため徒歩で向かっていた。しかしようやく社に着いてみると、そんな努力も徒労だったことがひと目でわかった。明らかになにかが起こっていた。いつもは整然と秩序立っている社内の雰囲気が失せ、事務員たちは机に向かって仕事に励んではおらず、一同片隅に集まってなにやら仕草を交えながら囁きあっていた。そこへ社長が姿を見せると、とたんにみな沈黙に陥り、なにごとかを恐れる視線でブラゲットを注視しはじめた。

「いったいどうしたというんだ?」怯えを知られたくない者がやりがちなように、勇気を奮い起こせずにいるのを怒りで繕おうとした。

年若い事務員ヒューストンが灰のように白い顔をして前へ進みでたと思うと、摺りガラスにさえぎられた社長室を無言で指さした。

「どういうことだ？　口が利けないのか？　みんなそんなふうに仕事を置き去りにして、揃いもそろってどうかしてしまったんじゃないか？」

「それじゃ申しますが、社長、あの方が来ているんです」

ブラゲットは銃で撃たれでもしたように身じろいだが、それでも内心を表には出すまいと懸命に努めた。

「あの方とはだれだ？」

「シャーロット・クレイさんです」

「そんなことはまやかしに決まってると言ったはずだが」

「ではどうかご自分でおたしかめください」灰色の髪をしたヒューストンはそう言うと、一歩わきへどいた。「ぼくが階段をおりてくるとき、ちょうどクレイさんが目の前を歩いていったんです。今社長室に入られたら、あの方はそこにいるにちがいありません。そんなことはありえないという証拠がどれだけあろうと、これはたしかなことです」

ブラゲットは歯がガチガチと鳴るのを感じながら、摺りガラスの扉へと近づいていった。ガラスの一枚に小さな覗き穴があり、室内に人がいるかどうかをたしかめられるようになっている。扉の前に立ち、そこを覗き見た。社長席の机の前で、こちらに背を向けて椅子にかけている人影は、よく知るシャーロットの姿だとすぐわかった。痩せた体をいつも包んでいた裾の長い黒い外套も記憶にあるとおりだ。青い婦人帽には反り返りの乏しい萎れかけた羽根飾りが刺され、乱れ気味の巻き毛の髪が両肩にかかり、留め金付きの黒革の手提げ鞄をいつものように持っている。姿かたちはたしかにシャーロット・クレイで、疑う余地もない。だがあのとき見た、湿った盛り土に覆われた彼女の墓とどう折り合いをつけるのだ？　なによりもあの死亡診断書と、そして医師と大家夫人が看とったという彼女の臨終はどうなる？

　ブラゲットはついに必死の意志力を奮い立たせ、扉の把手をまわす心の準備を固めた。だがまさにそのとき、社長の一挙一動を見守っていた事務員たちの視線が不意に別方向へ逸らされた。社長室を囲む事務室への外からの出入口から、一人の格別に愛らしい容貌の女性が入ってきたためだ。いつも薄暗く埃っぽい事務室のなかが、その人のたぐい稀な美貌によってたちまち明るんだ。その女性の貌には、さながら百合や薔薇や麝香撫子などの花々が咲き競っているかのようで、明るい色の髪といい、煌めく青い瞳といい、たやすくは言い表わしがたいほどの若々しい魅惑を放っている。このような事業の場に、これほど華やかに着飾った女神ヴィーナスがいったいなんの用があるというのか？

「シギスマンド・ブラゲットはこちらでしょうか？　わたしはブラゲットの妻ですけれど。今すぐ主人に面会したいのです」

　事務員たちは一様に社長室の摺りガラスの扉へ目を戻した。すでに閉じられたあとの扉では、彼らの雇い主の人影が摺りガラスを透かしてかいま見えている。

「こちらです、奥さま」事務員の一人がそう言って、社長室のほうへ丁重に案内していった。

一方、謎の空間への門を開けたあとのブラゲットは、膝が震えるのをこらえながら、すでにそこへ足を踏み入れていた。椅子に坐る人物はだれかが部屋に入ってきても身動きひとつしない。ブラゲットは逡巡しつつ戸口に立ちつくした。どうすべきか、なにを言うべきか?

「シャーロット」と囁き声をかけた。

女性はなおも動かない。

その瞬間、妻が入ってきた。

「まあ、シギスマンド!」エミリーが厭悪もあらわにわめいた。「わたしになにか隠しているにちがいないと思っていたけれど、今こそその証拠を押さえたわ。この女はだれ? なんていう名前? それを聞くまでは、ここから出ていかないわよ」

恋敵の声を耳にしたためか、椅子に座していた女性はすっと立ちあがり、ブラゲット夫妻のほうへ振り向いた。まちがいない! 女性の顔は生きていた当時のシャーロット・クレイそのままだが、ただその輪郭がどこかぼんやりとしているようで、それゆえに不気味さがまとわりついている。

シャーロットはエミリーをまっすぐに見ていたが、それはほんのいっときのことで、顔の輪郭が急激にますます曖昧になったと思うと、それをささえる体が崩れ落ち、一瞬にして消え去った。あとにはなにもない空間が残るばかりだ。

「あの女はどこへ行ったの?」エミリーが驚愕の声を放った。

「だれがどこへ行ったって?」ブラゲットが戦慄から脱しえないまま訊き返した。

「椅子に坐っていた女よ！」

「だれもいやしない。いたように思っただけだろう。わたしのこの大きめの外套を見て、だれかの人影だと勘ちがいしたんじゃないか？」ブラゲットは口早にまくし立てると、手にしていた外套を肘掛椅子の背凭れに投げかけた。

「そんなことありえないわ！」愛らしい妻は目を擦りながら言い返した。「外套に目や髪の毛や顔かたちがあるわけないでしょう！　そこに女が坐ってるのをたしかに見たわ。女は立ちあがってわたしを見すえたのよ。シギスマンド、それが事実だと言ってちょうだい。見まちがいだなんて、とても考えられないわ！」

「きみ自身の感覚を疑ったほうがいいんじゃないかな。わたしたち以外のだれもこの部屋にいないのは一目瞭然だ。だれかが出ていくところなんて見ちゃいないだろう？　気が済まないなら、机の下でも探したらいいさ」

「まあ！　シギスマンド、今わたしのことを笑ったわね。なにを莫迦なことをと言いたいんでしょう。でもこの部屋にたしかにだれかがいたってことはわかってるのよ。わからないのは、そのだれかがどこへ消えたのかってことだけ」

「この話はもっとふさわしいときにしようじゃないか」とブラゲットは言い、妻の腕の下に腕を通した。「ヒューストン、すまないがヒューム副社長に打ち合わせできなくなったと伝えてくれないか。今日はもう社に戻らないつもりだからね。思ったより体調がよくないので、仕事にならないといけないから。今夜わたしからの手紙を持ってストリーサムのわが家に来てくれれば、そのとき話をする、と告げてくれたまえ」

その夜のブラゲットと副社長との会談は内密に行なわれた。だが話が済んだすぐあと、ブラゲットは今後自分は出版社の経営から手を引くことになったと妻エミリーに打ち明け、それが彼女を大いに喜ばせた。後半生を董屋敷と彼女のために捧げて生きるつもりだと伝えたがゆえだ。もはや会社に通勤することもなくなり、一日のうち数時間は妻のそばから離れてすごしたい誘惑にも打ち克つ決意にほかならない。それが奏効し、妻は社長室で女性の姿を見たように思ったのは目の迷いだったにちがいないとようやく認めた——嫉妬の原因には確たる証拠がないではないかと言う夫の説得に、完全に納得しきっているわけではないにせよ。

だがブラゲット自身はといえば、自分の言い分が事実ではないことをよく承知していた。妻が見たものは目の迷いではなく現実だとわかっていた。妻に会えるまで会社と自宅を訪ねつづけるという強い決意を、シャーロットはついに果たしたのだと!

ハートフォード・オドンネルの凶兆

シャーロット・リデル
（夏来健次　訳）

Hertford O'Donnell's Warning (1867)
by Charlotte Riddell

シャーロット・リデル（Charlotte Riddell 1832－1906）

別名義J・H・リデル夫人（Mrs J.H.Riddell）。女流小説家・編集者。アイルランドに生まれ、渡英して創作と雑誌編集で活躍し、とくに長短の怪奇小説を量産した。短篇邦訳に「ヴォクスホール通りの古家」（みすず書房『ゴースト・ストーリー傑作選 英米女性作家8短篇』）／「ヴォクソール・ウォークの古い家」（新紀元社『幻想と怪奇14』各所収）、「胡桃邸の幽霊」（創元推理文庫『英国クリスマス幽霊譚傑作集』）／「胡桃屋敷」（新紀元社『幻想と怪奇12』各所収）がある。

「ハートフォード・オドンネルの凶兆」（Hertford O'Donnell's Warning 1867）は作者の故国アイルランドに伝わる死の妖精バンシーをテーマとし、厳密には幽霊ではないが趣（おもむき）は紛（まぎ）れもなく幽霊譚。

主要な舞台となるガイ病院（ガイズ病院、ガイズ・ホスピタルとも表記）はテムズ川に架かるロンドン・ブリッジの南に位置する実在の巨大総合病院で現在も存立する。一方主人公が居住するジェラード・ストリートにほど近いソーホーは現代は文化の中心地だが、本篇の時代設定である十九世紀初頭は富裕層が転出したあとの斜陽地域だった模様。

まだクロロホルム（一八三一年に発見され、一八五三年英国ヴィクトリア女王の無痛分娩を契機に麻酔薬として普及したが、毒性により現在は不使用）が開発される以前の話。ソーホー地区ジェラード・ストリートの傾きかけた古い邸に、アイルランド人の若者ハートフォード・オドンネルが住んでいた。

ハートフォードは非常に熱心に外科医学を学び、その甲斐あって英国王立外科医師会の会員資格を得るべく上申するにいたった。彼の勤務するガイ病院（ロンドン、サザーク地区に実在する病院。十八世紀序盤設立）の年長の医師たちは、彼なら会員となる資格が充分にあると内心考えていた。それほどに有望視されていた若手外科医の一人だった。

この物語の冒頭でクロロホルムがまだ知られていなかった時代の話である旨を記したが、それは読者の多くを驚かせるにちがいない。というのは、その当時にハートフォードが目覚ましく成功した外科医だったとすれば、彼の外科手術の技術が、現代の最も有能な外科医たちのそれよりも遙かに高かったことを意味するからだ。

人間の身体に宿る病巣を除去するための外科手術を、意識のある患者に対してほどこすという行為は、単に手が器用だというだけでは足りず、医学上の知識が深いというのみでも足りない。そこには現代の外科医に必要とされる勇気を数層倍もうわまわる老成した覚悟が要求された。当然ながら、手術道具を扱う技術の徹底した卓越さ、手ぎわのよさ、俊敏さ、目の鋭さも、優(すぐ)れた外科医には現代と同様に不可欠とされたが、さらにそれらすべてに加えて、決して性急にならない冷徹さ、挫(くじ)けることを知らない心の強さ、予期せざる事態にもあわてない精神力、困難な状況に対処できる見識の豊かさ、そうしたものもなければならない。

　外科手術には勇気とともに冷徹さが同時に必要だという点をふたたびくりかえすとすれば、それは一般的な考え方に反するように思われるかもしれない。よくある誤解のひとつだが、勇気と冷徹さとは相反しあう要素同士だと信じられているがゆえに。

　しかしハートフォード・オドンネルの人格に関するかぎりは、まさに鋼(はがね)のごとく冷徹だった。外科医学について完璧に理解していたのみならず、患者が如何(いか)に苦痛のあまり蒼白な顔になって、極限まで歯を強く食いしばりつつも悲鳴を洩らさずにいられなかったとしても、彼自身は決して神経が震えたり筋肉が緊張したりすることはなく、つねに死人のごとき冷厳な無表情でつらぬき通し、その非情ぶりは手術室で補佐する経験の乏(とぼ)しい年若い助手たちをしばしば愕然とさせた。

　それほどに感情的な流されやすさや他人への共感といったものに煩(わずら)わされずに済む性質だった。ハートフォードにとって人間の身体はその構造を知るための理想的な材料にすぎず、それを理解できる権益への歓びを感じるのみだった。あたかもマーク・ブルネル（十九世紀前半活躍した土木工事技師）がテムズ川トンネルの建設に際して捧げた執念にも似て、それは単純に技術者としての情熱にひとしく、ハートフォードは患者への手術を成功させるという行為自体を愛好したのであり、しかも患者に巣食う病魔がより稀少かつ困難なものであればあるほどその歓喜は大きかった。そんな事情により、彼に手術されたがる患者は多かった。医師は病気に関心があるがゆえに治療するが、患者は自分を助けたいがゆえに熱心に治療してくれるのだと誤解するものだ。例えば左官（さかん）ジョン・ディックスや土工（どこう）ティモシー・リーガンなどは重い病気をかかえながら彼に手術されることを喜び、男ぶりのよいこのアイルランド人の若い医師に対して精神的な共感さえ覚えた者たちだ。

　ハートフォード自身は冷徹冷静に手術するのみで、それが済んだあとは患者たちのことなど忘れてしまう。過酷な戦役を終えた兵士のように退院していく患者とのちに街角で偶然出会った場合でも、名声高い医師でありながら、自分など何者でもないかのように気さくに声をかけるのだった。

　ハートフォードは異邦で暮らすアイルランド人として、患者についてもまた症例についても貴重な記憶を育んだと言える。多くの同郷の人々と同様に、それらについて話すときでも、コーデュロイ織りやファチティアン織り（共にアイルランドの特産織物）について話すときでも、真剣さにおいては変わるところがなかった。

　ロンドンでもアイルランドの故郷カルギラン（架空の地名と思われる）と同様に、人と話すときは愛想よく優しい話し方をするのを怠（おこた）らない柔軟さがあった――内心では柔軟になりきれずにいるときですらも。だからガイ病院では患者たちのみならず、看護師や医学生から守衛にいたるまで、だれもが彼と顔を合わせることを好んだ。

陽が照ろうが雨が降ろうが雹が降ろうが、ハートフォードが人と接するときの明るさと活気には変わるところがなかった。ロンドンの通りに溜まった泥が足を埋めるほど深かろうと、あるいは街を覆う霧が豆スープほどにも濃かろうと、決して機嫌が悪くなったりはせず、病院の守衛からの挨拶に対しても気むずかしい返事をしたりはしなかった。患者たちにも研修医たちにもつねに陽気明朗に話しかけ、健康な者にも病気持ちの者にも、あるいは目上の者にも目下の者にも、決して分け隔てすることがなかった。

それほどの良質な人格者であるにもかかわらず——見目よい顔立ち、品位ある物腰、人への気さくな対応、外科医としての疑いなき高技能、そうしたものすべてを認めつつも——病院の上級医師たちの一部は内密の会議の場などにおいて、このいちばん年少の同僚を巡り、陰鬱にかぶりを振りながら芳しからぬ会話を交わすことがままあった。

ハートフォードにはよい評価が数多くあると同時に、悪い評判もそれ以上に多くあった。まず彼がアイルランド人であることが挙げられる。たまたまそういう出生だったという点は仕方ないとしても——人はそうした自然の気紛れをどうすることもできないから——偶然にせよ故意によるものにせよ、地位と格式のある代表的なイギリス人にとっては不快に思われるところが多々あるのだった。

話しぶり、容姿、挙動、習癖、表現の仕方、生き方、などなど、さまざまな点においてハートフォードはたしかにアイルランド人らしかった。もう二度と戻りたくはないと口では言っていても、已が故国を心中深くでは愛していたし、イギリス人のただなかにあってはどこからどう見ても異国人であらざるをえず、いざとなればただちに危険な道へ踏みこむにちがいなく、しかもだれもそれを止めることはできないというのが、ガイ病院の長老たちが口を揃えて予言することだった。

「あの男は及ぶかぎりのところまで行くつもりだろう」

見識ある長老医の一人がそのように言う意味とは、ハートフォード・オドンネルが悪魔に魂を売りわたしているという示唆なのであり、已を制御する手綱の許すかぎりの悪の深みに飛びこんでしまい、そののち引きあげられる岸があるとすれば、そこではもはや悪さえ悪ではなく、邪な宴も罪深き狂った舞い踊りもなく、ただ虚しき叫喚と歯軋りが響くのみの彼岸となるだろうというのだった。

無謀にして非情、狷介にして邪悪――そんな悪魔のごとき男は、このロンドンにいても遠からずその境地に戻り、さらにその先にまで進むにちがいないというのが、ハートフォードの上司たちの見解だったが、実際の彼はソーホーに近い広い邸で家政婦コールズ夫人とその夫（執事として仕えている）を従え、ずっと独り身で暮らしているのみの身の上だった。

当時のジェラード・ストリートは忘れられた薄暗い通りではなかった。日の出の勢いにある外科医に診てもらうため、病者たちは馬車を駆ってこの通りへ向かった。一部の大立者たちの考えでは、ピカデリー・サーカス駅を挟んでリージェント・ストリートの反対側の裏通りに診察室のある自宅をかまえている医師に診療代を支払うのは、決して自分の地位に悖ることではなかった。ハートフォードは大きな収入を得ていた代わりに金使いが荒くもあった。それどころか負債に首まで浸かっていた――無意味な大金の消費を因とする無駄な借金であり、しかもその問題に真摯に立ち向かう気などまったくなかった。ロンドンに住みはじめてから恐ろしいまでの勢いで放蕩をくりかえし、まるで若くして死ぬことを自ら望んでいるかのごとくだった。

生とは！　人生のなにがいいのか？　死とは！　死後の来世を恐れるなど、女子供にもひとしい臆病者ではないか？　ハートフォードの乗る人生の馬車がなにゆえに転覆してしまったか、それはガイ病院の上級医師たちなどよりも神こそがよく知っている。ゆえに自らの創り主たる神に出会うことを恐れはせず、ロンドンに来て以来つづけている悪評高い生活も、ただ神の導きに任せているのみなのだった。

ハートフォードは人の世について知悉しており、そこではしばしば道筋が阻まれることもよく知っていた。それゆえに、いつか神の審判が訪れる日には、自分の道筋を阻む者たちよりもよい来世を迎えなければならないと考えた。だからそうした隣人たちが現世で罪を犯していると認識することが、彼にとっては大きな慰めとなった――人が死後に受ける罰が如何なるものかなど漠然とした想像にすぎないとしても。

とはいえソーホー・スクエアにほど近い古い邸に独りで暮らしつづけていると、昏い想念がしばしば心に忍び入ってくるのを拒めなかった。しかもそこに負債返還を求める者たちからの書信が舞いこんだり、あるいはそういう者たちがじかに訪ねてきたりすると、苛立ちはいっそうつのらざるをえなかった。

知己は多くとも親友と呼べる者がいないハートフォードは、そうした悩みも独りで受けとめ独りで考えなければならない。晩餐会なり単身での夕食なり、あるいは気の置けない酒宴なりから帰ってくると、寂しい部屋にこもってパイプ煙草を吹かしながら、これからの進み方や、如何に運を拓(ひら)くかといったことについて思念を深めるのだった。

じつのところ、ロンドンに住みはじめたばかりのころは、自分の人生はそう長くはつづかないのではないかという考えを漠然と持っていた。放蕩に明け暮れるという生き方の選択も、決してよい結果を生まないだろうと思っていた。ところがこの大都会で暮らしはじめてからというもの、いつの間にか歳月が重なり、若い時代は過去へと去り、自ら健康を損ねるような生き方をしてきたにもかかわらず、長生きできそうな可能性が意外にも高まってきた。そう気づいてみると、若さによる昂揚と経年による衰えとを同時に認識できる、人生のなかでもごく短い時期にさしかかったことを感じた。そこまで長く生きてしまい、この先さらに同じほど長く生きるとすれば、きびしい仕事をこなせる能力もやがて減衰し、放蕩仲間たちもいずれは国外へと散り去り、陽気な宴を愉しんだこともただの記憶へと変じて意味を失い、明るい希望も失せて、若さゆえの地上的な俗事から生みだしていたお伽(とぎ)の国の馬車さえも、すべてが色褪せた昨日の思い出へと変わっていく。そして退屈な日常生活の儀式は今日から明日へさらにその先へと延々とつづくが、そのあいだも過去の想い出は華やかな騎馬隊行列のように、勇ましい軍楽や鎧兜(よろいかぶと)の煌めきや軍馬の闊歩とともに、人生の旅の終わりまで伴いつづけることになる。

ああ、わが朋輩なる人々よ！　人生の馬車は明るい四つ窓を具え、飾り立てた荷車を牽き、

陽気な客を乗せ、馭者が吹く明るい喇叭の音を響かせながら、長閑な村の一本道を進みゆくが、

われらみないつかはその馬車からおりねばならないのだ。

みな遠からずそんな最期の域にたどりつき、そこでは黒き死が己の格別な資産を増やすためにわれらの命を欲し、人はそれまでの安逸で無思慮だった長い生の旅に別れを告げ、人みなの共有地たる死の世界へ新たな趣を求めて立ちいたる。聞き及ぶかぎりでは、そこにいたるための如何なる王道もない。上は玉座につく国王から、下は王など何者かも想像できない労働者にいたるまで、だれもがひとしくあらゆる苦難を経て生の砂漠をさまよい歩き、前にも述べたようにだれもがそのあいだに、過去へと遺してきた希望と力と若さの躍動性をふたたび探しはじめ、前方に広がる来世に備えるのだ。

人生における春の季節が如何に寒くきびしいもので、身を切る西風と冷たい霜が蕾を嚙み花を萎れさせようとも、それでも春は春にちがいなく――緑の若葉が芽吹き、花が優しく咲き、鳥が唄い、せせらぎが囁き、その先の夏とさらに先の秋と、そして久遠の死を思わせる遠い冬へといざなう春にちがいないが、しかし木々が夏の緑の盛りを果たし、無垢な白い花たちが消え失せ、庭園を埋めていた赤や黄や紫の多様な花々も失せて、湿った侘しい日が訪れるならば、人生の秋と冬を意識するのはそうむずかしいことではない。同様に一日のなかでも、正午が訪れるなら、夕刻と夜がやがて来ることは事実であり、可能性ですらない。そうした人生の午後と夕刻と夜について黙想するハートフォード・オドンネルの姿を、読者諸賢にはここで想像していただきたい。

女性たちはハートフォードを見目よい男と見なしていた。長身で肌は浅黒く、黒髪を具え、深い青色の瞳は神秘的で、穏やかな声でアイルランド訛りの英語を話し、コネマラ山地（アイルランド北西部海岸の山地）で馬に騎る姿はケンタウロス（ギリシア神話中の半人半獣族）のごときで、ダブリンの舞踏会では夜通し踊りつづけ、ベンネベオラ山脈では猟銃を携え、来る日も来る日も過酷な大自然のなかを疲れも知らず歩きまわり、そうしながらもダブリンでは〈医者にならんと〉——アイルランドでよく使われる言い廻しだ——勉強に励んだ。長兄が身罷ったあとは故郷カルギランに帰ることもできたが、心地よいながらも無意義無目的な平均的なアイルランド人紳士としての人生をすごすことを嫌い、健康と子孫の誕生と将来の見込みに恵まれた生活を嫌って、カルギラン城に別れを告げ、母が花嫁に迎えられるよう手配してくれた美しいクリフデン嬢にも別れを告げ、旅行鞄を持たせたり旅籠の玄関で足の埃を払わせたりするための雇いの少年一人を従えることすらないまま、実家の前の通りを単身で歩いていって馬車に乗りこみ、あとはカルギランを二度とは振り返り見ず、厩舎に立つ愛馬や牧場で追いかけあう猟犬たちにさえ一顧もせず、更衣室に仕舞ってある撃鉄を半起こししたままの猟銃にも、いつでも釣りに使えるように用意してある釣り道具にも見向きもせずに。

母に別れの接吻もせず、父に祝福も頼まず、買い立ての婦人乗馬服を纏ったクリフデン嬢への悔いの言葉も残さず、実家の使用人たちへのひと言の別れも伝えなかったが、ただ旅籠を営むナンシー・ブレイク老夫人が翌朝におはようございますと挨拶して、彼の見目よい顔立ちを褒めたとき、この顔を二度とは見られないはずだから今のうちによく見ておけばいいと苦く促すにとどめた。

それから十二年と半年が経ち、そのあいだブレイク老夫人もカルギランの人々のだれもが、ハートフォードの見目よい顔を目にしたことは一度もなかった。彼は自らに課した誓いを守って、実家には決して手紙を送らず、父母には十ペンスの借りを頼むこともなかった。親友を持たず、神とともに生きることもなく――神がそれを許すかぎりにおいて――それでもよい生き方をするという自らの信念をつらぬき通した。唯一大切にしなければならないと感じていたのは金銭であり――病気になったり困窮したときに助けとなるものは金銭しかないから。ゆえに、放蕩者ではあったが無分別な浪費家にはならなかった。自分よりよい将来を見こまれていながら貧困になっていく者たちを周囲に見ていたので、彼らと同じにはなるまいと努めた。

街角に落ちていた蜜柑(オレンジ)の皮に滑って転ぶなど、想像しうるかぎりの単純な事故によってすら、富める者が貧者に転ずることはありうる。それほどに人の世における貧富の差は、個々人の目や手や神経の使い方の差によって異なってくる。その意識と同時に、医師としての成長がたやすいものではないこともハートフォードはよく承知していた。

金銭的収入が多いか少ないかは、人が持つ弓や楯(たて)の力のみによるものではない。仕事は成功につながる行為ではあるが、どんな職業でも単に働いているというだけでは富は築けない。

周囲を見まわしたとき、成功して富裕になった人々のほとんどは単に個人的な能力による以上に、出生や経済的背景や人間関係やあるいは婚姻といった要因によってそうなっていることを、ハートフォードは思い知らされた。

成功するには個人的能力も当然必要だが、例えばフリス・ストリート（ロンドン、ソーホー地区にある通り）に住む同僚ジョーンズはそうした付随条件に恵まれていないばかりに、妻子を養うのもままならない境遇に陥っている。

ジョーンズは豊かになるためには悪評をこうむるような条件に頼ることさえ必要だと思ってはいたが――大立者の脚を治療して恩を売るとか、あるいは兄弟が法曹界にいるとか、夫の社会的地位を引きあげてくれるような婦人を妻に迎えるといったこと――そうした人材にも条件にも欠けていたがために、とかく卑屈な者が蔑（さげす）まれる医師の世界においては、灰色の髪をした気弱な男と見なされることになってしまった。

「二頭立ての馬車を雇って、中流の人々を蔑み、下流の人々を追い散らしながら通りを進む。それがこのイギリスという国で富と名声を手に入れる方途だ」とハートフォードは苦々しく考えた。そして富と名声を望む者として今暖炉の前で座し、ふたつの炉棚（ろだな）に左右の足をそれぞれ載せて、短いパイプを咥（くわ）え、如何にしたらロンドンの街で馬車を駆って平民どもに泥をかけ散らしながら闊歩（かっぽ）できるようになれるかと思念した。

ダブリンでなら自分の姓名と人間関係を巧く利用することもできただろう。だがここはダブリンではなく、そこに戻りたいとも思っていない。緑の島という愛称を持つ故国にはつらい思い出しかなく、二度と帰りたくはない。

それにダブリンにはロンドンほど富裕家の相続婦女子が多くいない。そうした婦女子さえ見つけられるなら、長年働いて蓄財するより遙かにたやすく富を築ける。

富める妻がいれば負債を一挙に解消できるばかりか、社交界に紹介してもらえて、独身の医師には到底叶わない敬意を集められるようになる。ジェラード・ストリートの自宅で使用人のコールズ夫妻に傅(かしず)かれるだけの孤独な生活に別れを告げられるというものだ。

おそらく多くの人々の目には、金銭のために自分の独立性を敢えて捨て去るなど、自尊心に蓋をするにもひとしい行為と映るだろう。よほどの大きな理由がないかぎり、その選択は説得力に乏しいと。

しかしハートフォードはそうはまったく思っていない。だからこそ今暖炉の前でくつろぎ、予定されている取引について考えながらほくそ笑みを浮かべるのだ——交際相手ジャネット・プライス・インゴット嬢の、年齢、資産、上等な持ち家、社交界での地位、貴族的な雰囲気、そしてなによりも、彼の狙いに気づかない愚かさについて考えながら。

「それほど望ましい結果を得られたはずなのに」と思って自嘲の笑みを浮かべる。「今夜のうちに果たさなかったのはどうかしていたと言うしかない。おれは臆病者じゃないし、故郷の言い伝えを怖がる男でもない。それなのに、あのときわれ知らず青褪めてしまったのはたしかだ。そうとわかるのは、ジャネット嬢にどこか具合が悪いんじゃないかと訊かれたからだ。そのせいで、あの叫び声が彼女に聞こえなかったか問い糺(ただ)そうかなどと、つい莫迦(ばか)なことを考えてしまった。まるで彼女にも〈あれ〉が聞こえる可能性があるかのように——彼女のなかに流れる俗物的な〈成金〉の血がそう思わせるのかもしれず、あるいは彼女の父親が持つ強いピクルス・ビネガー（アイルランド料理で好まれる）の匂いのせいかもしれない。だからといって、おれはいったいなにを夢想していたんだ？　あの声は本当はなんだったのか？」ハートフォードはそう考えながら、額から髪を掻きあげると、手をのばしやすい暖炉の上に置いた慣れ親しみすぎているタンブラーで、酒をもう一杯呷った。

「求婚するために、気持ちをしっかり固めなければ！」内心での独白をつづけた。「そうできないのは、良心が邪魔するからか？　なにも知らないだれかが、『良心は人を臆病にさせる』などと聞いたふうなことを言ったが、おれは人間の良心など信じていない。感情や教養といったものから良心が生まれることが仮にあるとしても、なんでおれがそれを気にしなければならない？　おれはジャネット嬢を騙すつもりなどないのだ――これっぽっちもない。それどころか、彼女との結婚は本気で正しくやるつもりだ。彼女のために本気で正しい行ないをするのだ。若くない妻だからといって、家具周りの装飾品にすぎないなどとはまったく思わない。彼女が見た目をよくしたからといって、それが装飾的だなどとはまったく思わない。とにかく、彼女がおれの気持ちを汲んでくれない理由はないはずだ。だから明日一緒に食事をして、そして求婚を果たさなければならない」

その結論に達すると、ハートフォードは立ちあがり、虚ろに燃える暖炉の火を長靴の踵で蹴って消した。パイプの灰を叩き落とし、タンブラーの酒も飲み干した。そろそろ就寝したほうがよさそうだ。午前零時十五分前という早い時間に眠りにつく習慣はないが、いつになく疲労を感じていた――体も心も――加えて、言い尽くせないどの寂寥も。

「善良なジャネット嬢がそばにいれば、こんな気持ちにはなるまいに」と思いを半ば声に出した。そのとき不意に驚きと身震いに襲われ、顔から血の気が退くのを感じた。焦ってあたりを見まわすうちにも、低く物悲しい泣き声のような音声が室内に響いていた。言葉の体をなしておらず、ひたすら泣く声のみだ。エオリアン・ハープ（自然の風で鳴らす弦楽器）の音色も悲哀を漂わせるが――どんなに昂揚した心でもそれを聴けば沈まざるをえないと言われる――それさえも今この部屋に響いている泣き声に比べれば、まだしも華やかと思えるだろう。木々のあいだを夏風が行き来するうちにも、昏い泣き声もまたそちこちを行き来しつづける。巧みな音楽家が奏でるかのように次第に高まったと思うと、余韻を残して急速に失せゆき、聴く者にはいつ弱まって静寂へと変わったのか判然とはわからない。

弱まって、と今記したが、それは黄昏のなかで潮が引いて海岸線が遠ざかるのにも似て、いつの間にかまったき静けさが室内を満たしていた。

そのあとハートフォードは初めて愛犬ブライアンを見やった。暖炉のそばの一隅に犬がうずくまっているのを認め、こちらへ来るようにと声をかけた。

その声が自分でも奇妙な響きになって聞こえた。犬にもそんなふうに聞こえたのか、指示に従おうとしない。

「こっちへ来い、ブライアン」と主人がくりかえすと、犬はしぶしぶというようすでやっと前へ進みだした。毛が逆立ち、目が顔から飛びだしそうなほど大きく見開かれている。体を撫でてやると、震えているのも感じられた。

「おまえにもあれが聞こえたのか？」と犬に問いかけた。「おまえのほうがジャネット嬢より耳が鋭いというのか？　じつに不思議なことだな、バンシー（アイルランドに伝わる死の妖精。女人の姿をして、泣き声で人の死を予告するという）がこのジェラード・ストリートに来ているとしたら。ロンドンまでの長旅を労うために、酒肴でもてなしてやればいいのだが」

　ある種揶揄気味の挑発を投げかけるようにそう声をあげた、あたかも死の妖精からの応答を期待するかのように。だが声をあげ終えたあとも、静寂のなかから反応が返ることはない。室内は沈黙に満たされ――それを破るのは暖炉の熾が爆ぜる音と犬の吐息のみだ。

「わが訪問者の泣き声が」と、さらにつづけた。「だれの死を予告したものか、おれ自身のか、それとも大切なわが一族のだれかの死か、それを教えてくれるなら、大いに感謝するところなのだが。こんな貧しい医者にそれほどの恩義をかけてくれるとしたら、これに優る名誉はないからな。待て！　あれはなんだ？」家じゅうに響く大声でそう自問したせいで、コールズ夫人が乱れた寝巻姿のまま温い寝床――と夫人自身がそう呼ぶところの――から起き、階段の上まで出てきた。

　ハートフォードも問いかけられる相手ができた安堵感から、玄関へと駆けだしていた。用心のための鎖をはずし、ドアを大きく開け放った。それに比せば盗賊さえ歓迎すべきほどのこの世ならぬ訪問者のために開け放ったのだが、入ってきたのは冷たく湿った夜気のみで、その寒さのせいでコールズ夫人のわずかに残っている歯が哀れにもガチガチと鳴った。

「そこにいるのはだれだ？　なんの用だ？」ハートフォードは何者も見えない屋外へそう問い糺したが、返事はない。「だれかいるんじゃないのか？　なぜ黙ってる？」

執拗に促してもなんの反応もないので、ついに外へ飛びだし、通りをあちらからこちらまで見わたした。だが見えるのは降りつのる雨とまたたく街灯のみだ。

「これほどなにもわからないままでは頭がおかしくなりそうで、酒でも飲まずにはいられない気分だ」そうつぶやきながら邸のなかに戻り、玄関にはふたたび鍵をかけ、閂まで嵌め戻した。

「いったいどうなさったんです、ご主人さま?」階段の途中からコールズ夫人が問いかけた。縞模様の就寝帽だけが見えるように注意しているらしいようすなのを、ハートフォードは感心しながら見あげた。「死人でも出たんですの? これからお出かけに?」

「なんでもない、呼び鈴の鳴らし逃げだ」とハートフォードは答えて、内心では信じてもいない説明で自分をも安堵させようとした。

「呼び鈴の鳴らし逃げ! わたしが追いかけてやりたいぐらいだわ」とコールズ夫人はつぶやきながら、亭主の寝ている夫婦用ベッドへと戻っていき、独り言をこうつづけた。「まったく、うちの人は騒ぎのあいだも豚みたいに鼾をかいてるんだから」

そのすぐあと、邸の主人が階段を昇り寝室に入ってドアを閉める音が、使用人夫妻の部屋まで届いた。

「死神と雖も根は優しい女だ。ここまでは入ってこないだろう」

ハートフォードはそう考えて、自分の怯えぶりに苦笑を洩らした。だがベッドに横になってもまだ燭台の火を消さず、ブライアンにベッドにあがるよう促し、掛け布の上にうずくまらせた。

たしかに怯えてはいたが、しかしそれで自分の男らしさが失われたとは思っていなかった。元来死を恐れてはおらず、苦難も危険も恐れていない。ただバンシーだけを恐れるのだ。片手を愛犬の頭に置いて横たわりながら、子供のころに聞いたオドンネル家の死神についての言い伝えを蘇らせた。このところ何年も思いださなかったことを。実際に〈彼女〉の声を聞いたことは一度もなかった。ハートフォードがダブリンに出ているとき兄に死が迫った際にも、〈彼女〉が悲劇の予告をするためにわざわざ故郷から旅をしてくることはなかった。

「もし予告してくれていたなら、すぐにカルギランに帰って命を助けてやれたものを」と秘かに悔やんだ。「なのに今予告のためにここまで来ているとしたら、いったいだれの死についてだ？　おれが死ぬのか？　もしそうなら借金を棒引きにできるし、結婚の心配も要らなくなるというものだ。だがもし両親のどちらかなら、明日にでもアイルランドに帰らねばならない」

そしてこの半生のうちに聞き及んだバンシーにまつわる逸話の数々を茫漠と思いだしていった。アントリム県に遺るレッド・ベイ城の廃墟の下の岩礁に花の首飾りをした美女バンシーが坐り、自分に恋する若者の一人が思慕のあまり死にいたるまで嘆き悲しんでいたという話。同じくアントリム県の古城ダンルース城の円い部屋ではバンシーのために毎夜人が死んだという話。アイルランドのどこかのある大邸宅では夕刻以降人が出入りしないのに毎夜だれかが宿泊しているという話。ワーテルローの戦い（一八一五年ベルギー、ワーテルローでのフランス対英蘭連合軍の戦闘。ナポレオン一世最後の戦い）の直前にある将官が友人にこのように語ったという話――「わたしはバンシーの声を聞いたので、戦場から無事には戻れないだろうと覚悟し、愛する妻キャリーにもその旨を手紙で伝えた」ところがその将官は戦場から無事に帰還することができ、その代わり妻キャリー逝去の報せが将官のもとにおごそかにも哀れみ深くもたらされたという。また別の話では、ある船の檣にあがっていた若い水夫が夜間に海の上を物悲しく響きわたるなにかの泣き声を聞きつけたので、甲板におりて船長のところに行き、予想外の危険が迫っているのではないかと懸念を告げた。事実、その予知はすんでのところで船を救った。翌朝水夫の警告が船の座礁を意味していたことがわかったからだ。強風が吹くとともに海が荒れ、谷間をなすように高まった波間にかいま見えたものは、船が間一髪難を逃れた恐ろしくも黒々とした岩礁だった。

船長は船を助けた若い水夫に、なぜ危険が迫っているとわかったのか問い糺した。水夫が前夜聞いた泣き声について打ち明けると、船長は笑い、われわれは見事にバンシーを出し抜いたわけだと言った。

すると水夫は沈鬱にかぶりを振って、あの凶兆は自分かもしくは自分の家族の死を予告するものだと思うので、自分がもしこのまま無時に帰港できたなら、故郷から悪い知らせが届くにちがいないと悲嘆した。それを聞いた船長は水夫を檣からおろしてやり、今日はブランデーを飲んで早く寝むがいいと促した。

水夫は言われたとおりブランデーを飲んで就寝したが、その後二度と目覚めることはなかった。嵐が去って大いなる静謐がとって代わったころ、船上でおごそかな水葬が行なわれた。リヴァプールに帰港すると船長はすぐアイルランドまで赴き、すでに未亡人となっていた哀れな母親に一人息子の最期を巡る事情を話し、せめてもの悔やみの気持ちを伝えたという。

そんな逸話に思いを馳せたハートフォードは、彼自身の父親の話も思いだした。故国アイルランドで馬を駆って狩りをしていた父マイルズ・オドンネルがある農園で茂みをなす木立にさしかかったとき、やはり物悲しい泣き声を聞いたのだった。そのとき猟犬たちが一斉に吠えはじめた。父があとで語ったところによれば、その木立のなかを通過してはいけない気がして、馬をおりると手綱を近くの樅(もみ)の木の枝に結わえつけたうえで、茂みを丹念に棒で叩いて探索したが、怪しいものは見つからなかった。

厭な予感を覚えた父が人生で初めて狩りを中断して帰途につき、カルギランまであと一マイルのあたりに来たとき、駆けてきた使いの者と出遭い、狩り仲間のマーティン氏が猟銃の暴発で重傷を負ったと聞かされたという。

またこんな逸話も思いだした――ハートフォードの大叔母メアリ・オドンネルがエヴァラードというイギリス人の男と結婚して間もない若いころ、自宅でくつろぎながら夫の帰りを待っていたある晩に、バンシーの泣く声を聞いたという。大叔母は夫が帰途にしばしば通る橋のことを思いだし、人の騎(の)った馬が通るには脆(もろ)くて危険だから迂回するよう告げねばならないと思い、焦って家の外へ飛びだしていった。そのころ夫エヴァラードの騎った馬はまさに橋に近づいているところだった。そして橋の上で突然白衣の人影と出くわしてぶつかってしまい、人影は橋から川に落ちた。川から女性が救出され、病院に担ぎこまれた。だが翌朝にはふたつの遺体となって安置室に横たわることになった――アイルトン夫人とその死産した嬰児(えいじ)とが。

ハートフォードの脳裏にはそうした逸話の数々が、このように書き記すよりもすばやくつぎからつぎへと駆け巡った。そしてそのなかにはほかの話よりもことさら珍しいものがひとつあった。あるアイルランド人紳士がロンドンにかまえた広壮な別邸で独りくつろいでいるときバンシーの声が聞こえ、その幻聴から逃れようと街へ飛びだした。だがピカデリーまで繰りだしても耳のなかではなお声が響いていた。そこで友人を呼びだしてロイヤル・オペラ・ハウス（ロンドン、コヴェント・ガーデンの歌劇場。当時は正確にはまだシアター・ロイヤルと呼ばれていた）に入ったが、バンシーの姿は見つからない。まさかバンシーが桟敷席に陣どっているわけではあるまいと思っていると、なんと舞台上で演じられている歌劇のなかのいちばん高い歌声がバンシーのものであることに気づいた。その物悲しさは戦慄を誘うほどで、情感の豊かさはプリマ・ドンナの繊細な歌声さえ荒いものと聞こえてしまうほどだった。アイルランド人紳士は劇場を出しなに人とぶつかって転び、相手が喧嘩っ早くて有名な男だったために口論となって、あげくの果てに翌日の午後決闘するはめになり、紳士は敗死してしまった。

こうした話の記憶は到底心地よいものであるはずもなく、想像を誘い神経を張り詰めさせずにはいない。それでも時間がすぎるうちにハートフォードは眠りに落ちた。燭台の火明かりは依然点りつづけ、愛犬ブライアンは主人の手に鼻づらを擦りつけていた。

夢に見たのは母親の実家の一族にかかわることだった——イングランド北部ヨークシャーのアーティンベリー（架空の町と思われる）に代々住むハートフォード家で、ハートフォード伯爵の遠戚にあたるというが、その遠さは母マイルズ・オドンネル夫人でさえたしかな系譜を摑めていないほどだった。

夢のなかでハートフォードはその地アーティンベリーで海釣りをする子供時代に返っていた。霧の漂う夏の朝で、魚たちが水面に美しい姿を見せていた。つぎからつぎへと釣れ、一緒にいる友だちの少年が収穫を魚籠に放りこんでいく。

そのうちに引きあげるのが格別にむずかしい獲物が針にかかった。そのようすを夢中で眺めていた友だちの少年が、ボートの縁からどんどん身を乗りだしていった。釣りに集中しているハートフォードは友だちの危機に気づかずにいた。

突然悲鳴と水音が聞こえたと思うと、友だちの姿が視界から失せた。

つぎの瞬間、水のなかから人の頭が出た。ハートフォードはその顔を見た。

さっきまで一緒にいた友だちの顔だ。

ハートフォードはすぐさま水に跳びこみ、友だちへ手をのばした。髪を摑んで引きあげようとしたが、そのとき不意に潮の向きが変わり、海が大きく荒れはじめた。波が無情にもつぎつぎに勢いよく押し寄せる。

それでもなんとか友だちを押さえたまま、しばらく海面に浮かびつづけていた。荒れる海を掻いくぐって泳ごうとするが、波は依然つぎつぎ押し寄せる。そのあいだも友だちを押さえつける手をゆるめまいとがんばったが、ついには大波のひとつがその手を放させた。

その瞬間ハートフォードは目覚め、ある声がこう告げるのをはっきりと聞いた。

「急いで病院へ！——今すぐに！」

ベッドの上でがばと撥ね起き、目を擦って四囲を見まわした。燭台では蠟燭の火が揺らめきながらもかすかに燃えている。ブライアンは主人の突然の起床に驚いたようすで、耳をまっすぐ突き立てている。

まったき静寂にもかかわらず、耳のなかではさっきのあの声が依然響いていた――

「急いで病院へ！――今すぐに！」

あの声はよく響く午前零時の鐘の音と同時に聞こえたもののようだ。

直感が働いた――ガイ病院で火急に求められているのだと。

理性や理屈とはかかわりなくただちにベッドから立ちあがり、できるかぎりのすばやさで着替えると、手さぐりで階段をおりていった。ブライアンもついてきた。

玄関ドアを開け、昏い屋外へ飛びだした。雨はすでにあがり、星が煌めく空の下、ニューポート・マーケットを歩き抜けていく。それからあちらこちらを縫い進んで南東方向をめざし、リンカーンズ・イン・フィールズ、オールド・スクエア、さらにチャンセリー・レーンを抜け、セント・ポール大聖堂のほうへと向かっていく。

人けのない通りを猛然と闊歩しつづけるが、ガイ病院でなにごとが待ちかまえているのかはわからない。ただ本能の命じるままに進むのみで、それにあらがうことはできない。引き返したほうがいいのではないかと一度だけ思ったのは、オールド・スクエアに入るアーチ門をくぐろうとしたときだった。そのときは一瞬立ち止まり、頭がどうかしてしまってはいないかと自問した。だが幽霊屋敷のようなジェラード・ストリートの自宅にとどまるよりも、ガイ病院に行くほうがまだましだと考えなおし、ふたたび決然と歩きだした。病院に姿を現わせば驚かれるかもしれないが、呼ばれているのはまちがいないのだと自分に言い聞かせた。

歩きながらさまざまなことを考えた。ロンドンでのわが身の荒れた暮らし。真夜中に聞こえたあの呼び声――そして、脳裏から振り払えないあの恐ろしい泣き声。それらを思い返しながらガイ病院に入ると、守衛と出会った。

「オドンネル先生、つい先ほど、先生をお呼びするために使いの者が発ったところですよ。途中でお会いになりませんでしたか？」

夢のなかで聞いたように思ったあの呼び声の主は、使いの者だったのか。なにごとが持ちあがったのかとハートフォードは問い糺した。

「ひどい火災があったんですよ。古い建物だったのでバルコニーが崩れ落ちて、母親と子供が――男の子ですが――怪我をしました。とくに子供のほうは、大腿骨を複雑骨折するという重傷でして」

こうした情報を守衛と研修医の両方から聞かされると、彼らの声が岩礁に打ち寄せる怒濤のように、ハートフォードの耳のなかで大きくとどろいた。

そのなかで完全に理解できたのはひと言だけだった――「緊急に手術が必要です」――それを聞いたときには、ハートフォードはすでに冷静になっていた。怜悧冷徹な、成功した外科医に返っていた。

「男の子と言ったな？」と問い返した。「すぐ診（み）よう」

この当時のガイ病院の構造上、上階へとのびている階段の前を通らねばならなかったとき、その階段の最下段のやや陰になったところに一人の年配の女が坐りこんでいるのが、ハートフォードの目にとまった。

流れるように長い灰色の髪と、痩せ細った腕を持つ女で、薄い衣を纏い、足は裸足だった。頭を俯け、ハートフォードらが近づいても気がつかないのか顔をあげもせず、強い悲嘆を表わすようにかぶりを振り、両手を強く握りあわせている。

「あれはだれだ？」ハートフォードは半ば無意識に問いを発した。

「あれ、とは？」研修医が訊き返した。

「あそこ――あそこにいる女だ」

「女ですって？」

「あそこだ、見えないのか？　階段のいちばん下の段に坐ってるじゃないか。あの女、なにをしているんだ？」とハートフォードはしつこく糺す。

「女なんてどこにもいませんが」有能な外科医の目になにかあらぬものが見えているのかと不審がるように、研修医はまじまじと見返した。

「どこにもいないだと！」ハートフォードはつい笑った。「わたしの目がおかしいとでも言うのか？」人影に近寄っていき、手をのばして触れようとした。

だがその瞬間女はすっと立ちあがり、漂うように離れていった。そして両手を頭の上まで高くさしあげ、心痛と苦悶と懊悩を表わす泣き声を絞りだすと、それがハートフォードのアイルランド人の血を凍らせた。

「なんてことだ！　あれを聞いたか？」と研修医に問いかけた。

「あれとはなんです？」というのが返答だった。

するとイギリス人には聞こえないのだと承知しつつも、ハートフォードはこのように告げた——

「バンシーの泣き声だ！　わたしの家族のだれかの死を知らせる声だ！」

「まさか、そんな！」と研修医。

ハートフォードは神経の昂ぶりを押さえつつ、病棟へと進んでいった。そこに入ると、翳りで顔がよく見えないベッドに患者が横たわっていた——大腿部を複雑骨折した男の子だ。ひとたび病棟に入ると、患者の苦痛なり命の危険なりが除去できる状況でさえあれば、治療に際して怯み（ひる）や恐れを覚えることはまったくない。それゆえに今、傷を診察し、脈を測り（はか）、ここまでの応急手当てについて問い糺したのち、患者を手術室に運ぶよう指示した。

手術道具を点検しているとき、手術台に横たえられた男の子がかすかな声でなにかつぶやいているのが耳に入った。

「泣かないでと言って——泣かないでと言って」

「患者はなにを言っているんだ？」ハートフォードは手術助手の一人に尋ねた。

「看護師によれば、この病院に担ぎこまれてからずっと、どこかで女の人が泣いてるのが聞こえる、といったようなことをつぶやいているらしいです。おそらく自分の母親のことじゃないかと」と助手は答えた。

「妄想で聞こえるように思ってしまうんだろう」とハートフォード。

「ちがうよ」と男の子が声を高めて言いだした。「あの女の人だよ——灰色の髪の人だ。バルコニーが落ちる前に、その人が上のほうの窓から見ていたんだ。それからずっとぼくのそばを離れないで、両手を合わせながら泣いているんだ」

「今もその女の人が見えるのか？」ハートフォードは手術台に近寄って問い糺した。「その人がいるところを指さしてごらん」

男の子は震える手をあげ、手術室の戸口のほうを指さした。すると、そこに一人の女が立っているのがハートフォードにもたしかに見えた——あの階段で見たときと同じほどはっきりと。灰色の髪をして薄い衣を纏った裸足の女が、両手を高くさしあげている。

「少し話がある」ハートフォードは研修医にそう言って、手術室の隅へつれていき、こう打ち明けた。「わたしにはこの手術はできない。だれかほかの医師に頼んでくれ。体調がよくないんだ。とても無理だ」

「しかし」と研修医があらがう。「ほかの先生に頼む時間がもうありません。オドンネル先生をお呼びする前に主任の先生にも使いを送ったのですが、今夜はロンドンにいらっしゃらないそうです。そのほかの先生方はみなお住まいが遠方ですし。それに、いつ壊疽がはじまってもおかしくない状態で——」

そのときハートフォードが突然床に倒れ、気を失った。

どれくらい長く失神していただろうか。明くるクリスマスの日の朝ようやく目覚めると、灰色に射し入る冷たい外光のなかで、ガイ病院の主任外科医がわきに立っていた。

「あの子はどうなりました?」とハートフォードはつぶやいた。

「気がついたか。今はしばらく安静にしていたまえ」と主任外科医が言った。

「あの子は?」と苛立ってくりかえした。「どなたが手術を?」

「手術はしていない」と主任外科医。「やっても却って苦しませる結果になっただろう。すでに壊疽がはじまっていたから——」

ハートフォードは顔を見られまいとして壁のほうへ向いた。

「自分を責めるものじゃないよ」主任外科医が優しく宥めた。「手術のあいださえ生きのびられなかっただろうと、アリントン研修医も言っていた。最初からひどい譫妄状態で、灰色の髪の女がどうのこうのとわめいていたそうで——」

「知っています」とハートフォードがさえぎった。「母親も一緒だったと聞いています。それともあれは夢だったのか——」

「母親は負傷して朦朧としていたが、幸い重傷じゃなかった」

「ひょっとして、青い瞳の女性じゃありませんか?——綺麗な巻き毛の髪の?　肌は百合の花のように白く、頬にだけかすかな赤みがさしているのでは?　若く無垢で純真で——いえ、昔のことと混同しているようです。今はもう三十歳に近いでしょう。でも、今言ったような若いころを想像させる女性じゃないでしょうか?」

「アイルランド人なのかね？」という主任外科医の問い返しに、ハートフォードは肯定の表情を見せた。

「ならば、まちがいなかろう」と主任外科医は告げた。「天使のような顔をした女性だ」

「妻になるはずだった人です」とハートフォードは打ち明けた。「子供は、わたしの息子です」

「なんということだ！」と主任外科医は慨嘆した。

ハートフォードは横たえられていた長椅子から起きあがり、過去のいきさつについて語り聞かせた――自分の家族と彼女の家族とのあいだに苦い確執があったこと、家同士の古くさい敵愾心や宗教のちがいによって二人が別れねばならなくなったこと、それでも隠れて逢瀬を重ね、愛を誓いあい指輪を交換しあったこと、オドンネル家が彼女の家をひどく蔑んだこと、そのために彼女の父親が遠地に住む自分の縁者に娘を嫁がせたがっていたこと、そのうえでハートフォードには永久の別れの手紙を出すよう娘に強いたこと、しかも彼女が手の届かないところに行ってしまうまで両家の決別を彼自身の両親が息子に隠していたこと、さらには自分たちの望む相手との結婚に同意するまで息子を勘当の処分にすると決めていたこと、彼が実家を去ってロンドンにやってきたのはそのためであること、そして幸いこの地で自力で成功できたこと。

それらの話を語り終えたとき、クリスマスの朝の礼拝の時の告げる鐘が高らかに朗々と鳴り響いた――「地に平和を、人に善意を（新約聖書『ルカによる福音書』二章十四節より。訳・解釈に議論のある句）」

だがその朝のハートフォード・オドンネルに平和は訪れていない。夢のなかにいるかのような気持ちで、自分の息子の死に顔と相対しなければならなかった。

そのあと主任外科医に伴われ、横たわる女性のそばに来た。女性はまだ目を閉じ、頬は青褪め、細い髪は昔と同じように長くのばしていた。若かりしころにわれを忘れて愛した、ただ独りの女性だった。

あとに語るべきことはもはや少ない。二人はようやく再会を果たした——歳月が築いた過去の墓石がようやくどかされ、流しあう涙のうちにもたがいの若かりしころが蘇り、起ちあがった。過去の敵対や侮蔑や恥辱や悲嘆や貧困や、そのさなかでの優しさや——それが却ってつらかったが——そうしたことどもにもかかわらず、彼女はハートフォードに真心を捧げつづけていた。やがて新年が明ける前にカルギランから手紙が届き、故郷のオドンネル家でバンシーの声が聴かれたため、ハートフォードの無事を祈る旨を両親が伝えていた。もし息子がまだ生きていてくれるならば、勘当の歳月が長きに及んだことを考慮し、過去は過去として水に流すと告げていた——父母の懊悩と悔悟の表われだった。

さらに大切な一事は、冷徹な男ハートフォード・オドンネルが誠実な男でもあったことだ。それゆえに、ジャネット・インゴット嬢に求婚するはずだったクリスマスの日、彼はジャネット嬢のもとを訪れ、若いころ愛しながら別れねばならなかった女性が奇跡的に自分のところに戻ってきたことを打ち明けた。その告白を聞き終えたあと、怒りも非難も表わさず、ただこのようにのみ応えてくれたジャネット嬢に、ハートフォードは心からの敬意を覚えた——「その女性はわたしがしばらくお世話をしましょう——お二人に目出度く神の祝福がおりるときまで」

ファージング館の出来事

トマス・ウィルキンソン・スペイト

（夏来健次　訳）

Experiences of Farthing Lodge (1864)

by Thomas Wilkinson Speight

トマス・ウィルキンソン・スペイト（Thomas Wilkinson Speight　1830 - 1915）

四十年以上鉄道会社に勤務しながら多くの長短篇を著わした兼業小説家。本邦初紹介。「ファージング館の出来事」（Experiences of Farthing Lodge 1864）は後半登場する霊能力らしきものを持つある人物の存在感がきわだち、明かされる過去の悲劇が鮮烈な印象を残す。ある種の心霊探偵物と読めなくもない。

本篇の舞台ウィンパリー・ストリートも架空の通りと思われるが、主人公＝語り手がロンドン市庁に勤務する公務員とされており、つまりシティ・オヴ・ロンドン地区の行政府であるギルドホール（現在グレーター・ロンドンを管轄しているシティ・ホールとは別）の職員を意味するため、おそらくは通勤に適した同地区内の通りであろうと想像される。

幽霊が出る出ないにかかわらず、故ファージング老嬢が遺してくれたどこかしら不穏な趣の漂う館に、わたしことウィリアム・アップルフォードと妻ジェマイマは居住を試みることに決めた。というのは、当時ロンドン市庁に勤務する公務員だったわたしの年収はわずか二百ポンドにすぎず、とにもかくにも住み暮らすことのできる居宅の是非についてわがままを言えるような状況ではなかったがためだ。小さいながらも居心地のよかった北ロンドンのホーンジーの実家から、騒々しくて薄汚れたウィンパリー・ストリート（架空の通りと思われる）に移り住むのは好ましいこととは思えなかったが、少なくとも家賃を支払う必要のない自分の持ち家に住めるというのは（それはもちろん借り手を見つけられなかったためではあるが）、たやすく退けていい条件ではあるまいと思われた。そこで、九月の第二週が終わるころに、わたしたち夫婦は転居を決行した。

ファージング館は意外にもかなりよく維持管理されているとわかったが、望むらくは漆喰壁の塗装がもう少し整っていればと思われた。そこでそのあたりに自分でブラシをかけてやり、完璧な状態に仕上げた。あとは前庭に雑多なものが散らかっていたのを片づけて常緑の草木を植えると、敷地の全体が見ちがえるほどになった。とても大きい家屋で、わたしたちの少ない家具では上階すら満たせなかったが、夫婦二人だけの家族なので、二階と三階の部屋べやが寝泊まりできるようになっていればそれで充分だった。最上階の荒れた広い部屋には鍵をかけ、できれば幽霊にはそこに閉じこもっていてほしいと願った。

わたしたちは従前から雇っていた体格のしっかりした田舎育ちの齢若い女中スーザンを引きつづき住み込みにさせたが、このスーザンが転居からほどなくして、ファージング館の以前の住人たちが経験したという幽霊にまつわる噂話を近隣から聞き集めてきた。そうした莫迦げた話をスーザンがたやすく信じてしまうものだから、わたしと妻は努めて窘めたり言い聞かせたりした。館が幽霊に憑かれているなどというのはくだらないでっちあげにすぎないと説得すると、スーザンは一見すなおに聞き容れたかのようだったが、しかしそれもじつは不承ぶしょうのことであり、とくに日が暮れて以後には、館の外に出るのを極力避けているらしいのが見てとれた。しかも上階にある自分の寝室にあがるのさえ恐るおそるというようすで、できるかぎり晩くまでジェマイマの身のまわりの世話をしたりして、就寝の時間を遅らせるありさまだった。つまりそうやって妻が寝室にあがるときまで待っていれば、足音の不気味に響く大階段を独りで昇らなくて済むというわけだ。スーザンが言うには、夜中にベッドに横たわって目覚めたままでいるときなど、大階段から奇妙な軋みや、ときには唸り声さえ聞こえ、なにかよからぬものがやってくるような気がするのだという。

日にちが経つうちに、女中スーザンのそうした根拠のない怖がり癖が、遺憾なことには妻ジエマイマの心理状態にまで影響してきた。妻もまた神経質に不安をあらわにするようになり、昼が短く夜が長い秋ともなると、わたしにできるだけ早く勤めから帰ってきてほしいと訴えるまでになった。そして日暮れになるとすぐ応接間に灯火を明るく点し、そこにずっとこもってすごすのだった。こうして館の雰囲気は月日を経るにつれて神秘的な気味悪さを増していき、わたしにもどうしたらいいかわからないほどだった。暗鬱な古いこの建物のなかには本当に怪しい存在がひそんでいるのではないかという思いが、いつの間にかわたしにまで感染ってきたかのようだった。目に見えないその〈なにか〉は現代から遙かに隔たった古い時代のもので、館に壁と屋根があるかぎり――たとえ煉瓦がふたつ積み重なっているだけの廃墟になっても――ここに棲みつきつづけるのではないかという気さえするのだった。夜がさらに長くなる冬が訪れたなら、妻の怯えがどれだけひどくなるか予想もつかない。

夕暮れの訪れとともにファージング館とその住人を薄衣のように押し包み、日が昇るとともに失せてしまう、この影めいた存在の影――そうとでも呼ぶほかないものだ――さえなければ、如何に古ぶるしい住居であろうと、わたしたち一家もごく普通のロンドンの中流家庭として、平凡でも穏やかな生活を送ることができただろう。それがこの新居でのひと月を経たのちの、わたしなりの結論だった。しかしそのときはまだ、つぎに来る事態が如何なるものであるかまったくわかってはいなかった。

ファージング館に転居してきたのが九月十六日で、そのひと月後の十月十五日（この日付は正確を期したい）、わたしは役所での仕事が長引いたため、帰宅して玄関をノッカーで叩いたときには、近くの教会の鐘がちょうど午後十時半を打っていた。女中のスーザンがなかなか出迎えに来ないので、もう一度ノックした。

「近ごろはぼくを待たせることにしているのか?」ドアの内側にスーザンがやってきたのがわかると、そう皮肉ってやった。

「申しわけございません、ご主人さま」とスーザンは応えた。「またあの悪戯(いたずら)好きな子供たちかもしれないと思ってしまったものですから。そうでなければすぐにお出迎えしたのですが」

「悪戯好きな子供たち、とは?」

「それが、先ほど午後十時の鐘が鳴ったとき、玄関をうるさくドンドンと叩く音がしたのです。これは当然、お仕事でお疲れになったご主人さまがお腹(なか)を空(す)かせてお帰りになったのだと思って、急いで駆けつけて玄関を開けますと、外にはだれもいませんでした! それでわたくしは、きっとどこかの悪戯小僧どもが、ドアを叩いてすぐ逃げていったのにちがいないと見なしたわけでございます。もし間を置かずにまた同じ音がしたら、彼らが戻ってきたせいだと思っていたものですから、こうして今その音を聞きつけたときには、ご主人さまがまだお帰りではなかったことをついうっかり忘れてしまっていたのでございます」

「なんともはや、困ったものだな」とわたしは返した。「そういうことがこれまでにもあったのか?」

「いえ、同じことがあったというわけではありませんけれども、この近所の子供たちときたら、なにか悪戯をはじめるとなかなかやめないものですから」

わたしは二階へとあがりしなに、妻ジェマイマが平素より不安そうな面持ちでいることに気づいた。その理由は長く待たずして聞かされることとなった。

「とても奇妙なことがあったのよ、ウィリアム！」いつにないほどの怯え声で妻は言いだした。

「わたしは椅子にくつろいで読書をしていたのだけれど、あなたの帰りが晩いものだから、だんだん心配になりだしたところだったの。そしたら今から二、三十分前、ここの真上の使っていない広い部屋から、人の足音らしいものが聞こえてきたの——ちょうど二人の人間が歩きまわっているような音がね。ときどき静かになる短い間があったりしながら、十分ほども音がつづいたと思ったら、突然人の体が倒れたか、あるいは上から落ちてきたみたいな大きな音が響いて、そのあとはまったく静かになったの。そんなに眉を吊りあげないでちょうだい、ウィリアム。今あなたにわたしの声が聞こえてるのと同じほどはっきりと、それらの物音が聞こえたんですもの。決して耳がどうかしていたせいなんかじゃないわ、それだけはたしかよ」

「どうして呼び鈴でスーザンを呼ばなかったんだ？」

「怖くて動けなかったのよ！　力が抜けたみたいで、椅子に坐ったまま身じろぎもできないの。それに、仮に呼び鈴を鳴らせたとしても、わが家にはスーザンのほかに人手がなくて、でもあなたも知っているとおり彼女はわたし以上に怖がりだから、呼ばれただけで狂乱したように嫌がるかもしれないし、もし来てくれたとしても怖さのあまり卒倒するかもしれないから、そうなったらたいへんですもの。とにかく言えるのは、この不気味な館には泥棒かなにかが忍びこんでひそんでいるか、あるいはそうでなければ、泥棒よりもっと悪いものがたしかにいる、ということよ」

「それじゃ、その謎の答えがなんなのかを、これからすぐ調べたほうがよさそうだな」とわたしは言った。

「あなた独りであの部屋に入るつもり?」とジェマイマ。「盗賊に殺されるかもしれないわよ!」

「何者であれ、おそらくそこまでの心配はないだろう。ぼく独りで大丈夫さ。警察に協力を仰いだりして、幽霊の正体見たりなんとやら、という結果になっても困るしね」

妻の視線はわたしの言いぐさに呆れたことを物語っていたが、もうそれ以上の反対はしなかった。

妻が言っていた問題の部屋は応接間の真上に位置しており、わたしはそこに入ろうとして、ドアが施錠されたままであることに気づいた。一、二週間前にわたし自身がそうしておいたのだ。それで錠を解いてなかを覗き見ると、室内は暗くがらんとしたままで、予想どおり何者もひそんではいなかった。前に入ったときと同じ状態で、怪しい痕跡はなにもない。薄明りのなかで見る室内はいっそう陰鬱で気味悪く感じられ、かつては明るい緑色だったとおぼしい壁面も湿気のせいで黴に覆われている。壁のところどころに方形や楕円形の輪郭が浮きあがっているのは、絵画などが飾られていた跡にちがいない。家具はひとつもなく、ふたつある窓には縦長の白いブラインドがおろされたままだ。床一面に厚く積もる埃はどこも乱されていない。ジェマイマが言っていた二人の人間が歩きまわる足音というのは、耳の誤りだったのにちがいない。この床が長らく人の足に踏まれていないのは明らかだ。もしそうでなければ、絨毯を覆う埃のところどころに痕跡ができているはずだから。にもかかわらず、初めてドアを開けたときから、厭（いや）な寒けが体のなかに忍び入ってくるような気がして、思わずあたりを見まわしながら身震いを抑えられなかった。室内の空気の悪さはおそらく、嗅ぎとれないほどかすかに漂う異臭のせいだ。それはわれわれの多くが成長の過程で一度や二度は嗅いだ経験のある、人の死の臭いを思わせた。それに、ドアを開ける前に低い吐息のような音が聞こえる気がしていたが、開けたとたんに失せた。わたしは部屋の戸口に立ちつくし、本当にだれもいないと納得しきるまでそうしていた。そのあとドアを閉めて急いで施錠し、それからほかの部屋べやも同じように調べていった。どこにも曲者（くせもの）が侵入した跡はなかった。

「それでもわたしがあの〈緑の間（ま）〉でたしかに足音を聞いたことに変わりはないわ」わたしが探索の結果を告げたときジェマイマはそう言い返し、あとはなにを言ってもその考えを改めなかった。

その夜以後わたしはやむなく、毎日夕暮れまでには職場から帰るよう努めた。そうしないと、ファージング館でひと冬をすごすことにジェマイマが同意してくれなくなると思われたからだ。ひと月がなにごともなくすぎ、天候がよいためもあって、妻の心理状態も幾分生気をとり戻しはじめた。徐々に新居に慣れていき、やがて来（きた）るクリスマスも盛大に祝えるのではないかと思われた。なにしろ館には部屋数が多いのだから。そんなことを夫婦で話しているうちに、いつしか十一月も十五日になっていた――それこそはわたしたちにとって忘れられない日だ。

問題のその日、わたしは役所から午後四時半に帰宅した。夕食のあと、夫婦揃って楽しんでいる長篇小説の第三巻めを、応接間でくつろぎながらわたしがジェマイマに朗読して聞かせてやった。二時間ほどで読書を切りあげたあと、妻はピアノの稽古に一時間精を出した。それからはお喋り(しゃべ)りをしてすごすうちに、心地よい夜は午後十時を迎えた。いつもの夜食の時間だ。午後十時十分前から五分前ごろに、わたしは応接間の灯火の灯芯をとり換えるために階下へおりていった。女中のスーザンに任せても巧くやってくれないので、いつも自分ですることにしていた。時計が十時を告げるころ、スーザンが燭台を持って地階の台所にやってきて、換え用の灯芯を探すわたしの手もとを照らしてくれた。まさにそのとき、玄関ドアが二度強く叩かれる音が聞こえ、二人ともどもに驚いた。スーザンはアッと声を洩らし、燭台をとり落とした。わたしは急いでマッチをまさぐり探し、一分ほどしてようやく見つけ火を点けた。そして台所から一階への階段を駆けあがっていった。そんな晩い時間にだれが玄関ドアを叩いているのか、自分の目でたしかめるために。そこへスーザンがふたたび燭台を持って追いついてきた——廊下に明かりを点けていない夜だったから助けになる。階段を一階まで昇りきったところでわたしが足を止めると、スーザンが肩の後ろから燭台で前を照らした。奇妙な光景が目を射た——玄関ドアの閂(かんぬき)が人の手を借りずに抜かれ、同様に鎖もはずされ、さらには鍵までまわされて、ドアが開いた。まるでだれかが外から押し開けたかのように。一瞬後にはまた閉じられ、さっきまでと同然に施錠された。そのあと玄関口からの廊下を覆う防水布の上を歩く二人分の足音が聞こえ、ほどなくして上階への階段を昇りはじめると、そこに敷かれている柔らかな絨毯に吸収されて足音が聞こえなくなった。わたしが立っているところは上階への階段の昇り口でもあり、そこにいて想像するかぎりでは――燭台の仄かな明かりでは想像に頼るしかないゆえだが――足音に伴ってふたつの人影がそこにあるような気がしていた。だがあまりにぼんやりとした影で、顔かたちはおろか体の輪郭さえ見きわめられない。それがわたしのわきを速やかに通りすぎ、暗い階段の上方へと消えていった。これらの影が通っていったとき、ひと月前にあの〈緑の間〉に入ろうとした折に感じたのと同じ、慄然たる寒けがわたしの体を走り抜けた。同じ冷気をスーザンも感じたらしく、彼女も身震いしているのが察せられた。

　怯えに青褪めた顔をたがいに見あわせた。

「なにか見えたか?」わたしは囁き声で問いかけた――大きな声を出すのは禁断であるように思えた。

「いいえ、なにも見えませんでした」

「影のようなものすら、見えなかったか?」

「はい、ほんとになにも。ただ、なにかが外から入ってきて、廊下を進み、それから階段を昇っていく音が聞こえたようには思いましたが」

「ぼくはこれからジェマイマのいる二階へあがるつもりだ。きみも一緒に来たほうがいい」

わたしもスーザンも恐れと緊迫感に耐えながら階段をあがっていった。

「なかなか戻ってこないから、どうしたのかと思ったわよ、ウィリアム」応接間で再会したジェマイマが開口一番に言った。「しかも燭台すら携えてこないなんて。スーザン、玄関を叩いたのはだれだったの？」

だがスーザンが答えるよりも前に、真上の三階の部屋から――人などいないはずの〈緑の間〉から――足音が洩れてくるのを三人とも耳に捉えた。二人の人間が歩きまわっているとおぼしく、ひとつは男性らしい重々しくしっかりした足音で、もうひとつは女性らしい少し軽やかな足どりだ。

「また足音がするわね、ウィリアム。前に聞こえたときと同じだわ！」ジェマイマはそう声をあげ、わたしの腕にすがりついた。

たしかにすべて前回と同じだった。足音は十分ほどつづき、そのあいだに一分ほどの静寂が二、三度挟まれ、最後に人間が床に倒れるような大きな音が響いて、あとは完全な静けさに戻った。

三人とも椅子に座したままじっとしていた。驚きでもはや声も出ない。このときわたしたちが感じたことを、如何にして言葉で表現できようか！

「ああ、ウィリアム、なんて恐ろしい館かしら！」息苦しくさえなってきた沈黙を、妻がようやく破った。「冬が終わるまでここに住むなんて、もう耐えられないわ！」

「落ちつくんだ、ジェマイマ！」とわたしが制した。「まだだれも危害を受けたりしたわけじゃない。これからもそんなことはないんじゃないか。あの物音をさせている輩が何者であれ、おおよそはこの館のごく一部で騒々しくしているだけだ。わたしたちの生活にまで立ち入ってくるようすはないんだからな」

「よくそんなふうに言って済ませられるわね、ウィリアム！　幽霊屋敷だろうと、その気になればだれでも居心地よく住めるとでも言いたいの？　三階のあの部屋で、昔どんな恐ろしい出来事があったか知れないというのに！」

　わたしは妻の反対を押し切り、〈緑の間〉をもう一度調べてみることにした。近隣で囁かれている噂話にたやすく屈したくはなく、ファージング館にまつわる奇怪な謎となにかしら合理的な真実で解決できるのではないかと思いたかった。〈緑の間〉のドアは前回見たときと同様、しっかり施錠されたままだった。内部は暗く人けがなく、わたしがこの前入ったとき以降だれかが立ち入った形跡はなかった。壁や床を叩きまわってみたり、窓の施錠をたしかめたり、暖炉の煙突まで覗いてみたりしたが、闖入者があったわずかな証跡さえ見つからなかった。もちろんそれらの調べをするあいだも、大きな恐れを覚えていたことは打ち明けざるをえない。それでも気持ちを強く持って調べを遂げはしたが、そのあいだにも初めてあの部屋に入ったときと同じ血も凍るような寒けと、そして同じときかいま見たと思った人影めいたものが、このたびもまた階段の下ですぐそばを通過したように感じたのはたしかだった。

　さらには、念を入れて〈緑の間〉を見まわしているとき、塗装された壁の一角に、つぎのような文言がフランス語で記されているのが見つかった――年旧りて読みとれないほど朧に霞んだ文字群ではあったが。

　　われはもはや待ちきれず

なにゆえにそなたは訪れぬ？
おお、わが愛しのエドゥアルドよ！
われは一日ただ座して窓を見つめいたり
されど、夜が来たりてもそなたは現われず
われはただ泣くほかはなし
なんと哀れなるや！
われに背くことなかれかし！
もしもはやそなたに愛されぬとあらば
われに叶うは死することのみ
おお、エドゥアルド、疾く来たれ！
昼はただ窓を眺め、夜は泣き通すのみなれば――M

失恋の悲哀を詠っているらしいこの情熱的な文言は、〈緑の間〉の恐るべき秘密になにか関係があるのか？

翌日、スーザンから女中の仕事を辞めたいと申し出があり、わたしとしては止めるわけにもいかなかった。

「幽霊だけはとても耐えられません」と彼女は言った。「これ以上このお館にとどまっていては気が狂いそうです」妻ジェマイマも彼女の意志を尊重したいとの意見だった。

ファージング館にひそむ〈なにか〉が神経の弱い者にとって耐えがたくなるというのは、ごく自然なことだ。わたし自身、いっそこの館を離れてしまいたいと――閉鎖して人が永久に住めないようにしたほうがいいと――思わなくもなかった。そして幽霊めいた存在だけに占有させればいいと。ただ、せっかく自分の所有物となった家屋敷そのものに恐れを懐くというのは、どうしても好ましからざることと思えてならず、このうえはもう少しだけ我慢してみようと決意するにいたった。

心臓の弱いスーザンの代わりを探すため、遣いの者をわが故郷へ送り、その結果マーサ・ドブソンという初老の婦人を新たな女中として雇うことになった。すでに未亡人となっている女性だが、結婚する前にわたしの実家の使用人として長年父に仕えた経験のある人だった。このマーサはなかなかに強い神経の持ち主で、ファージング館の騒動を話して聞かせても、終始冷静に耳を傾けるのみだった。というのは、彼女は幽霊の存在を固く信じており、それがためにまったく怖がらずに済んでいるのだった。

「幽霊はわたしたち生きている人間に害を及ぼす力を持たないと思っていますの」とマーサは落ちつき払って言った。「もし〈彼ら〉の邪魔をせず、現われるのも消えるのも自由にやらせておくなら、好意的にわたしたちと同居してくれるのではないでしょうか。多くのロンドン市民がしているように、もしわたしが人に間貸しできる住まいを所有しているなら、すぐにでも幽霊の借り手を見つけられると思いますわ。もちろん、〈彼ら〉が充分な家賃を払えるならばの話ですけれどね。〈彼ら〉はなにも世話をしてやらなくてもいいんですもの、ただ家族が増えるだけだと見なせるならば、却って喜ばしいことだと思います」

その後のひと月はまたもやなにごともなくすぎたが、十二月十五日が近づいてくると、わたしたち夫婦は不安を蘇らせた。いくら平静でいようと努めても、毎月決まった日の夜に〈招かれざる客〉がふたたびやってくるのではないか、そして短い滞在をしていくのではないかと、案じないではいられなかった。そこで、マーサも含めたわたしたち三人は相談しあい、その夜が来たらとにかく目を凝らし耳を澄ましてやりすごそうと決めた。

ついに十二月十五日当日の夜が来て、午後十時五分前ごろになると、わたしたち三人は例の大階段の下から数フィート離れたところに身をひそめて待機した。階段の絨毯は事前に剥ぎとり、わざと足音が響くようにしておいた。廊下には灯火を明るく点し、すべてがはっきり見えるようにしてある。わたしの腕に重ねたジェマイマの手が震えているのが感じられた。顔色も蒼白だが、それでも意志は強くしているようだった。

近くの教会の鐘が夜気を震わせているあいだに、玄関ドアのノッカーが敲音（こうおん）を響かせた。女中のマーサが本能的にそれに応えようとして、足を踏みだしかけたが、直後に思いなおしたらしく、すぐもとの位置に戻った。短い静寂ののち、上階でドアが開くかすかな音が聞こえ、それから軽くてすばやい足音が階段をおりてきた。足音はわたしたちの目の前を通りすぎ、廊下をつたって玄関へと向かっていく。ほどなく閂が抜かれ、鎖がはずされて鍵がまわされ、玄関ドアが大きく開け放たれた——すべて目に見えない手によるもののようだ。すると、影かあるいは幽霊か——なんと呼んでもいいが——とにかく先ほど玄関を叩いた〈なにか〉が館のなかに入り、そのあとドアがふたたび閉じられ施錠された。そしてふたつの影が廊下を通り、またもわたしたちの前をすぎて、階段を昇っていった。二階まであがったあとすぐ三階への階段をも昇りはじめ、〈緑の間〉をめざしていく。前のときと同様に、ふたつの人影の輪郭がぼんやりとながら見えるような気がした——とはいえあまりにかすかで、冬の深まりとともに濃くなる人の吐息ほどにも判然としない。ジェマイマとマーサにあれが見えるかと訊いてみたが、二人ともなにも見えないと答えた。影がすぐ前をすぎていくとき、わたしは不意に奇妙な心理に駆られ、片腕をのばして影が進むのを阻もうと試みた。するとその瞬間、死体のように冷たい手に手首を掴まれ、腕をそっとわきへどかされた。繊細なその手には指輪が光っており、どうやら女性らしかったが、掴まれたわたしの手首に薄青い痣が数日も残るほど、その力は強かった。

「とても寒いわ、ウィリアム！」ジェマイマが身震いしながら言った。「心臓が今にも動くのをやめてしまうみたいよ！」

そこで三人揃って応接間に退きあげ、おののきながらただ黙して椅子に座した。そのあいだも頭上の〈緑の間〉では不気味な足音が行きつ戻りつし、あたかも幽霊たちの劇を再演しはじめたかのようだった。おそらく遠い昔、その劇は現実の出来事だったのだろう。

この夜のあと、ジェマイマは幾日か気鬱に沈んだうえに具合が悪くなった。それゆえわたしとしては、妻にこんな試練をふたたび与えるのは到底好ましくないと心を固めた。新年が開けて一月十五日が近づいてくると、田舎のほうで一週間ほど友人とすごさせるべく妻を送りだした。そのうえで、問題の日にわたしとマーサとで今一度館のなかで見張りを試みた。結果はそれ以前に目にし耳にしたことの反復だった。

　斯くて明らかになったのは、毎月決まって十五日になると謎の訪問者たちがファージング館に現われて、わずか十五分ほどの時間をすごしていく慣わしらしいということだった。わたしはこの事実を心に留めたうえで、たとえ幽霊屋敷であろうとも、普通の常識的な市民が望むような安逸な暮らしができないものかと考えた。そこで試したのは、毎月十五日の夜に一時間程度だけ家を空けるという方法だった。実際にそれをやってみると、たしかになんとか平穏にすごせそうだとわかった。しかしそれにもかかわらず、この館にこれほど執拗にとり憑いている幽霊の謎を自分の手で解明したいという欲求が高まってくるのを止められなかった。とはいえ、どうすればそんなことができるのかは皆目わからない。館は長らく人が住まない時期がつづき、そのあいだも近隣はとくに近年において大きく変化しており、古い時代の館の来歴について知っている老齢の住民を見つけるのは困難だった。こんな住居でもかつては近隣の人々と同様の善良な住人が暮らし、平和な家庭を築いていたことがあったにちがいないのだが。謎はこのまま解きえず残りつづけるのかと思われた。

　ファージング館には来客がめったになかった。実家のあるホーンジーの知人たちともめっきり縁遠くなり、わざわざわたしたちを訪ねてくることはきわめて稀だ。新たな知己も転居以降できなくなっていたが、そんなとき二人だけ例外が現われた。ドイツ人のベルンハルト氏とその令嬢アンナだ。どのようにして知りあったかはここでは省くが、とにかくすぐに好意を覚えずにはいられない親子で、頻繁に館を訪ねては交流してくれた。ベルンハルト氏は大きなピアノ製造会社の調律師で、アンナ嬢はフランス語とドイツ語を教える家庭教師をしていた。このアンナ嬢は金髪に恵まれた若く優しい女性だが、物静かでまた夢見がちなようで、しばしば長く沈黙しては考えごとをしているときがあり、そのあいだは周囲の世界をまったく認識しなくなるようですらあった。その一方で、世の中のすべてを新鮮で美しいものと捉える、明るくにこやかな若い娘の面を見せることもときどきある。とはいえ知りあったとき二十八歳だったので、若い娘とはすでに言えないかもしれない。もっと若いころのアンナ嬢には、明るい未来が展(ひら)けていた時期があったという。美しい歌声と天性の音楽の才能を持ち、いずれは声楽家として大成することを夢見て、舞台に立つべく鍛錬に励んでいたが、あるとき重い熱病に倒れ、そのせいで美声を永久に失ってしまった。人生のそんな苦しい時期について、知りあって以降彼女自身が口にしたことはほとんどない。それでも叶えられなかった自分の夢を良家の子女たちに託すかのように、家庭教師というやむをえずしている仕事にも喜んで精を出し、ドイツ語の複雑で精妙な文法を教えつづけているのだった。

　ベルンハルト父娘がイギリスにやってきて身を立ててからすでに長年が経ち、二人とも英語を流暢に話す。ベルンハルト氏は嗅ぎ煙草をたいへんに好み、またヴァイオリンの演奏に独特の才を発揮する。氏とわたしは館の小ぢんまりとした私室で葉巻を喫(す)いながら二人遊びのカード・ゲームをすることがよくあり、ひとしきりそれを楽しんだあとには、氏が愛用のヴァイオリンを容器からとりだして、甘くまたときには昏(くら)く、華やかにまたときには物悲しく、また可(お)

笑しみを加えたりもして、腕前を発揮してみせた。ジェマイマが一緒にピアノを優雅に弾いたり、わたしがフルートで軽く仲間に入ったりすることもあった。そうやってともに楽しくすごしていると、冬の長い宵がいつまでも終わらないようにさえ思えるのだった。

ある夜のこと、ベルンハルト氏と二人でいつもの私室で紫煙をくゆらせているとき、わたしはついにこの館の事情を打ち明けた。話を聞いているあいだ氏は一度も口を開かずじっと耳を傾け、聞き終わったあとも一、二分黙って煙草を吹かしていた。

「では、来月の十五日に」と氏がようやく言った。「わたしとアンナもこの館で一夜をご一緒しましょう。そしてどんなことが起こるかを、この目と耳でたしかめたく思います」

「そうしていただけるとたいへん嬉しいですね、ベルンハルトさん。しかし、お嬢さんはご一緒しないほうがよいのではありませんか。心身ともにあまりお強くないようですし、衝撃が神経に障ってはいけませんから」

「じつはアンナには、あなたがまだご存じないある資質が具わっているのです。だから娘には一緒にいてもらわねばなりません。でないと、わたしだけでは役に立ちません。そこでアップルフォードさん、前以てご承知しておいてほしいことがあります——なにがあっても決して騒がず、彼女の行為に干渉なさらないこと、それから、彼女にはこの館の奇怪な訪問者について事前になにも知らせないでいただきたい、ということです」

日ごろは人のよいベルンハルト氏だが、この言葉の意味について問い糺そうとすると、急に謎めいたそぶりを見せるようになり、今はそれ以上口にしたくないという態度をあらわにした。

それでわたしはやむなく好奇心をひとまずは抑えて、ただなりゆきを見守ることにした。

ついに十五日の夜が来ると、ベルンハルト父娘はいつもの時間に来訪した。アンナ嬢は父親が二週間前にわたしと交わした会話についてなにも知らない。妻ジェマイマは恐ろしい夜を平静にすごせる自信がないため、例によって親戚のところに数日滞在していた。女中のマーサは芯が強いので平素と変わらず、地階の台所で仕事をしながら古い歌を口ずさんだりしている。アンナ嬢はなぜかしらさらに口数が少なくなり、心ここにあらずというふうで、趣味とする刺繡飾りを黙々と縫っていた。一方わたしとベルンハルト氏はチェス盤での静かな戦いで時間をすごした。その夜にかぎっては二階の応接間に入らず、一階の小さな居間を使った。玄関からのびる廊下にじかに通じている部屋だ。問題の時間が近づくと、わたしはどんどん落ちつかなくなっていった。そのせいでチェスではたやすく負けてしまい、ベルンハルト氏は喜びの薄い勝利を手にした。氏はアンナ嬢のほうを一、二度気遣わしそうに見やったが、令嬢は蒼白な顔をしながらも依然として静かに刺繡縫いをつづけている。

時計がようやく午後十時を打つと、ほどなく幽霊の訪れを示す一連の物音が館のなかに響いた。マーサにはなにが聞こえても騒がないようにと事前に告げておいた。アンナ嬢は物音を聞きつけたのが自分だけだと思ったらしく、いっとき間を置いてから、「アップルフォードさん、玄関にだれか来ていますわ。マーサさんはもうお寝みになったようですから、わたしが見てきましょうか？」

「そうだな、行ってきなさい」とベルンハルト氏が娘に促した。「アップルフォードさん、今のあなたの一手が命とりでしたな。チェックメイト！」

アンナ嬢は椅子から立ち、居間のドアを開けたと思うと、戸口にじっと立ちつくした。なにかに魅入られたかのように、それ以上動けずにいるふうだ。わたしとベルンハルト氏は背後からそっと近づき、外の廊下の奥の玄関を見やった。ちょうど玄関ドアが従前と同様に、目に見えないものの力で施錠が解かれたところだった。

「アンナ、今のを見たか？」ベルンハルト氏が言った。「あれはなんだ？　思ったことを言ってみなさい。ためらわなくていいから」

「女の人の幽霊が見えるわ」アンナ嬢が拒めない召喚の声にすなおに従うかのように、低い声で答えた。「若くて綺麗な人よ。緑のドレスを着て、金の鎖を首にかけているの。顔がとても青白くて、弱っているみたい。長いこと泣き腫らしたあとのような。肩には明るい色の長い髪が豊かに垂れているの。つい今し方階段をおりてきたところで――ほら、見て！　あの人が玄関ドアを開けて、さっきノックした男の人を迎え入れているわ。男の人が今入ってきた――背が高くて浅黒い肌をした人で、着ていた裾長の外套を今脱いだところ。髪には髪粉（かみこ）（かつて髪や鬘に付した化粧紛）をまぶし、天鵞絨（ビロード）の上着を着て、体のわきには剣を携えているの。顔を屈めて、迎えてくれた綺麗な女性に口づけをしたわ。そのあと女性は顔をあげて、男性の顔をじっと見つめ、フランス語でこう話しかけた。『ああ、エドゥアルド、どうしてこんなに長いあいだ、あなたは来てくれなかったの！　愛する人を待ちあぐねて、わたしの心はなんと苦しかったことか！でもこれからは二度とそばを離れないわよね？』すると男性はもう一度口づけをしたけれど、なにも応えずにいるの。そして今、一緒に階段を昇っていくところよ——この男女二人の幽霊は、墓に入ってから七十年後に初めて顕われるようになったのだわ」

「彼らのあとについていきなさい、アンナ」父親が指示した。「そして上の部屋で見聞きしたことを、わたしたちに教えてくれ」

アンナ嬢は気が進まない任務を託されたとでも言うように、疲れの滲む溜め息を洩らしながらも、父の望みに従うために階段を昇りはじめた。わたしとベルンハルト氏は静かに後ろからついていった。アンナ嬢はそのあとはためらうことなく〈緑の間〉の前まであがり、ドアの鍵を開けて、部屋のなかに入った。わたしはなにが起こるか予想もつかないまま戸口の前に立って、携えてきた燭台をかざした。蠟燭の鈍い明りが、人のいないがらんとした室内を照らしだす。だがアンナ嬢はさながら別の光によるかのように、わたしたちに見えないものがすべて見えているのだった。憑かれたように——閃きが訪れているかのように——立ちつくし、蒼白な顔はまるで死体のようにこわばり、目は大きく見開かれて、見すえる瞳には内なる光がまばゆく輝いている。この地上のありふれたところから発するものではない光だ。

「言ってみなさい、アンナ、おまえに見えているものを」父親が促す。

「古風で贅沢な家具が並ぶ部屋だわ」アンナ嬢が単調な低い声で言う。「人が二人いるの——わたしが階段で追ってきた人たちよ。静かに！　今彼らが話してるところだから——『エドゥアルド、なんだか顔が蒼褪めて、いつもとちがうように見えるわ！　なにかよくない知らせがあるのね。あなたの目がそう告げているの』

『悪い知らせだ、マリー！　父はまったく容赦がない。前にきみに話した例の令嬢とぼくとの結婚を、すでにとり決めていたのだ――あの富裕な女性とだ。意気地（いくじ）のないぼくは父に逆らえない。だから、マリー、きみとは別れねばならない！』

『別れるですって、エドゥアルド！　あんなに幸せにすごしてきたわたしたちが？　おたがいのためだけに生きているみたいだったじゃないの。あなたとすごしたこの二年間は、まるで輝く愛の夢のようよ！　ああ、そんな話、本当であるはずがないわ！』

『本当の話だ、マリー！　父には従うしかない。父が選んだ女性と結婚するという約束を、ずっと前からさせられていたんだ！』

『それじゃ、わたしとの約束はどうなるの、エドゥアルド？　わたしが父のもとから逃げてきたのは、美しい祖国フランスを捨ててほしいとあなたに説得されたからよ。そしてあなたと一緒に漁師の小舟に乗って荒海を越え、この侘（わび）しい島にたどりついたのよ。ここではあなたの愛の光だけを頼りに生きてきたの。あの夜あなたはなんと約束してくれたのだったかしら？　あなたの亡くなったお母さまの思い出のために、わたしと――永遠にわたしだけと――結婚すると誓ってくれたじゃないの！』

『たしかにそう約束した。ああ、神よ救いたまえ！　だがこんなふうに悔いてもなんにもならない。過去を思いだしても仕方がないんだ。聞いてくれ、マリー、最悪のことを今こそ言おう。ぼくはすでに結婚してしまったんだ！』

二人は部屋のなかを行きつ戻りつ歩きまわっているわ。女性は男性の腕にすがりついているの、彼がいなくなったら世界は終わりだと訴えるみたいに。女性は今足を止め、絶望的なまなざしで男性の顔を見あげたところ。見つめられて男性も震え、今にも倒れかかりそうなの。

『あなたが――すでに結婚しているですって？　わたし以外の人と？』と女性が言っているの。

『信じられないわ、なんてひどいことを！　もう一度言って、エドゥアルド、わたしの聞きまちがいかもしれないから』

『聞きまちがいではないよ、マリー、そのとおりのことだ。ぼくは好まない女とすでに結婚しているのだ。ぼくが家を空けたわけを、彼女は疑いはじめている。だからきみとはもう会わないほうがいい。こんなことを口にするだけでも心臓を射られる思いだが、この事実を捨てられるだけの力がぼくにはない。でもこの結婚のおかげでぼくは金持ちになり、将来への心配もなくなって――』

『あなたのお父さまはそのお金で負債を賄(まかな)えると考え、それでわたしから愛する人を奪ったのね！　ああ、わたしの人生だった人――夫になるべきだった人を！　お願い、もう一度だけ口づけをしてちょうだい。そしてその腕をわたしの首にまわし、その胸に顔を預けさせて！　ああ、そうしてもらえれば命が終わってもいいわ！　本当に終わりが来るのではないかしら、愛するあなたにもう会えなくなったら？　少し待ってちょうだい。今心を落ちつかせるから。そうよ、今こそ涙を全部胸に仕舞って、心に勇気を持ったわ。依然か弱いわたしではあるけれど。エドゥアルド、そこにあるワインを入れた小瓶をとってくれないかしら。唇が熱くてたまらないの。少し潤(うるお)さないと。ありがとう。なんと綺麗に泡立つワイン！　これを飲めばすぐよくなるわ。そしたら最後の口づけを――今飲み終えるから。エドゥアルド、あなたの長命と幸福を祈りましょう。わたしはこのワインを最後の一滴まで――失われた愛の復讐のために!』エドゥアルドがマリーの手からグラスをとりあげ、テーブルに戻そうといっとき離れたの。その隙にマリーはよろめいて、どっと床に倒れてしまったわ。エドゥアルドはあわてて駆け寄り、助け起こそうとした。

『どうしたんだ、マリー?』彼女を掻き抱きながら叫んだ。

『わたしは死ぬのよ。あなたに遺されるのは、哀れな女の亡骸だけ。殺したのはあなたなの――その手からグラスを受けとったのだから。でも許すわ、永遠に。憶えていてくれさえするならば!』

ああ、お父さま、もうこれ以上は耐えられないわ!」アンナ嬢が声をあげた。「あまりに恐ろしくて!」

そしてベルンハルト氏の腕のなかに倒れこんだ。寒さに震え、感覚がないかのようだ。目には膜がかかり、唇は動くものの声が出ない。氏とわたしとでかかえて階段をおろした。そのあとは父親とマーサとの看護によって、しばらくすると意識をとり戻した。但しそれから数日のあいだ、平素以上に鬱然と沈んだようすがつづいた。

試みの結果が相当につらいものになったことについて、わたしはベルンハルト氏に謝らずにはいられなかった。

「わたしこそ、こんなことになると予想できていたなら、アンナに試練を与えないで済んでいたものをと悔やまれます」とベルンハルト氏が返した。「しかしひとつ心に留めていただきたいのは、幽霊あるいは亡魂が——なんと呼んでもいいでしょうが——単に目に見えたという事実のみで、彼女の神経があれほど強く影響を受けたわけではなくて、そこで繰り広げられた悲劇があまりに救いがたく恐ろしいものだったからでしょう。彼女には見たとおりの光景を話すよう努めさせましたが、起こった出来事の背景までは、わたしたちには知りえません。彼女が持っているのは心霊能力とでも呼びうるものだと思っていますが、そうした力のなかでもおそらく例外的なほど強く、あれほど明確に霊現象が見える能力者の例はほかに知りません。フランス人の千里眼能力者(クレアボヤンス)の力ともちがいますし、アメリカ先住民の霊媒が持つと言われる力とも異なります。というのは、彼女が持つ、現在あるいは過去の人々の心を読む力や、死者の霊と通じあう力は、決して偽りや見せかけではない確実なものだからです。そういうことは彼女の長い患い(わずらい)の前にはありませんでした——あの熱病は彼女から歌声を奪いましたが、その代わりこの奇妙な力を授けたのです。でも彼女はその力を発揮するのを嫌いがちなので、そのためわたしとしては、たまたまなりゆきで発揮されてしまうか、あるいは是非とも試したいごく稀な場合においてのみ、実践を促すようにしているわけです。なんとも不思議な力ですが、可哀想にも彼女自身は、それを持っていることをできるなら忘れたいと願っているようです。そうですとも、アップルフォードさん、彼女が熱病に罹る前に持っていた美しい歌声をこそ、あなたには聴いていただきたかった!」

降霊会の部屋にて

レティス・ガルブレイス
(夏来健次 訳)

In the Séance Room (1893)
by Lettice Galbraith

レティス・ガルブレイス (Lettice Galbraith 1859 – 1932)

謎の閨秀(けいしゅう)作家として長らく正体不明だったが、古典怪奇小説研究家・編纂者アラステア・ガン (Alastair Gunn) の尽力的調査により実像が判明し、新刊のガルブレイス作品集 *The Blue Room and Other Tales* (Wimbourne Books 2023) の巻末解説に詳述されている。それによれば本名リジー・スーザン・ギブスン (Lizzie Susan Gibson 1859 – 1932 ※リジーはエリザベスの略ではない由) というイングランド北部ヨークシャー出身の女性で、ロンドンに移り住んでから秘かに創作を発表しはじめ、これまで知られていた八篇のほかにも多くの作品があることがわかった模様。この発見についてわが国では『幻想と怪奇14』「ロンドン怪奇小説傑作選」特集号(新紀元社) に訳載されたガルブレイス作の短篇「失踪したモデル」の解説にていち早く紹介されている。

「降霊会の部屋にて」(In the Seance Room 1893) は「青い部屋」(創元推理文庫『英国クリスマス幽霊譚傑作集』所収) でも見られた作者のオカルト趣味が一段と鋭利に発揮されている。

本篇の事件現場となるリージェンツ・カナルは、ロンドン中心街北部の公園リージェンツ・パークの北縁をまわって東へ約十四キロメートル流れる物資運送用運河で、一八二〇年に開通し産業革命をささえた。主人公が住むアビー・ロードからもほど近い。

医師ヴァレンタイン・バークは独りで火の前に座している。何杯めかの酒盃(グラス)を傾けたあとで、夕食後の黙想を妨げる患者が訪れることもない。使用人たちもすでに就寝して邸内は静まり返り、夜の閑寂(しじま)を破るものといえば、ときおり通る馬車と窓を打つ小雨の音だけだ。温(ぬく)もりある暖炉の火明かりと黄色い笠の下の卓上灯の柔らかな点(とも)りとが、外の街路を満たす陰鬱な霧と心地よい対照をなしている。テーブルには真ん中にブランデー用デキャンタが置かれ、それを挟んでコーヒー・サイフォンと葉巻箱が並ぶ。これらの嗜好品をバークはことさら気に入っている。世界と人間界はバークを愉しませてくれるもので溢れているが、しかし彼自身はそうした小さな愉しみ(ムニュ・プレジール)のためにのみ働いているつもりはない。

己(おの)が生業(なりわい)の日常的なくりかえしには飽くばかりだった。産婦人科医として遠からず大成することには、当然のごとく自信を持っていた。年若く社会的背景に恵まれず資金も乏しかった医師にしては、驚くほど巧くやれてきた。だがバークにはなお野心があり、またその実現のための独自のやり方を持っている。つまり特殊な能力の分野に首をつっこんでいることがそれで、催眠術の将来についての論文を発表するなどして、一部では大きな関心を寄せられていた。もともと人心を惹きつける力に富み、しかもその力を半ば公然と誇示することも躊躇していない。
多くの知識人邸の居間で交わされる話題のなかで、バークはすでに来るべき革命の伝道者と見なされていた。すなわち、郵便と電信に頼っている現在の通信手段は物理的にも心理的にも限界に来ており、それが崩壊することを予期して社会が関心をいだきはじめているものはオカルティズムにほかならず、そこにこそバークは大きな成功を築きうる途を見いだしているのだった。

とはいえ、人は世間から注目されるのみで生きられるはずもなく、バークと雖も生活のためには収入を得ねばならないが、しかしそれを退屈な日常仕事のみに頼るつもりはなかった。目敏い若年医師である彼は、最も効率的に大金を稼ぐための元手を持っていた。自分が美男であることこそがその元手であり、資産に恵まれた女性と結婚するためにそれを投資すればよいと考えていた。その実現のために幸先よい命運が巡ってきたのは、東方神秘主義復興協会にエルマ・ラング嬢が招待されてきたときだった。

エルマ・ラング嬢は孤児だった。三万ポンドに達する遺産を思いのままにできる立場にある。若くて美貌にも充分富み、とても感受性の強い女性だ。バークはこの機会を逃すまじと食らいつき、出会ってひと月と経たないうちに、この女性相続人との婚約を発表するという大望を実現させた。しかも結婚式自体もごく近いうちに挙げることになった。

エルマ嬢にはほかにも何人かの求婚者がいたが、医師バークが彼女のいちばんの気に入りとなるのに時間はかからなかった。オカルティズムに入れあげているような人々は普通なら外見で人を惹きつけるなどということを蔑むものだが——それゆえに服装や髪形については並はずれて不注意だったりみっともなかったりするものだが——その点バークにかぎっては、顔立ちがよいうえに容姿にも恵まれ、服装も見事なまでに上等で、求婚者たちのなかで初めから優位に立っていた。事実エルマ嬢はひと目惚れし、バークのみに憧憬の目を向けた。しかもその気持ちを彼に示すために大金をかけることも惜しまなかった。高価な額縁に収めたエルマ嬢の肖像写真が、彼の部屋に山のようにたくさん飾られた。エルマ嬢から贈られた婚約指輪の大きなダイヤモンドが彼の手で輝いた。

　ダイヤモンドの数多の面が暖炉の火明かりを受けてさまざまな色に煌めくのを、バークは満足の笑みとともに眺めた。

「なんとも幸運だったな」と声に出した。「ここまで驚くほど巧く行った。あと一年もすれば、首がまわらなくなってもおかしくないところだったが。このうえは、もしもあのことさえなければ——」そこで言い淀むと、顔から笑みが失せた。「——あの不運な出来心さえ犯さなければ、どれほどよかったか！　あんな女に手を出してしまうとは、なんたる失態！　おれを信じきっているあの女の愚かさも相当なものだが。なぜもっと自分を大事にしようとしない？　あの女の父親にしても、なぜもっと自分の娘に気をつけてやらない？　馬が逃げてから厩舎の扉を閉めても手遅れというものだ。だが運のいいなりゆきになった。父親は娘の失踪の原因がおれにあるとはまったく気づいていない。しかも運はさらに味方した。つい最近になって彼女の死体が見つかったのだ。本当は彼女以外のだれかの死体であろうと、かまうことはない。

バークは手帳をとりだし、挟みこんでおいた新聞記事の切り抜きを広げた。見出しの大文字がこのように躍っている――失踪した若い女性の遺体発見

「昨日マドルシャム湾（架空の地名と思われる）で発見された女性の遺体の身元は、さる一月に行方不明となって大きな話題を呼んだキャサリン・グリーヴズ嬢であることが確実視されるにいたった。故人はウスターシャーのテンプルフォード（架空の町と思われる）在住の著名な医師の令嬢で、マドルシャムに住む姉の嫁ぎ先を訪ねて滞在していたが、あるとき不意に出かけて以降行方がわからなくなっていた。家族とその要請を受けた警察による懸命の捜索にもかかわらず最悪の結果を迎え、且つそこまでの経過は不詳のままとなっている。マドルシャム警察は昨日の遺体発見に際して故人の家族に連絡をとり、腐敗した遺体の着衣が似ているとの証言を得て、身元特定の根拠とした。その後の調べにより、故人は恋愛に悩みをかかえていたようすだったことがわかり、その悲観から発作的に投身自殺を図ったとの結論に達した由」

ヴァレンタイン・バークは記事を入念に読み返したあと、切り抜きをふたたび手帳に挟みこみ、悪辣なほくそ笑みを浮かべた。

「警察も家族も一般市民も、なんとも結論を急ぎやすいものだな。キャサリンの死はこれでたしかなものになったわけだ――少なくとも世間的には。なんと哀れな――」そのあとをためら

い、燃える熾火を見つめた。「――とにかく、これで厄介ごとから救われた」間を置いたあと、そうつぶやいた。「厄介ごとにかかわるのはごめんだからな」

切り抜き記事と一緒に挟みこんであった一通の手紙をとりだすと、指先で無造作にもてあそんだ――粗末な薄い紙に急いで書いたらしい文字が乱れ散った手紙で、おまけに湿気を帯びてインクが滲んでいる。一、二度目をやったあと、暖炉に投げこんだ。熾のなかに落ちると、紙がよじれてめくれあがった。が、燻るだけで燃えあがらない。熱い熾がすでに炉格子から落ちているためだ。バークは足をのばして手紙を蹴り、まだ燃えている熾に近づけた。細かな赤い火花が紙の焦げたへりに沿って走るが、すぐまた消える。紙が湿っているせいだ――書いた女の涙で。

「おれも莫迦なことをしたものだ」と自虐をつぶやく。「巧く行くはずもないことを。しかも、下手をしたら身の破滅なのに」酒瓶立てに手をのばしてブランデーのデキャンタをとり、目で嵩を計りながらグラスにつぎ足した。「今だって、完全に危機を脱したとは言えない」そうつぶやきながら、ブランデーにソーダ水を加えた。「資金はなくなる一方だし、女たちはなにを考えているかわからない。もしキャサリンが思い余ってここにやってきたりしたら、いったいどうなるか――」

そのとき階下から物音がして、つぶやきがさえぎられた。夜間用の呼び鈴だ。

バークはグラスを置いて前へ身を乗りだし、耳を澄ました。呼び鈴の音はおずおずした感じで弱々しく、診療を求める患者らしいいつもの切迫感がない。とはいえ黙想を声に出してつぶやいている最中だっただけに、それにかかわりがあるような気がしてならない。緊急の患者でないとすれば、いったい何者か？　部屋の窓の外がバルコニーになっているので、そこに出て手摺り越しに外を見おろしてみた。街灯の不規則なまたたきのなかで、女らしい黒っぽい人影が玄関の上がり段に立っているのが見えた。降りしきる雨の音を透かして、抑えた泣き声めいたものが聞こえてくる気がした。

すばやく通りを見わたし、人けがないのをたしかめると、階下に駆けおりて玄関を開けた。灯火の点る玄関ホールに雨が吹きこむ。玄関の脇柱（わきばしら）のひとつに、女はまるで意識朦朧（もうろう）としているふうに凭（もた）れかかっていた。バークは女の肩に手を触れた。

「ここでなにをしている？」

その鋭い問いかけに女は驚いたように声を洩らし、そのあとよろけるように前へ踏みだして敷居を越え、バークに重く寄りかかった。

「ああ、ヴァレンタイン」と、せつなそうな声をあげる。「もうあなたに会えないかと思っていたわ。お願い、なかに入れて。ひどく疲れてるうえに──ひどく怖くて！」

最後の言葉は尾を引く泣き声に消え入った。呼び鈴を摑んでいた両手が離れ、体の左右に力なく垂らされた。

バークはこの危機を乗りきるべく、行動を急いだ。玄関を閉めて、よろける女を抱きかかえ、診察室に入れて長椅子に横たえた。朦朧としている患者を扱う手つきにしては優しさがない。端麗にして美貌と思うときがないわけではないが、この女に強い愛情を覚えたことはない。田舎町での退屈しのぎに情交したにすぎない。

女のほうは本気だったらしいがバークは気まぐれで、それで満足するとあとは嫌気がさすばかりだった。女が献身的になればなるほどうんざりした。今は顔を見ただけで嫌悪に身震いするほどだ。今もガス灯の冷たい明かりで見る白い顔は、苦悶に引き攣ってみじめこのうえない。かつての若々しい愛らしさは失せ去っている。夜の雨に濡れた短い髪は狭い額に貼りついて捩れ、閉じた目のまわりには皺が寄り、口は山型に曲がって左右の端が垂れている。肌は窶れて頬骨にきつく張り、しかも色褪せた蠟人形の表皮のように黄ばんでいる。

欠点ばかりが目立つ顔と姿を見すえながら、果たしてどうすべきかと迷いつつバークは立ちつくした。名士たる職業人にとってわずかな醜聞でも命とりになるとはよく承知している。キャサリン・グリーヴズとの関係が噂に昇るだけでも、医師としての立場は失墜するだろう。そう考えると、この状況の重大さがいよいよ強く意識されてくる。ありうる未来はふたつだ。ひとつは愛と富に恵まれた明るい未来、もうひとつは貧困と屈辱の暗い未来。エルマ・ラングの夫としてあらゆる利益を享受できるようになった自分を思い描いてみる。魅力的な妻と莫大な財産を同時に所有する者になる自分を。それほどの幸福を妨げるこんな出来損ないの女をもたらした自分の運命を呪った。

女はいくぶん恢復してきたようすで、意識のはっきりしてきた神経性の患者によくある痛々しいまなざしでバークを見あげた。乱れた髪と雨に濡れそぼった衣服を見ていると、さながら溺死人のようだと思えなくもない。その姿はゾッとさせつつも、なにやら惹きつけるものがある。天井灯のガスの火力をあげたうえで少し向きを変え、女の顔を満面に照らすようにした。「本当に溺れたあとと言ってもおかしくない」と秘かに思った。「実際に溺死したら、こんなふうに見えるだろう」その考えがバークの心にとり憑いた。「このままこの女が死んでくれたら、どんなにいいか！」

世間に逆らい見捨てられた女がどうなろうと、だれが気にする？　死人に口なしだ。そうだ、この女が死にさえすればいいんだ！　そのひと言が金槌の強い打撃のように、頭のなかで何度も鳴り響く。彼女自身、いっそ死ぬほうがいいだろう。命運はもう尽きており、生きたところでなんにもならない。

彼女の未来にあるのは恥辱とみじめさだけだ。死ぬほうがどれだけ望ましいか。いや（思わず引き攣るような無慈悲な笑いが洩れた）、実質すでに死んでいるのだ。警察が死体を発見し、家族が身元を確認したのだから。溺死したに相違なしと推察されている以上、推察を事実に変えてなにが悪い？　バークの男ぶりのよい顔に歓喜の輝きが溢れた。この女はこうしてここに来る前にはためらったかもしれないが、来てしまったからにはもはや終わりだ——そう考えながら、招かれざる客を邪悪な笑みとともに見つめた。

女はすでに意識がはっきりしたらしく、長椅子の端のほうにうずくまり、泣きながら震えている。

「どうか怒らないでちょうだい、ヴァレンタイン、お願いだから。ロンドンに来るための汽車の切符代が貯まるまで辛抱強く待っていたの。姉のところにいつまでもいるつもりはなかったから。あなたが会いに来てくれなくて、寂しくてたまらなかったからよ。わたしのそばを去ってからふた月以上も経つのに、いくら手紙を送っても返事もくれないんですもの。ずっと独りでいるあいだ、怖くて仕方なかったの。もうあなたに飽きられてしまったんじゃないかと思えて。もちろん、今はそんな考えは莫迦げていたんだとわかったわ。今までと同じように愛してくれているんですものね。手紙をくれなかったのは、ただ忙しかったからというだけなんでしょう」

女はそこまで言うと、それを裏づける返答を待っているようすを見せたが、バークは黙ったまま冷淡な目で見返すのみだった。

「新聞を読んだでしょう?」震える歯を噛み鳴らしながら女がまた言った。「みんなわたしが死んだと思ってるわ。あの記事を読んでから、恐ろしい考えがとり憑いて離れないの。自分が溺れてるところが目に浮かぶのよ。今でも間もなく死にそうな気がしてならないの。ああ、ヴァレンタイン――わたし、死にたくなんてないのに。だからとても――とても怖いの。だから前のようにまたあなたの腕に抱かれて、慰めてほしくてたまらなかったの。そうすればきっと安心できると思えたから。ああ、なのにどうして応えてもくれないの? どうしてそんな目でわたしを見るの? お願い、ヴァレンタイン、その目はやめて。そんなまなざしには耐えられないわ」

女は大きな目に怯えを湛えてバークを見返している。動じることのない彼の冷淡な視線に魅きつけられているかのように。体が激しく震えだすとともにせわしなく喘ぎ、言葉を発するのもままならないようすだ。

「また会えて嬉しいとすら言ってくれないのね。それは本当にもうわたしを愛していないからなんでしょう。わたしに飽きてしまったのね。だから結婚する気もなくなったのよ。ああ、これからどうすればいいの？　だれからも大事に思われていないし、だれにも望まれていないのよ。この手にはもうなにも残っていないの。あとは死ぬしかないのかも」

バークは依然なにも言おうとしない。長い沈黙のなかで、たがいの目だけが見すえあう――冷淡で威圧的なバークの視線と、怯えつつも心の力を保とうと虚しくあがく女のまなざしとが。数分がすぎ、対等ならざる睨み合いがようやく終わりを迎えた。女は片手で長椅子の肘掛をきつく摑みながら身をこわばらせている。青い瞳は意志の光が失せて虚ろだ。バークは女の目の前まで近づいていき、そこに立ちはだかった。

「旅の荷物鞄はどこにある？」冷然と尋ねる。

女は意志の感じられない単調な声で答えた。「駅に預けてきたの」

「名前の付いているものは入っているのか？――昔ぼくが送った手紙とか」

「いいえ――鞄のなかにはないわ」

「ぼくからの手紙は持っているはずだ――どこにある？」

「ここよ」女の手がぎこちなくポケットをまさぐる。

「わたすんだ――全部」

女はぼんやりしたようすで従い、ポケットからとりだした財布とハンカチのあいだから、三通の封書を注意深く抜きとってさしだした。

「ほかのものもわたせ」

バークは受けとった財布を開いた。入っているものは硬貨数シリングと、鉛筆で所番地が書かれた名刺一枚だけだった。バークは名刺をちぎり、暖炉にくべた。それからふたたび女の目をまっすぐ見やった。ゆっくりと顔を屈め、女の耳にふた言三言なにかを囁きかけた。それを何度もくりかえす。女は見る者みなを哀れませるにちがいない激しい恐怖の表情を浮かべたが、今目の前に立つ男だけは例外だった。彼が実験に使った催眠術への感受性の強い患者以外は耳にしたことのない暗示の言葉で、しかもそれを聞いて生きのびた者はなく、精神医学的才能を自己本位の卑劣な目的なために用いたとしていつの日か法廷に立たされることがあるとしても、それを立証するための証拠を絶対に残すことのない言葉だ。

寒々とした十一月の灰色の朝の大気のなかで、リージェンツ・カナル（ロンドン市街地北部を流れる運河。産業革命期、石炭や貨物運搬のため一八二〇年開通）付近から突然耳を劈く悲鳴があがり、居合わせたリージェンツ・パーク（ロンドン北部の王立公園）の公園管理人を驚かせた。声のほうへ飛んでいった管理人は、葉のない木立の枝を透かして、運河の黒い水面で人影がもがいているのを目にした。管理人は度胸のいい男で、勇気を揮ったのが功を奏して王立人道協会から表彰されたことが一度ならずあった。そこでこのたびも黒い人影がもがいているところめがけて駆けだしたが、十ヤードほども走ったところで別の速い足音が後ろから追いついたと思うと、一人の男が猛然と追い越していった。

「だれかが運河で溺れてる！」男が叫んだ。「女のようだ。助けるから、手を貸してくれ！」

「なんとも度胸のあるご仁だったよ」公演管理人は数日後、パブ〈リージェンツ・アームズ〉でそう吹聴した。「おれの足が遅かったわけじゃないんだ。ただいつもより息が切れちまってるあいだに、あのご仁が投石器の石も斯くやとばかりにすっ飛んでいったのさ。そして上着を脱ぎすてると、あっという間に水に跳びこんだ。女を捉まえて二度浮きあがったけど、二度ともまた沈み、三度めがあれかしと祈っているとき、あのご仁が――お医者だとあとでわかったが――女を腕に抱き、疲れ果てたようすで浮かびあがってきた。
『もう手遅れかもしれないが』おれが女の身柄を受けとったとき、そのお医者はそう言ったよ。『すぐなんとかしなければ』そして溺れた者をどう介抱すればいいかを指示し、おれはブランデーをとってきたが、それを飲ませようとしても無駄だった。女はすでに息を引きとっていた。『あんなに激しくもがいていなければ、助けられたかもしれないのに』とお医者は悔しがった。『だが暴れるのでどうしようもなかった』たしかに女がひどくあらがったらしくて、お医者の手には擦り傷や引っ掻き傷ができていた」

バークと公園管理人が検死陪審の主たる証言者だった。死亡した女性の身元は特定できる手段がなかった。陪審員は自殺との評決をくだし、検死医は哀れな女性を救助せんとしたバーク医師の勇気を賞賛した。

新聞もバークを褒めそやす見出しを打った。リージェンツ・パークでの自殺事件、著名な医師の奮闘も虚し　そしてエルマ・ラングは自分の恋人が讃嘆されるそうした記事を読み、嬉し涙で目を潤ませた。

「あなたはほんとに勇敢な人ね。素敵なことよ」とエルマは声をあげた。「わたしも誇らしいわ。とても危険だったでしょうけれど」

「たしかにね」とバークは陰鬱に応えた。「あの女性の命が自分にかかっていると思ってがんばったが、しかしあまりに暴れるものだから、ぼくまで溺れそうになってしまった。でもとにかく、それほど大それたことじゃない。ほかのだれかでも同じことをしただろうさ」

「そんなことはないわ。自分は英雄じゃないというふりをしようとしてもだめよ。たしかに英雄なんですもの。その女性が必死でしがみついてきたときは、ほんとに危なかったでしょうね。道づれになっていてもおかしくなかったほど」

「道づれになったのは、指輪だ」バークは悔しそうに言った。「今も運河の底に沈んでいるだろう。物好きな魚が呑みこみでもしないかぎりは――きみからの初めての贈り物だったのに」

「仕方ないわよ」とエルマは強い調子で言い返した。「明日新しいのを贈るわ。あなたが無事だったことは、何物にも代えられないもの」

バークはエルマを抱きしめ、上向けた愛らしい顔に接吻を浴びせた。エルマは今自分のものになった、ほかの女の命を代償として。なんという代償か！　あの女のこわばった手に摑まれたときの感触を忘れたかった。水中で息絶えた女の恐ろしくも淀んだ目も。

「この話はもうよそう」バークは優しく言った。「楽しい話じゃないからね。それに、きみが言うとおり、ぼくが無事だったことは何物にも代えられないから」そして秘かな声でこうつけ加えた――「今やすべてが無事になったのだから」

玄関の外に馬車を停めていた。ヴァレンタイン・バーク夫人エルマは居間で夫を待っている。結婚して以来四年のうちに、エルマは夫を待つことがしばしばあった。この四年間でバークの野心は予想以上の達成を見た。経済力と名声を獲得し、新設された哲学研究機関の主導者としても高評価を受け、心霊現象研究の権威ともなり、流行の心霊理論を弄ぶ〈知的〉と称する婦人たちの人気の的となって、そうした人々の薄弱な理解力ではとても及ばない高度な理論を初歩から巧みに語り教える唱道者になりあがっていた。

バークが達した社会的成功はたいへんなものだった。夫としてのバークは妻エルマにとっては必ずしも期待どおりではなかったが、そんなことを口に出しはしなかった。理想的な妻になるべく努め、夫の研究に関心を持ち、夫が書き物をする際などには実質的な補佐役となった。そのおかげで世間からは理想的な夫婦と見られていた。夫婦のあいだにじつは曰く言いがたい壁があることなどは、世間はまったく気づかなかった。妻の心にはいつしか漠然とした不信感が忍び入り、夫の本性は外観とはちがうのではないかと本能的に感じはじめていた。なにかが――それがなにかはわからないが――二人のあいだを隔てていた。夫はつねになにかを演じているのではないか、ついそんな思いを懐くことがエルマには多々あった。

エルマが今手にしているのは、このひと月ほどのあいだに市中で話題となった一連の降霊会についての新聞や雑誌の記事の切り抜きの束だ。降霊会を主催するのは、ロンドンの社交界に彗星のごとく忽然と出現した、非常に大きな特殊能力を持つとされるある霊媒師だった。それらの会で起こった数々の現象はじつに驚くべきもので、科学者たちもオカルティストたちもともに理解を阻まれることばかりだった。そこではまさに心霊現象が勝利する様相を呈していた。これに対して検証委員会が設けられ、座長にはバークが満場一致で選ばれた。だが詐欺であろうとの申し立ての正当性を立証する試みはことごとく失敗した。

今夜バーク夫妻が赴くところこそ、件の霊媒師デルフィーヌ夫人の邸だ。降霊会は午後十時開会の予定で、時計の針がその刻限まであと十五分ほどと告げるころ、バークが急ぎ足で居間に入ってきた。

「仕度はできたか？」と妻に問うた。「そろそろ出発するぞ。記事類は用意できているな？」

わたされた記事の束にすばやく目を通しながら階下へとおりていった。

「午後はファルコナーと一緒にずっと委員会に詰めていたよ」出発した馬車のなかでバークは妻に説明した。「着替える前にクラブでようやく腹ごしらえをしたばかりだ。対策は念入りに練ったつもりだ。もし今夜なにも証明できなければ——」

「証明できなければ？」とエルマが促す。

「委員会はロンドンじゅうの笑いものになる」とバークは強い調子で断言した。

「あなた自身はどう考えているの？」

「もちろん、ぺてんだと思っているさ。ただそれを証明するのはむずかしい」

「サールウォール夫人から聞いたところでは、昨夜の降霊会で五番めに顕われた霊はまちがいなく彼女の亡きご主人だったそうよ。わたし今日彼女と会ったの。ひどく圧倒されていたわ」

「サールウォール未亡人は少し神経症気味で短絡的だからな」

「でもあなた自身の理論でも、強い精神的現象は物質化する可能性があると認めているのでは――?」

「エルマ、それについては詳しく説明する必要があるね」

「ヴァレンタイン」エルマは悲しげに問いを重ねた。「あなたが言っていることや書いていることには、真実というものがないの? 本当はなにも信じていないってこと?」

「そんなことはない。ぼくはこの物質世界と、そして自分自身を信じている。それと同時に、なんでも信じやすい愚かな人々には考える力が足りないとも思っているがね。もし自分の確信を変えられるだけの理由が見つかるなら、彼らの言うことを信じるのも吝(やぶさ)かじゃない。たとえば、たしかに死んだとわかっているだれかの姿を本当にこの目に見せつけられたなら、心霊主義に宗旨替えすることは充分にありうる」

デルフィーヌ夫人の邸に着くと、居間はすでに人々で埋め尽くされていたが、バーク夫妻の席は確保されていた。検証委員会の同僚たちと小声で短い打ち合わせを交わした。観客に対し降霊会の規則を守ってほしい旨の注意が霊媒師から布告されたあと、恒例の手順で会がはじめられた。

室内のいろんな方角から楽器が奏でる音楽が聴こえてくる。細い光線が観客の顔を照らしだす。質問者たちは紙片になんらかの質問を記し、それらが所定の箱に入れられて封印されたのち、霊界からの回答がなされる。質問者たちはそれぞれの回答を見て、事実と符合しているかどうかを確認する。霊媒師の助手がバークにも白紙をわたし、質問を記すよう促した。
　ここでバークが思案したのは、もし自分自身正解を知らず、あとで調べてそれを確認できるたぐいの質問をするならば、霊媒師の巧みな読心術にも対抗できるにちがいないということだった。そこでつぎのように紙片に記した。

　四年前の今と同じ時間に、わたしはなにをしていたか？　そのときもしだれかと一緒だったならば、その人の名前の頭文字（イニシャル）はなにか？

　四年前の同じ日に自分がどこにいたかバークはまったく憶えていなかったが、簡単な日記を欠かさずずっとつけつづけているので、回答が正しいか否かはそれを見れば一目瞭然となる。紙片をたたんで封じ、そのうえで箱に投じた。
　ややあって、回答がなされたことを霊媒師が宣言した。箱が開けられ、配布順の番号が振られた紙片がそれぞれの質問者に返された。バークは自分の紙片がたたみなおされてもおらず、封じなおされてもいないことを確認した。つまり自分で初めに封じたままになっている。封を開け、紙片に書かれている文字に目を落とした。ハッと驚き、霊媒師へ鋭い視線を投げた。質問の下方には、まだ乾ききっていないインク文字でこのように回答が記されていた。

　一八八五年十一月十七日水曜日、あなたはアビー・ロード（リージェンツ・パークの西北にある通りで、ザ・ビートルズのアルバム・タイトルで知られる）六十三番地にわたしと一緒にいた。そしてわたしに催眠術をかけた――K・G

キャサリン・グリーヴズの筆跡だった。

　バークは目眩に襲われた。日々の多忙さと関心事の多さにより、あの悲劇的な訪問の日がいつだったかをすっかり忘れてしまっていた。何月何日何曜日だったかまで記憶をたぐるべく努め、たしかにあのときは水曜日だったことを思いだした。今日は月曜日だが、一八八八年が閏年だったため、それを考慮すると、今日すなわち一八八九年十一月十七日月曜日があの日と重なるのだ（実際の曜日は両日とも異なるが、原文のままとする）。四年前の今夜、キャサリンはまだ生きていた。そして今は死んでいるが、目の前にある紙片の筆跡は疑いなく彼女のものだ。席に座したまま、われを忘れてその文字に見入った。目に憶えのある筆跡を見ていると、苦痛を伴うあの会話の記憶があらがいがたい力とともに蘇ってくる。それがつぎなる深刻な危機の訪れを示唆してやまない。

　質問に対してなされた回答の文面が、自分が殺した女の肉体なき霊魂によって書かれたものだなどとは、バークはまだ一瞬も信じてはいなかった。自分の秘密がなぜ洩れたのか、それを理解するために必死に頭を働かせていた。世間から完璧に隠しおおせたと信じていた自分の人生の昏い過程を巡る情報を、いったいどうやって手に入れ、そしてそこにかかわる女が何者であるかをどうやって知りえたのか？　これは果たして、霊媒師が運任せで引き絞った弓から放たれた矢のひとつが、バークの纏う鎧の弱いところをたまたま射抜いただけなのか？　それとも、金銭を得んとして脅迫するために故意に計画されたことか？

　考えに深く没頭するあまりまわりを見すごしているうちにも、降霊会は進展しつづけていた。

部屋の一部を仕切っていた黒いカーテンがふたつに分かれたと思うと、そのあいだから白衣を着た一人の子供が出てきた。その子がだれであるかに、質問者たちの一人がただちに気づいた——ひどく神経を張り詰めているようすの婦人で、亡くなったわが子をふたたびこの世に戻してほしいと嘆願し、観客たちの心を揺さぶっていたのだった。ほかにも心霊現象がつぎつぎとつづいた。観客の興奮はたいへんなものだ。バークはそれらすべてに無関心で、目の前のインク文字にひたすら目を凝らしていたが、そんなとき妻エルマがそっと手を触れてきた。

「どうしたの、ヴァレンタイン?」夫の肩越しに紙片を覗きこみながら小声で問いかけた。

「回答は正しかった?」

バークは妻へ鋭く目を向けるとともに、紙片を手のなかで握り潰した。

「いや」と強く否定した。「完全な詐欺だな。憶えのないイニシャルだった」

「シッ」とエルマは囁き、制する手を夫の腕にかけた。「そんな大きい声で言っちゃだめよ。詐欺なら検証委員会の勝利になるじゃないの。ファルコナーさんがさっき新たな提案を出したわ。なにかしら失くした品物について質問した場合、霊界の力によってそれを見つけだせるかどうか、とね。デルフィーヌ夫人の返答は肯定だったわ。そのあとファルコナーさんがすぐにはふさわしい質問を出せずにいたとき、わたしがいい考えを思いついたの。つまり、あのダイヤモンドの指輪を——あなたがあの可哀想な女性を助けようとしたとき失くした指輪よ——取り戻せないかと質問してくれるよう、ファルコナーさんに頼んだの」

バークは弾かれたように立ちあがった。が、すぐ懸命に自制し、ふたたび席についた。心配するには及ばない。仮にデルフィーヌ夫人が自分とキャサリン・グリーヴズとの関係について本当になにか摑んでいるとしても、あの凄惨な最期までは知るはずもない。そう考えて気を落ちつかせようとしたが、しかし無駄だった。神経が勝手に緊張し、薄暗い室内を虚ろな目で見まわさずにはいられなかった。まるでなにかがいはしないかと探すかのように。不意に観客が沈黙に陥った。かすかな風を伴う冷気が降霊会の部屋を満たした。その寒気のせいでエルマは頭から爪先まで震えだし、夫の体にすがり寄った。その瞬間、すさまじい絶叫が突然に静寂を破った。

それは霊媒師デルフィーヌ夫人の口から放たれた叫び声だった。夫人は検証委員会によって紐で縛りつけられた椅子に座したまま、予期せざるものを目にした第二のエンドルの魔女（旧約聖書『サムエル記上』二十八章中の魔女。預言者サムエルの死霊を召喚する）こそ斯くやという恐怖に打たれた表情を呈していた。黒いカーテンの前に姿を顕わしていたものは、白衣を纏う天女などではなく、黒いドレスが体にぴったりと貼りついた姿の——全身水に濡れそぼっているためだ——一人の女だった。淀んだ目を大きく見開き、石のように動じぬ視線で睨みすえている。じつにすさまじいありさまだ。物恐ろしい顔貌には死に際しての激しい苦悶の痕跡が刻まれている。

目撃した二十人あまりの人々は、一人残らず口を利く力も体を動かす力も失っている。ほどなくその恐ろしい女は滑るようにゆっくりと前進しはじめた。足はほとんど床に触れていないかのようで、突きだした片手の掌に握られているものは——ダイヤモンドの指輪だ！

女の移動があまりにゆったりとしているため、カーテンの分け目から観客席へと近づいてくるわずかな時間が、自分に向かってくるのだと気づいた人物にとってはひどく長く感じられた。

　その人物ヴァレンタイン・バークは固まったように座していた。ほかの観客がいることなど忘れ、自分の存在すら意識に昇っていなかった。あらゆることが言葉にならないほどの戦慄に呑みこまれ、これからなにが起こるのかという恐懼（きょうく）を高まらせる。女はいよいよ近づいている。今や目の前まで迫った。死臭めく湿り気を孕む息を感じる。恐ろしい双眸がバークの目を見すえる。歪（ゆが）んだ唇が開き、ある言葉を形作った。それはバークの罪の意識ゆえに聞こえた声か、それとも降霊会の部屋に本当に響きわたった音声（おんじょう）か？——「人殺し！」

　苦悶のごとき静寂が一分ほどつづき、そのあとなにかがかすかな音を立てて絨毯の敷かれていない床に落ちた。その音によって、石化（せっか）したかのように動かない観客に日常的な認識がようやく蘇った。そして女が消えているのをだれもが見てとった。

　人々は秘かに身じろぎ、たがいに顔を見あわせた。やがてだれかが口を開いた——ヴァレンタイン・バーク夫人エルマだった。夫の注意を自分のほうへ向けさせようとしたが無駄だったので、反対側の隣席に座るファルコナーのほうへ顔を向け、こう問いかけた。

「手を貸していただけません？　夫を外へつれだしたいので」

　身動きひとつせずにいるのはバークだけだった。この世ならぬものに依然として相対しているかのように、その方角をいつまでも凝視している。

　だれかがガス灯を点した。検証委員会のうちの二人が、椅子に拘束されていた霊媒師デルフィーヌ夫人を解放してやった。恐怖のあまりか、夫人は半ば死んだようになっていた。ファルコナーは部屋のドアを解錠して廊下に出ると、そこで出会ったデルフィーヌ夫人の使用人に馬車を呼んでくれるよう頼んだ。

ファルコナーが降霊会室に戻ったとき、バークはまだ同じ状態だった。エルマと二人がかりで覚醒させようと努めるうちに、わずかずつ体を動かせるようになってきた。ようやく正気に立ち返ると、妻に従って帰りの身仕度をしはじめた。三人揃って席を立ったとき、床に落ちたままになっているダイヤモンドの指輪をファルコナーが見つけた。彼がそれを拾いあげようとすると、その手を押さえつけて制する者がいた。

「放っておいてください」震え声で囁きかけたのはエルマだった。「お願いですから、どうかそのままに！」

バーク夫妻は馬車に乗りこみ、沈黙のうちに帰宅した。馬車をおりて玄関を開けるときも、バークは黙りこんでいた。書斎ではガス灯が明るく点されていた。小卓の上では、家政婦が用意しておいたサンドイッチとワインとブランデーが盆に載せられていた。バークはブランデーをグラスに注ぎ、ひと息に呷った。いくぶん落ちつきの戻った表情になったが、顔色はなお蒼白だ。

エルマは外套を脱ぎ、暖炉の前の椅子にぐったりと身を沈めた。絶望的なほどの落胆ぶりがその挙動の端々にあらわだ。バークは妻を一、二度見やって、口を開きかけたが、思いなおして沈黙をつらぬいた。そんな時間が三十分ほどもつづいた。やがてバークは燭台の蠟燭に火を点け、それを持って書斎を出ていった。

戻ってきたときには、なにかの小さな瓶を持っていた。かなり平静さをとり戻したようすでエルマに近づき、苦悩に陥ったままの彼女の顔をまじまじと見た。

「ワインを少し飲まないか」と声をかけた。「そしてもう寝(やす)んだらいい。疲れすぎているようだから」

「それはなんなの?」エルマは夫が手にしている小瓶を指さして問うた。

「睡眠薬だ。モルヒネと臭化カリウムを調合しただけのものだがね（鎮静と嗜眠の効果が期待されたと思われる）。ぼくはこれを服(の)んで寝ようと思うが、きみにも勧めるよ。今夜の催しは、どんなに精神力の強い者でも神経に障(さわ)る質のものだった。完全に恢復するにはぐっすり眠らねばならず、不眠に悩まされたくはないからね」

エルマは不意に椅子から立ちあがると、両手で夫の片腕を摑んだ。

「ヴァレンタイン」痛ましい声で言った。「わたしを欺(あざむ)こうとはしないでちょうだい。あなたが信用してくれたうえで真実を打ち明けるなら、どんなことにでも耐えられるから。わたしたちの前に顕われたものは、いったいなんなの? あの恐ろしい光景はなにを意味しているの?」

バークは一瞬ためらった。が、すぐ気をとりなおし、軽い調子でこう答えた——

「エルマ、ひどく気になっているようだね、無理もないが。でも、あれはもう忘れたほうが——」

「いいえ、忘れるなんてできないわ」妻は声を荒らげてさえぎった。「あれがなんなのか、知らずにはいられないの。きっとなにかがあるんだと、これまでいつも感じていたわ。ヴァレンタイン、お願いよ、あなたが聖なるものと信じるすべてにかけて、ほんとのことを話してちょうだい。手遅れになる前に。勇気を以て打ち明けてくれれば、わたしは許すわ——おそらくどんなことでも。だから、わたしが自分で調べなければならないなんてことにだけはさせないで」

「打ち明けなければならないようなことは、なにもないよ」

「わたしを信用していないの？」

「なにもないんだから、信じるも信じないもないさ」

「それがあなたの最後の返答？」

「そうだ」

そのあとエルマはなにも言わず、書斎を出て上階の寝室へあがっていった。神経が疲労しすぎているせいで、独りにならずにいられないのにちがいない。自分用の更衣室に移ったバークは、そう考えながら葉巻を喫った。そのあと、就寝前に睡眠薬を服んだ。薬の効き目は長時間に及んだ。目覚めたときにはすでに日が高くなっていた。疲労感と弱体感が残っており、しかも頭痛までする。しばらく横たわったまま、眠りと目覚めの狭間でうとうととすごした。ようやく意識がはっきりしてくると、寝室に妻がいないことに気づいた。懐中時計を見ると午前九時半だ。妻が戻ってくるのを数分待ったが、いっこうに現われない。仕方なく起きあがり、窓のカーテンを引き開けた。

明るい陽光が射しこむと、寝室のようすがいつもとどこかちがうのを感じた。初めはどこがどうちがうのか判然としなかったが、いつもある婦人用の日用品がなくなっていることに徐々に気づいた。化粧台の上からは銀製の化粧小物が消えているうえに、ひとつふたつの抽斗（ひきだし）が開けられたままになって、中身が持ちだされていた。

書き物机も同様の状態で、しかも妻の衣裳用鞄（かばん）が平素の場所から失せている。バークがまず思ったのは、使用人を呼んで問い糺（ただ）すことだったが、しかし呼び鈴に手をのばしたとき、小卓の上にきちんとたたまれて置かれた一通の手紙が目に入った。エルマの筆跡だった。それを見た瞬間、なにかが起こったのを察知し、最悪の事態を予感した。手紙はそう長くはなかった。しっかりした文字で書かれてはいるが、そこかしこが薄青色に滲んでいるのは、乾く前のインクに涙が混じったためであることを示唆している。文面はこう告げていた――

あなたがこれを読むとき、わたしはすでに永久に去っているわ。まだなにかしら償（つぐな）う気持ちがあるなら、決して探そうとはしないで。いいえ、探す気は起らないでしょう、今やすべてを知ってしまったと告げるならば。知らずにいることの責め苦には耐えられないという気持ちを、昨夜伝えたはずよ。真実を知らなければ死ぬしかない、それほどの恐怖を感じていたの。わたしを信用してほしいとも嘆願したわね。でもあなたは嘘を答えて済ませた。そんなとき、夫から習い憶えた催眠術の力を試したとしたら、責められるかしら？　あなたが眠っている四時間のあいだに、キャサリン・グリーヴズを巡るいきさつのすべてを、あなた自身の口から聞いたの。無意識のうちに語られた恐るべき犯罪の詳細を知ったとき、あなたを深く愛していたがゆえに――どれほど深く愛していたか天のみが知るでしょう！――夫が人殺しであるという事実への苦悩に耐えねばならなかったわ。しかもわたしの忌々しい財産が犯行の動機だったとは！ せめてもの救いは子供を儲けていなかったことね。そのおかげで永遠の罪の呪いからは逃れられるから。でなければ、父親の罪を子供が受け継ぐことになったでしょう！ もう自分がなにを書いているのかもわからなくなってきたわ。大地が足の下から切り離されてしまったかのようで、まわりに見えるのは暗黒ばかり。わたしたちに残された途(みち)はひとつだけ、もはや死あるのみ――苦しむ妻、エルマより

手紙を開いたときから、バークの心はすでに固まっていた。肉体面での勇気と道義面での臆病さとが胸のうちで綯(な)い交(ま)ぜとなるうちに、生きるための闘いに敗(やぶ)れた男として、その闘いに終わりを迎えさせるため、自らを闘技場からおろさねばならないと断じた。すでにこの世で最良の贈り物を手にしてきた身であり、こののち手に入れるべきものはもうなにもありはしない。己が来世はあまりにも茫漠として不安すら覚えさせず、恐怖という言葉もなんら具体的な理解を伴わない。そっとマッチを擦って妻の手紙に火を点けると、焔のない暖炉のなかに放りこんだ。紙巻き煙草を喫いながら手紙が燃えるさまを眺め、ついには灰になると、つづいて燠のなかに埋めた。そのあと更衣室から磨かれた金属製の小箱を持ちだした。錠を解いて蓋を開け、回転式拳銃を手にした。弾倉には六発すべてが装塡されている。

バークはゆっくりと煙草を喫いきったあと、吸殻を投げ捨てた。いっときも逡巡はしなかっ

た。去ろうとしている人生に如何なる悔いもない。わたしたちに残された途はひとつだけというエルマの言葉に従い——その途を進んだ。

黒檀の額縁

イーディス・ネズビット

（夏来健次　訳）

The Ebony Frame (1891)
by Edith Nesbit

イーディス・ネズビット（Edith Nesbit 1858 - 1924）

著名な児童文学者にしてファンタジー作家。結婚後の本名はイーディス・ブランド（Bland）。姓／名にはそれぞれネスビット／エディスの表記もあり。多数の邦訳作品があり、東京創元社からも長篇『ディッキーの幸運』『アーデン城の宝物』が刊行されており、またピーター・ヘイニング編『魔法使いになる14の方法』（創元推理文庫）に短篇「ドゥ・ララ教授と二ペンスの魔法」が収録されている。

「黒檀の額縁」（The Ebony Frame 1891）は肖像画怪談で、短いなかにこめられた高密度の恐怖に作者の力量が窺（うかが）える。

舞台となる邸があるチェルシーはメイフェアの西側に位置する街区で（公式にはケンジントン・アンド・チェルシー地区となる）、高級住宅地をなし、アガサ・クリスティ、オスカー・ワイルド、ヘンリー・ジェイムズなどの錚々（そうそう）たる文人も居住した。

富を得ることとは、輝かしい興奮をもたらしてくれるものだ。とくにフリート・ストリート（シティ・オヴ・ロンドン地区の通り。出版社・新聞社・通信社が軒をつらねていた）の文筆家をめざしながら認められず、採るに足りない雑誌や新聞の記事を書いて糊口をしのいでいる、困窮の深みに嵌まってしまった三文文士にとっては。況してや、ピカルディ（北フランスの一地区）の貴族を祖先に持つ家柄を出自としながら、そんな血筋にまったくそぐわない暮らしをしている男となればなおさらに。

亡くなったドーカス伯母がわたしに年間五百ポンドの定期収入とチェルシー（ロンドン、ケンジントン&チェルシー地区の高級住宅街）に建つ家具付きの邸を遺してくれたとき、そんなふうに突然遺産が転がりこむということでもなければ、自分の人生などなにも得られないものにすぎなかったとあらためて思い知らされた。その遺産の輝きを前にしては、これまで唯一の光明だったミルドレッド・メイヒュー嬢の存在さえ燻んで見えるほどだった。ミルドレッド嬢とはまだ婚約もしていないが、彼女の母親ともども三人で間借り住まいをしており、懐が許すときには——稀なことではあるが——ミルドレッドに手袋を買ってやることもできていた。彼女は愛らしく良質な女性であり、いつかは結婚したいと思っている。愛らしく良質な女性が自分のことを思慕してくれているというのは、じつによいもので――そのおかげで仕事にも精を出せるし――「いつかは」と言えば彼女が「そうね」と返してくれるのも、このうえなく気分のよいことだ。

ところが遺産が入ってきた歓喜は、そのミルドレッドのことさえ忘れてしまいそうになるほどだった。とくに彼女が友人たちとすごすためにロンドンを離れているあいだは。

ドーカス伯母の喪が明けぬうちにチェルシーの邸に移り住み、食堂の暖炉の前で肘掛椅子に身を沈めた。自分のものとなった邸で！　宏壮な邸宅だが、どこか物寂しくもある。そのときになってようやくミルドレッドのことが思いだされた。

邸の居間は革飾り付きの楢材製の家具が具わる居心地のいい部屋だ。いくつかのよくできた油彩画も飾られているが、ただ暖炉の上の壁にかかる版画だけは、どうもいただけないものに思えた。『ウィリアム・ラッセル卿（十七世紀の政治家。チャールズ二世暗殺を謀った罪で処刑された）の審判』と題された版画で、黒い額縁に収められていた。わたしはベッドから起きると、その額縁をまじまじと見た。伯母が住んでいたころこの邸をたびたび訪ねるよう努めていたが、この額縁を見た記憶はなかった。本来は版画でなく油彩画を入れるためのものとおぼしい。上質な黒檀製で、精妙で美麗な飾り彫りがほどこされている。ますます興味をつのらせて眺めていると、伯母が生きていたころから仕えてきた女中ジェーン――慎（つつ）ましやかな女性なので引きつづき使用人に加えている――が燭台を持って入ってきたので、この版画はいつからここにあるのかと問うた。

「伯母君さまがこの版画をお買いになったのは、ご病気になるほんの二日前のことでした」とジェーンは答えた。「ただ額縁につきましては、わざわざ新しいものを買うのもどうかとお考えになり、屋根裏部屋にあった古い額縁を持ちだされました。あそこには古くて珍しいものがたくさん仕舞ってございますので」

「伯母はこの額縁を昔から持っていたということか？」

「然様でございます。わたくしがお仕えするずっと前からお持ちだったようです。こんどのクリスマスでわたくしのお勤めは七年めになりますけれども。以前は油絵がこの額縁に入れられていました。その絵は屋根裏部屋に仕舞われたままになっていますが——まるで暖炉の裏側みたいに醜く黒ずんでしまっているのでございます」

わたしはその絵を見てみたくなった。ひょっとしたら、伯母の目には大したものと映らなかっただけで、本当は高価な傑作ということもありうるのではないか？　そこで翌日の朝食のすぐあと、屋根裏部屋にあがってみた。

その部屋は骨董屋でもやれそうなほど古い家具類でいっぱいになっていた。現在は邸じゅうの家具がヴィクトリア朝の部屋べやに似合うもので統一されており、そうでない古すぎるものが屋根裏部屋に仕舞われているのだった。パピエ・マシェ（紙パルプを主材料とする家具製法）と真珠母を合わせたテーブル、垂直背凭れと湾曲した脚部と色褪せた刺繍クッションの具わる椅子、金鍍金張りの飾り彫りと数珠玉細工の飾り布が付いた暖炉用衝立、真鍮製把手付き抽斗が具わる書き物机、色褪せたうえに虫食いが進んでボロボロになった絹製敷き布に覆われた裁縫台、などなど。しかもそれらすべてに埃が積もり、ブラインドをあげて日射しを入れると埃が光って見えるほどだ。こんないにしえの神々のような家財道具ならば、居間に持ちこんで新たに祀ってやるのも楽しみになりそうだ。代わりに当代ヴィクトリア朝の家具をこの屋根裏部屋に仕舞えばいい。だがさしあたっては、〈暖炉の裏側みたいに黒ずんだ〉油絵を探しだすのが先決だ。そして山と積まれた箱や緩衝材などの裏側で、目当てのものを見つけた。

ジェーンに確認させたところ、それにまちがいないとすぐわかった。そこで注意深く階下へ運び、つぶさに見た。なにが描かれているのか判然とせず、色も混沌としている。中央部に黒っぽい染みのようなものが広がっているが、それが人の姿かあるいは樹木か、それとも家かなにかを描いたものかもわからない。絵具の下はずいぶんと分厚い板材で、四辺を革材で囲って併せてある。汚れた古い家族肖像画などを水で清めて見やすい絵に戻す技術者に任せるべきかなどとも考えたが、それよりいっそ自分の手で復旧を試みるのがよいと思いなおした。

石鹸をつけた浴用海綿と爪磨き用ブラシを使い、数分間丹念に汚れを落としたところ、板材の表面にはそもそも絵が描かれていないことがわかった。忍耐強く擦ったブラシがあらわにしたのは、楢材の板の表面自体にすぎなかった。ジェーンが熱心なまなざしで興味深げに見守る前で、わたしは板の反対側も試してみた。結果は同じだった。そのとき真相を直感した。なぜ板がこれほど分厚いのか？　そう思って革材を剝がしてみると、二枚の板に分かれてともに床に落下し、埃を舞いあげた。ふたつの板にはそれぞれに絵が描かれており、表面同士で併せられていたのだ。ふたつの絵を並べて壁に立てかけると、つぎの瞬間、絵に顔を近づけて見入らざるをえなくなった。

なぜなら、片方に描かれているのがわたし自身の顔だったからだ。完璧な肖像画で、顔の像作といい表情の特徴といい欠けるところがない。そのわたしが、チャールズ一世（十七世紀のイングランド国王）治世時代の騎士としか思えない衣裳を纏（まと）っている。こんなものがいつ描かれた？　しかも自分が知らないうちに？　伯母がなにかの気まぐれで画家に描かせたものか？

「まあ！」すぐそばで見ていたジェーンが驚きの声をあげた。「ほんとに素敵な肖像画ですこと！　仮装舞踏会のお召し物でしょうか？」

「そんなところだ」わたしは言葉を濁した。「あとはとくに用はないよ。退（さが）っていなさい」

ジェーンが去ると、ふたたび絵に顔を向け、もう一方の作品に見入った。そちらはある美しい女性の肖像画だ。それはもうことさらの美貌で、あらゆる美点が目を射ずにはいない。筋の通った鼻、なだらかな眉、ふくよかな唇、しなやかな手、深い煌（きら）めきを放つ大きな目。黒天鵞絨（ビロード）のドレスを着た姿で、腿のあたりから上部を描いた肖像画となっている。両腕をわきのテーブルの上に載せ、その手に頭を休ませているが、顔は真正面を向いている。まっすぐ前を見すえる視線が絵の鑑賞者をとまどわせる。テーブルの上にはコンパスなど光る金属製の道具類があるが、なんに使うものかはわからない。ほかに数冊の本、ゴブレットひとつ、紙束、ペン何本かが置かれている。これらは全部あとで絵をよく観察して認識したものだ。女性の肖像自体からやっと目を離すまでには十五分ほどもかかったと思う。この女性のような目にはかつて出会ったことがなかった。子供や犬の目がそうであるように、心に訴える力を持っている。さながら女王の目のごとく、人を従わせるほどの力がありそうだ。

「埃をお払いしましょうか？」

そう問いかけてきたのは女中のジェーンで、好奇心から引き返してきたらしかった。その申し出に応じ、わたし自身の肖像画へ目を戻して、黒天鵞絨の女性像にしばし背を向けた。ジェーンがふたたび去ったあと、例の頑丈な黒檀の額縁から『ウィリアム・ラッセル卿の審判』をとりはずし、代わりに女性の肖像画を嵌めこんだ。

そのあと額縁業者に手紙を書き、わたし自身の肖像画用の額縁を注文した。考えてみれば、絵のなかのわたしはあの魅惑の女性像と長いあいだ顔をくっつけあっていたわけだ、あたかも心を引き離せなくなるほどに。感傷的にすぎる考え方かもしれない——もしこんな思いを感傷的と呼ぶことができるとすればだが。

新しい額縁が届くと、それにわたしの肖像画を嵌めこみ、暖炉の向かい側の壁に飾った。伯母が遺した書類などを徹底的に調べてみたが、わたしの肖像画についての説明は見つからず、すばらしい目を持つ女性の肖像画の来歴もわからず終いだった。唯一わかったのは、かつて一族の長の立場にあった大伯父の死に際して、遺されたこれらの家財道具の一切が伯母の所有になったということだけだった。そこから推察すれば、わたしの肖像画と見えた絵もじつは一族のなかのだれかよく似た者にちがいないが、しかし邸を訪れる客のだれもがわたしにそっくりだと驚くので、結局はジェーンの言う仮装舞踏会の絵なのだという説明でごまかすことにした。そしてふたつの肖像画を巡る話も普通ならここで終わりになるところだ——もしこれから述べるようなことが起こらなかったなら。わたし自身、肖像画の件はこれでひと段落すると思っていた。

しばらくしてミルドレッドのもとを訪れ、彼女の母親ともどもわが邸に招待して、当分のあいだ滞在するよう勧めた。そのころのわたしは、黒檀の額縁に嵌めた絵になるべく目を向けないように努めていた。内心では忘れられるはずもなく、見れば強い感情に動かされずにはいないだけに。そんな思いはこの女性像に初めて出会ったときからすでにはじまっていたのであり、その目を見れば怯(ひる)みさえ覚えるほどだった。

ミルドレッド母子を迎え入れるにあたり、邸内を少し片づけたり模様替えしたりした。古すぎる家具類を撤去するなど、丸一日かけて邸の衣替えを済ませたあと、暖炉の前に座して休んだ。心地よい気怠さに襲われて体を横たえると、なんとはなしに肖像画の女性へ自然と目が向いた。深く濃い榛(はしばみ)色の瞳と目が合うと、またしても強い魔法のような魅惑によって釘付けにされ、鏡に映る自分の目に見入るかのように数分のあいだ見つめつづけた。するとと目がチクチクと痛みだし、涙が出そうなほどになった。

「ああ、なんということか」と、つい口に出した。「あなたが絵ではなく本物の女性であればいいのに！　そこから出てきてくれ、お願いだ！」

そんなことを口走りながら、自嘲の笑いを洩らした。だが、笑いながらもつい両腕を広げていた。

眠気がさしていたわけでもないし、酒に酔っていたわけでもない。覚醒しきっていたし、このうえないほど冷静だった。それにもかかわらず両腕を大きく広げて見つめていると、女性の目がより大きく見開かれ、唇が震えだすのがわかった——こんなことを口にするのがもし極刑に値する罪だとしても、それは紛れもない事実だと言うしかない。

女性の両手がわずかに動き、顔には微笑みのような表情が浮かんだ。わたしは思わず立ちあがった。

「そんなはずはない」と声に出した。「暖炉の火が細いせいで目の迷いが生じただけだ。灯火を点せばなおる」

女中を呼ぼうと、呼び鈴に近づいた。それに手を触れたとき、背後から物音がしたので、わたしは振り向いた。呼び鈴はまだ鳴っていない。暖炉の火は弱く、室内の隅々には濃い影が宿っているが、飾り彫り入りの背の高い椅子の向こう側だけがそれらの影以上に黒々としていた。「自分でなんとかしなければ」と独り言をつぶやく。「それができないようでは、どうしようもない」

呼び鈴のそばを離れて、暖炉の火掻き棒を摑み、炉のなかの熾をつついて焔を燃えあがらせた。そして後ろへさがり、敢然と肖像画を見あげた。黒檀の額縁が空になっていた！ そのとき背の高い椅子の向こう側からかすかな衣擦れが聞こえ、影のなかからあの肖像画の女性が現われて、わたしのほうへ近づいてきた。

これほどの激しい恐怖の刹那には、二度と出会いたくない。身動きひとつできず、命乞いする声すらあげられなかった。自然の法則のすべてが失われたのか、それとも自分が狂ったのか。暖炉の前の絨毯の上を黒天鵞絨のドレスが滑るように近づいてくるあいだ、身動きもせずただ立ちつくして震えていた。

つぎの瞬間、女性の手がわたしに触れた。軟らかく温かい人間の肌で、さらには低い声まで聞こえた。

「わたしを呼んでくれたわね。だから出てきたのよ」

手の感触とこの声のせいで、世界が半回転するような目眩に襲われた。どう表現すべきかもわからないが、肖像画が生身の人間に変わったのにもかかわらず、その瞬間には恐怖が失せて不自然さすら覚えなくなり、これは自然で正常な出来事であって、しかも言い表わしがたいほど幸運なことなのだと思うようになっていた。

わたしは自分の片手を彼女の両手の上に重ねた。そして彼女の顔からわたしの肖像画へと目を移した。その絵は暖炉の火明かりだけでは見きわめられなかった。

「ぼくたちは昔からおたがいを知っていたんだね」と口に出した。

「そうよ、よく知っていたの」

煌めく瞳が見つめ、赤い唇がすぐ目の前にある。わたしは思わず激情の声を洩らすとともに、己が善良な生命力をどこかへ捨て去り、女性を両腕に掻き抱いた。相手は幽霊などではなく、生身の人間、現実世界の一人の女性なのだと感じていた。

「いったいどれくらい経つだろうか？」と問いかけた。「あなたを失ってから」

彼女はわたしの後頭部へまわして組みあわせている両手に体重をかけ、体を傾けて顔を少し離した。

「どれくらい経つかなんて、わたしにわかるはずがある？　地獄には時間などないのよ」というのが彼女の返答だった。

これは夢ではない。そうとも、こんな夢があるわけはない。むしろ夢であってほしい——そんな境地でわたしは彼女の目を見つめ、彼女の声を聴き、彼女の唇を頬に感じ、彼女の手に接吻し、そうしながらわが人生の至高の夜をすごした！　もはや口も利かず、おたがいを感じるだけで充分だった。

長い悲痛な歳月の果てに、ようやく真実なる愛の抱擁を感じあっていた。

かつての生を蘇らせていた。

この体験を正しく語るのはとてもむずかしい。これほどの歓喜の再会を、言葉では表現できない。ともに座して手をとりあい目を見つめあっているだけで、人生のあらゆる希望と夢を完璧に実現していた。

夢ではありえないひとときのさなかに、わたしは垂直背凭れの椅子に座す彼女を残し、部屋を出て階下の台所におりると、今日はもうなにも要らないと女中たちに告げた。忙しいので部屋には入らないようにと。そして自ら薪をかかえて部屋に運びこんだとき、彼女はまだ椅子に坐っていた。わたしが入ると、茶色の髪を戴く小さな顔が振り向き、煌めく瞳に慈しみを浮かべた。わたしは彼女の前に身を投げだすようにひざまずき、この喜びのために自分がこの世に生まれてきたことを祝福した。

ミルドレッドのことなどなにも考えていなかった。ほかのあらゆることも夢にすぎず、今はこの輝かしい現実があるのみだと思えた。

「あなたはどれだけ憶えているかしら?」真に愛しあっていた者同士が長い別れのあとに果たした再会のひとときののち、彼女が言った。「かつてのわたしたちのことを?」

「かつてぼくは人生を賭けてあなたを愛していた。憶えているといえば、とにかくそのことだけだ」

「ほかはすべて忘れてしまったの? 本当に?」

「ぼくは真にあなたのものだった。なのに二人は別れねばならなかった。教えてくれ、愛しい人よ。あなたが憶えているかぎりのことを。いきさつのすべてを話してくれ。そしてぼくに理解させてほしい。いや、待て――そうとも、まだ理解なんてしたくはない。こうして一緒にいられるだけで今は充分だ」

もしこれが夢だとしても、同じ夢をまたいつか見ればいいだけのことではないか?

彼女はわたしに身を寄りかからせた。片腕をわたしの首にまわし、自分の肩にわたしの頭を引き寄せた。

「わたしはきっと幽霊なのよ」と彼女は言って、優しく笑った。その笑い声が、思いだしかけながら逃(のが)してしまう記憶を掻き乱した。「でも、それは二人ともよくわかってるはずよね。いいわ、あなたが忘れたことをすべて話してあげましょう。わたしたちは愛しあっていたの――ああ、それだけは憶えていてくれたのよね! あなたが戦争から帰ってきたら、二人は結婚するはずだった。これらの肖像画は、あなたが出征する前に描いてもらったの。当時わたしは普通の女性よりもたくさんの智識を持っていた。そのために、あなたが出征したあと魔女と呼ばれるようになったの。そして裁判にかけられ、焚殺刑に処すべしと判決された。星々を読んで智識を得るすべにおいて、ほかの女たちより長けていたというだけの理由で、杭に縛りつけて火炙りにしなければならないと言いわたされたのよ。あなたが遠くへ行っているあいだに！」

彼女の全身が激しく揺らぎ震えた。おお、愛する人よ、それほどのつらい記憶もわが接吻で癒してやれると、如何なる夢ならばわたしに諭せるというのか？

「処刑の前夜に」と彼女はつづけた。「悪魔がわたしのもとを訪れたわ。それまでは罪もない女だったわたしのところに！　それからのわたしの罪は、あなたのためのものになったのよ――この世ならぬほど深い、あなたへの愛のための罪にね。訪れた悪魔に、わたしは久遠の炎とともに魂を売りわたした。でもその報償はすばらしいものだったわ。自分の肖像画を通してこの世に蘇る資格を得たの――絵を見た者が蘇りを望んでくれたときに。そして蘇るための条件は、ある黒檀の額縁に絵が嵌めこまれたかぎりにおいてなの。その額縁の飾り彫りは、人の手によってほどこされたものではないのよ。そしていつかあなたと再会することができるようになった――永遠に心から愛するあなたと。さらにわたしは別のあることも勝ちとったのだけれど、それについては間もなくわかるはずよ。わたしは魔女として焼かれ、地上にいながらにして地獄に落とされた。薪が爆ぜながら燃えあがり、咽せるような煙と臭いが立ちこめるなかで、見守る人々の顔にとり囲まれて！」

「おお、愛する者よ、もういい！　もうやめてくれ！」

「その夜わたしの母は娘の肖像画の前で、泣きながらこう叫んだの。『生き返ってちょうだい、可哀想なわが子よ！』わたしはその声に歓喜して、母のもとに蘇ったわ。ところが母は怯み、『幽霊！』とわめきながら逃げだしてしまったの。そしてふたつの肖像画を貼りあわせて目に入らないようにして、あの黒檀の額縁に嵌めこみ、以後ずっとそうしておくと約束したの。それからの長い歳月、わたしたちの絵は顔をくっつけあわせたままでいつづけたの」

　彼女は語りを休んだ。

「それで、あなたの愛した人はどうなった？」とわたしは訊いた。

「戦争から帰ってきたわ。でもわたしの肖像画は失くなっていた。母たちはあなたに嘘を教え、あなたは仕方なくほかの女性と結婚したの。でもわたしにはわかっていたわ、あなたは世界を経巡ったあと、いつかきっとまたわたしのもとに還ってくると」

「それもまた、勝ちとった資格か？」

「勝ちとった資格よ」彼女はゆっくりと言った。「魂を売りわたして得たことよ。それが今こうして実現したの。もしあなたも天国へ行きたいという望みを諦めてくれるなら、わたしは生きた女としていつづけられるでしょう。あなたと同じこの世界にとどまれるのよ！　そしてあなたの妻になれる。ああ、愛しい人よ、これほどの長い歳月を経て、ついに！」

「もしこの魂を犠牲にするなら」そう口にした自分の言葉が愚かなことには思われなかった。「あなたをわがものにできるのか？　矛盾するような言い方だが――あなたこそがわが魂だから」

　わたしたちはたがいにまっすぐ見つめあった。今なにが起ころうと、過去になにがあろうと、未来がどうなろうと、この瞬間にはふたつの魂がたしかにひとつになっていた。

「それじゃ、あなたもわたしのために、天国に行く望みを諦める途を、敢えて選んでくれるのね?」

「それは諦めない」とわたしは答えた。「天国に行く望みだけはどうしても残さなければならない。教えてくれ、わたしたち二人とも天国に行けるようにするには、どうすればいいんだ?」

「それは明日教えましょう」と彼女は答えた。「明日の夜午前零時に、独りでここに来てちょうだい。午前零時が亡魂の刻ですからね。そのときわたしはふたたび絵から抜けだして、以後二度とは絵のなかに戻らないわ。あなたとともに生き、ともに死に、ともに埋葬され、そして終わりを迎えましょう。でもまずは生きなければね、心から愛するあなたとともに」

わたしは彼女の膝の上に頭を横たえた。不思議な眠気が襲う。彼女の手をとって自分の頬に寄せているうちに、意識が失せていった。目覚めたときには、カーテンをあげたままの窓の外で、十一月の灰色の早暁が幽鬼のように煌めいていた。頭は自分の腕を枕にして横たえ休ませている。すばやく顔をあげた。ああ、愛する人の膝の上ではない! いつの間にか、垂直背凭れの椅子の上の刺繍入りクッションに座していた。弾かれたように立ちあがった。体を硬くする寒けと夢による目眩にあらがいながら、絵のほうへ目を向けた。愛する人はそのなかに戻っていた。わたしは両手をのばし、情熱的な声をあげようとしたが、声は口から吐かれる前に失せた。彼女は午前零時と言っていた。彼女のどんな軽い一語も掟にひとしい。絵の前に立ちつくし、榛色の瞳を見つめるうちに、熱い期待が涙となってわが目に溢れた。

「ああ、愛する人よ、あなたをふたたび擁けるようになるまで、如何にして時をすごせばいいのか？」

そのあとは、自分の人生がこれから築かれるにせよ崩れ去るにせよ、すべて夢にすぎないとしか思えなくなっていた。

よろけるように寝室へとあがっていき、ベッドに倒れこむと、夢も見ない深い眠りに落ちた。目覚めたときはすでに正午をまわっていた。ミルドレッドと彼女の母が昼食に訪れることになっている日だった。

思いだして愕然とした。間もなくミルドレッドがやってきて、この場にいることになるのだ。夢のなかにいるような現実がはじまっていた。

あの女性にかかわること以外はなにをしても虚しいという思いに囚われながら、客を迎えるために必要な仕度を使用人たちに指示した。

ミルドレッドと母親がやってくると、わたしは誠心誠意を尽くしてもてなそうとした。だが自分が言う歓迎の言葉がほかのだれかの口から出ているように感じられてしまう。声は木魂のように虚ろに響き、心がこもらない。

それでも午後のお茶が居間に運びこまれるころまではなんとか我慢しつづけた。ミルドレッドと母親は湯沸かしで湯が沸き立つさまのように、上品で平凡なお喋りをつづけている。わたしは天国を眺めている者なら苦行に耐えられるという気持ちでそれに耐えていた。黒檀の額縁のなかの愛する人をふと見あげ、もし彼女がまた姿を現わしてくれるならば、どんな無責任な愚行でもできるし、どんなひどい退屈にも耐えられると自分に言い聞かせた。

そのうちにミルドレッドが黒檀の額縁に目をとめ、こんなことを言いだした。

「なんて素敵な女性かしら！　あなたが所有している絵なの、ドヴィーニュさん？」

わたしはどうしようもない苛立ちを感じはじめ、さらにはミルドレッドが――まるで酒場女のような彼女のありふれた可愛らしさをどうして賞賛できようか？――垂直背凭れの刺繍入りクッションに愚かしいほど派手に身を投げだすようにして腰をおろして、このようにつづけたとき、苛立ちは耐えがたい拷問へと変わった。

「黙っているということは、なにか曰くがあるのよね！　この女性はだれなの、ドヴィーニュさん？　わたしたちに話して聞かせてちょうだい。きっと興味深い物語があるにちがいないわ」

哀れで可愛らしいミルドレッドはその椅子に坐りこんで、自分の言葉のすべてがわたしを魅了しているという自信の表われた笑みを浮かべている。彼女のドレスに細く絞られた腰、かなりきつそうな靴、卑俗的な声、そうしたものとともに、わが愛する人が座して自らの物語を語った椅子に坐りこんでいるのを見ていると、わたしはついに耐えられなくなった。

「そこには坐らないほうがいい」と口に出した。「坐り心地がよくないだろう」

だがミルドレッドは聞く耳を持たなかった。苛立ちでわたしの神経が震えだしそうな声で笑いながら、こう言い返した。

「あら、この黒天鵞絨の女性と同じようにわたしがこの椅子に坐るのが、そんなにお気に召さないの？」

わたしは肖像画のなかの椅子を見やった。今ミルドレッドが坐っているのと同じ椅子だ。そのときミルドレッドの存在が恐ろしいまでの現実感で襲いかかってくる気がした。現実とは結局こういうものか？　しかもミルドレッドはこの椅子だけではなくて、わたしの人生のなかでも自分の場所に陣どってしまっているのか？　そう考えながら立ちあがった。

「無礼を許してほしいんだが——ぼくはこれから少し出かけなければならない」

どんな用があると言いわけしたか忘れてしまったが、嘘がたやすく口をついて出た。

ミルドレッドが口を尖らせるのを見て、彼女ら母子が夕食をわたしと一緒にするために帰りを待つつもりにならないことを願った。そして急いで邸を出た。つぎの瞬間には、冷たい秋の曇り空の下で無事に独りきりになり、愛する人のことのみを考えられるようになっていた。

いくつもの通りや広場を何時間も歩きまわりながら、手を触れあい唇を触れあったときのあらゆる表情や言葉を思いだした。言い表わしがたいほどの、このうえない幸福のなかにいた。ミルドレッドのことなどまったく忘れていた。黒檀の額縁のなかの愛する人が、心を、魂を、精神を満たしていた。

霧のなかで午後十一時の鐘が鳴るのを聴くと、わたしはきびすを返して帰途についた。邸のある通りまで来たとき、大勢の人々が騒ぎながら右往左往しているのと、夜空に赤く強い光が広がっているのが目に入った。

どこかの家が火事だ——なんと、わが邸だった！

わたしは群衆を掻き分けて先を急いだ。

あの女性の肖像画だけはどうしても守らなければ！

玄関口の上がり段を駆けあがったとき、まるで夢のなかの光景のごとく——そう、本当に夢でも見ているような気分だった——ミルドレッドが二階の窓から身を乗りだして両手を振っているのが目に飛びこんできた。

「こちらへ戻ってください！」消防士の一人がわたしに呼びかけた。「あそこにいる人はわたしたちが助けますから」

だが愛するあの人はどうなる？ 階段には煙が溢れ、地獄の業火のごとき炎に包まれようとしていた。わたしはかまわず、あの肖像画がある部屋めざして駆けあがった。思えば奇妙なことだが、そのときはあの絵について、あの女性との長く幸福な結婚生活のなかで眺めるための装飾品とのみ見なし、あの絵自体が彼女であるとは考えていなかった。

二階に着いたとき、首にふたつの腕が絡められるのを感じた。その腕の持ち主がだれかは、煙が濃すぎて見きわめられない。

「助けて！」

そう言う囁き声が聞こえた。わたしはそこにある人影を掻き抱くと、不思議なほどの勢いで階段を駆けおり、安全なところまでたどりついた。人影はミルドレッドだった。夢中で掻き抱いたのは彼女だったのだ。

「早く離れて！」人々が口々に言う。

「全員無事だ！」消防士の一人が叫んだ。

窓という窓から炎があがり、空の赤みがますます広がる。わたしは体を押さえてくる人々の手を振りほどくと、玄関の上がり段を駆け昇り、さらには階段を這いあがっていった。ある大きな恐れに憑かれていた――「あの絵が黒檀の額縁のなかに無事でいてくれさえすれば！」――もし絵も額縁もともに燃えてしまったとしたら？

炎にあらがい、煙に咽せながらも、必死に突き進んだ。あの絵を助けなければ。ようやく居間にたどりついた。

駆けこむと、炎と煙を透かして、あの女性の姿がたしかに見えた。助けるには遅すぎたわたしのほうへ、ふたつの腕をのばしていた。わが人生の歓喜を救うには遅すぎたわたしのほうへ。以後彼女と見えることは二度とない。

彼女に手が届く前に、あるいは呼びかける声が届く前に、足の下の床が撓むのを感じたと思うと、わたしの体は階下の炎のなかへ落下していった。

どうやって助けられたのだろう？　だがそんなことはもういい。とにかくどうにかして消防士たちに救出されていたが、それすらも忌々しく思える。伯母が遺した家具の数々は、木片ひとつ余さず燃え尽きていた。だが友人たちは口を揃えて、深夜当番の女中の不注意が原因だったとはいえ、家具に高額の保険がかけられていたのは幸いだったし、なにより自分の命が無事だったのがよかったではないかと諭した。

無事とは！

以上がどのようにして愛する人を手に入れそして失ったかの経緯だ。

あれが夢ではないことを、わたしは己が魂にかけて誓える。あのような夢などあるものではない。あらゆる望みと痛みに満ちたあれほどの夢など。まごうかたなき完璧な幸福に満ちたあのような夢など。そうとも――夢があるとすれば、その後のわたしの人生こそが夢だ。そんなことを思うわたしが、なぜミルドレッドと結婚し、富裕で順調で退屈な人生を送るようになってしまったのか？

その答えは、この現実が夢にすぎないからだ。本当の現実はわが愛するあの人だけだった。だとしたら、夢のなかで如何に生きようと、もうどうでもいいのではないか？

事実を、事実のすべてを、なによりも事実を

ローダ・ブロートン（夏来健次 訳）

The Truth, The Whole Truth, and Nothing but the Truth (1868)

by Rhoda Broughton

ローダ・ブロートン（Rhoda Broughton　1840－1920）

ブロートン準男爵家を出自とする女流作家。怪奇幻想小説界の重鎮ジョゼフ・シェリダン・レ・ファニュの姪にあたり、文芸の道に進むに際しては助力を得たという。巨匠ヘンリー・ジェイムズとも深い親交があった。邦訳短篇に「鼻のある男」（鳥影社『鼻のある男 イギリス女流作家怪奇小説選』所収）がある。

「事実を、事実のすべてを、なによりも事実を」（The Truth,The Whole Truth,and Nothing but the Truth 1868）はロンドンで最も有名な幽霊屋敷と言われるバークレー・スクエア五十番地に現今も実在する建物をモデルとし（※作中では地名を伏せ、番地を変えている）、同じ建物をヒントにしてエドワード・ブルワー・リットンが一八五九年に発表した画期的な問題作「幽霊屋敷」（創元推理文庫『怪奇小説傑作集1』所収）とは異なるアプローチとして、女性二人の往復書簡という特異な体裁を試みている。正体を現わさない怪異による理不尽な悲劇性が凄絶。タイトルは裁判の宣誓句「真実を、すべての真実を、真実のみを証言することを誓います」にちなむ。

バークレー・スクエアを含むメイフェアはシティ・オヴ・ウェストミンスター地区に属し、当時から高級住宅街となっていた。件（くだん）の五十番地の建物には現在は古書店が入居している由。

デ・ウィント夫人からモントレゾール夫人へ　五月五日

エクルレトン・スクエア（シティ・オヴ・ウェストミンスター地区ピムリコの街区）十八番地より

親愛なるセシリアへ。わたしたちの共通の友だちであるオレステスとピレイズ、それからジュリーとクレアについてですけれど、あの人たちの不動産探しはどうなっているかしら？　あれからピレイズはオレステスのために、だれでも厭になりそうなほど暑いロンドンの街を半分以上も駆けずりまわって、そんな気候でも気分よく暮らせる住まいを探してやっているでしょうか？

一方のクレアはロンドンじゅうの不動産屋を五十軒から百軒も相談にまわって、ジュリーが喜びそうな三つの窓と綺麗な戸口仕切りカーテンが具わった居間のある家を探してあげているのかしら？　近況を知らせてくれたら感謝に堪えません。

ところで、セシリア、わたしはつい昨日になるまで、ロンドンという街がこんなに煙たくて大きすぎる蜂の巣みたいなところだとは、あるいは鰊をきつく詰めこみすぎた樽さながらの場所だとは、まるで気づかずにいたような気がします。おかしなことを言いだしたとは思わないでちょうだいね。つまりそれほど人が多すぎる混雑した大都会で、新たな二匹の鰊が樽のなかに入れる余地を探さなければならないということを言いたいのよ――新たな二匹とはもちろん、あなたとあなたのご主人のことなのですけれど。

その件について初めから述べることにしましょう。あなたたち夫妻のためになんとかして望ましい住まいを見つけてあげようとウェスト・ロンドンじゅうを探しまわり、上は公爵ほどの財力がなければ住めなそうな大邸宅から、下は煙突掃除人夫にこそふさわしそうな質素な家にいたるまで、ベッドの具合から台所の竈のようすまで調べながら見てまわったすえに、つい昨日の午後五時半、メイフェア（シティ・オヴ・ウェストミンスター地区の高級住宅街）の――ストリート三十二番地の邸にたどりついたのです。

「ここも二百五十三番めの見つけそこないになりそうね」わたしはそう自分に言い聞かせ、午後のお茶でくつろぎたい気持ちとひどい苛立ちとを抑えながら、疲れた体を引きずるようにして、その邸の玄関の上がり段を昇っていったの。それほどに頭のなかはよくない予感でいっぱいだったというわけね。

でも以前から承知していたことではあるけれど、運命とはしばしばわたしたちを完璧に裏切り、ささやかな予感がまちがいだったと知らせることがあるものです。ひとたび邸のなかに入った瞬間、天国の小さな一室に過って迷いこんだのではないかと思ってしまったの。

そこは雛菊のように爽やかで、桜のように綺麗で、熾天使の顔のように明るく、しかもそんなわたしのかぎられた語彙での形容の百倍も素敵なところだったわ。ふたつの居間はとても整っていて、どれだけ大勢客を招いても少しも気にならないだろうと思えるほど。窓にかかるカーテンは上が白色で下が薔薇色で、そのうえとても豪華な花綱で飾られていて。邸内には鏡が都合十といくつかもあって、その便利さは譬えようもないの。ペルシア絨毯や安楽椅子はいずれもこのうえない心地よさで、休憩用の小部屋にはベルヴェデーレのアポロ像（二世紀イタリアの大理石像。ヴァチカン美術館蔵）の複製や、サラ・ビッフェン（十九世紀イギリスの四肢のない女流画家）の絵画などが飾られ、ほかにも女性の暮らしを豊かにするさまざまな小物がたくさんあるの——孔雀の羽根で作られた扇や、日本製の屏風や、裸の少年像や、襟刳りの深い衣裳を着た羊飼いの少女像などなど。磁器製の人形も言うまでもなくたくさんあって、すべての人形の首に青いリボンが巻かれているのだけれど、それらの小像を借りるには年間で五十ポンドの追加料金がかかるというの。それでわたしは、そもそもこの邸の賃借料はいくらなのかと恐るおそる訊いてみたわけです。そうしたら——年間でわずか三百ポンドという返事！　その格安さ加減に、羽根で煽られただけでも倒れそうなほど驚いたわ。耳を疑うほどに。しかも家主の夫人はその金額を何度もくりかえすの。聞きまちがいがないようにということかしら。今にいたるまでその点が謎ですけれども。

　なんにでもすぐに疑いを挟むあなたの気質からして、きっとこんなふうに仄めかすことでしょうね——そういう破格に安い邸には、きっとなにか説明のできない奇妙な臭いが漂っていたり、客間などでわけのわからない厭な物音が聞こえたりするのではないかしら、と。でも、決してそういうことはございません、と家主夫人は請けあっていたし、なにかしら曰く因縁を知っているようすも見えなかったわ。それでもおそらくあなたは、たとえば例の薔薇色のカーテンを引き合いに出して、前の住人は娼婦だったのではないか、などと言いだすかもしれないわね。それもちがっています。前の住人はとり立てて変わったところのない年配の元インド駐留将校で、肝臓を手術で切除し、至極慎ましやかな生活をしている人だったそうです。その将校一家は長くは住まなかったけれど、当時雇われていた家政婦から聞いたところでは、可哀想にも気鬱症気味の年寄りで、もともとひとつところに半月とは住みつづけられない性格の人だったらしいの。だからセシリア、このたびばかりはあなたの絶えざる罪であるところの疑り深さを捨てて、自らの守護聖人——聖ビルギッタか聖ゲンゲルファかシエナの聖カタリナかは知りませんけれど——に偽らざる感謝を捧げるべきよ。なぜならそのおかげでわたしことエリザベス・デ・ウィントという価値ある親友に恵まれ、しかもその親友の働きによって、粗末な小屋を借りる程度の費用で宮殿のような邸宅に住めるようになったのですからね。

追伸——ごめんなさいセシリア、ロンドンでのあなたの最初の歓喜の表情を見ることができなくなったわ。というのは息子アーティーが苦しげな咳をするようになって、そのあとすっかり顔色が悪くなったうえに窶れてしまったものだから、海岸近くで療養させることにしたため、ロンドンにいられなくなったの。あの子独りで目の届かないところにやるわけにはいかないので、一緒に滞在してやることにしたのです。

モントレゾール夫人からデ・ウィント夫人へ　五月十四日

メイフェア、――ストリート三十二番地より

親愛なるエリザベスへ。あなたの可愛いアーティーの咳の療養時期が、せめて八月ごろになってくれればよかったのにね。子供の病気はいつも都合の悪いときに起こるから不思議なものです。ところで、わたしたち夫婦はついにエデンの園に移り住みました。まずは蛇がいないかと（エデンの園でアダムとイヴが蛇＝悪魔に禁断の実を食べさせられる旧約聖書『創世記』の逸話にちなむ）あらゆる穴や隅っこを探したけれど、斑模様の尻尾は見つからなかったわ。この世の中のほとんどのことには多少とも落胆が付きものだけれど、このメイフェア地区――ストリート三十二番地だけは別のようね。破格に安い賃借料の謎は依然として謎のまま。今日の午前中にサヴィル・ロウ（メイフェア地区の通り。高級服飾店街）を初めて馬車で通ってみたけれど、馬は落ちつきがなくなるし、わたし自身も平素より緊張していたわね。街では知っている人たちに何人も出会ったわ。フローレンス・ワトスンを憶えているかしら？　去年会ったときは豊かな赤い髪をしていたのに、今日はなんと鴉の羽根みたいな黒髪になっていたの！　そんなふうによく他人の目を誑かす人たちがいるものだと驚かされるわね。

　来週には友だちのアデラがわが家に来てくれることになっているの。とても心強いわ。わたしだけで午後の買い物に出かけるのは厭ですからね。いつも思うけれど、年若い女が馬車のな

かに独りで乗っているのは、あるいは隣の席に犬をつれるだけでいるというのは、あまり好ましいことではないでしょう。転居するにあたって、引っ越す半月ほど前に挨拶状を知人たちに送ったのね。そうしたら早くも大勢の客が訪ねてきてくれたの。わたしたち夫婦が文明社会を逃(のが)れた生活を送りはじめてから二年がすぎ、それ以前にロンドンで暮らした期間も決して長くなかったことを考えると、これからがとても楽しみだわ。日曜にはラルフ・ゴードンが会いに来てくれたし。今ラルフは王立軽騎兵隊(ロイヤル・ハッサール)に所属しているそうよ。すっかり貫禄(かんろく)のある人に成長して、そのうえ美男ぶりがすばらしいの！　体格がよくて、もみあげもなく小ざっぱりしているところが、わたしのお気に入りと言ってもいいわね。近ごろの若い人たちはみんなお猿さんかスコッチ・テリアみたいな格好をしているけれど、ラルフはそういう人たちとはまったくちがっているの。まるで彼の母親になったみたいな気持ちよ。それにしてもロンドンの若い女性たちときたら、切り刻んだみたいなおかしなドレスを着たり短いスカートを穿いたりして、まったく節操がないわね。変なことを書いてごめんなさい。でもわたしはそういうのが嫌いなのよ。ああいう衣裳は、背の高い女性は痩せすぎているように見えるし、小柄な女性は貧弱そうに見えてしまうのよね。穏当という言葉がロンドン人の辞書から消し去られてしまったように思える今日このごろです。

セシリア・モントレゾールより、愛をこめて

デ・ウィント夫人よりモントレゾール夫人へ　五月十八日

ドーヴァー（ドーヴァー海峡に面する小都市。海岸保養地として知られる）、ロード・ウォーデン・ホテルより

愛しいセシリア、このたびのわたしは便箋一枚の手紙で済まそうとしている、そんなふうにあなたには思われるかもしれないわね。でもこれは決して時間がないからではないの。時間はいつでもあり余っているもので、足りないのはわたしの思考力なのよ。わたしの考えはいつも、なにかしら頭の外にある材料をもとにして紡ぎださないとだめなの。きっと頭のなかだけで紡ぎだせるほど利発ではないのね。わたしの人生そのものが目に見えて示唆的ではないということでもあるでしょう。海老（えび）を食べるために鋤（すき）で土を掘っているような人生ですからね。それと似たようなことをわたしは毎日しているのよ。今の楽しみといえば、毎日埠頭に出て、カレー（ドーヴァーの対岸に位置するフランスの港市）からの船が入港するのを眺めること。人は自分がみじめだと思うとき、もっとみじめな他人を見るのが慰めになるもの。そんなふうに考えるほど、今のわたしは退屈しているうえに気力が萎（な）えているの。でも決して海に飽いたわけではないの。近ごろの人たちは教会に行くにも青や緑や黄色のけばけばしい衣裳でぞろぞろ列をなしていくから、そういうのを見たあとに海を眺めると、心が慰められるの。この土地ではいつも風が吹いているけれども、ヨブの家に四隅（よすみ）から吹きつけて倒壊させたような大風ではなくて（旧約聖書『ヨブ記』第一章でヨブの子供たちが大風で家の下敷きになっ

て死ぬ）、爽やかな西風だけ。山といえばアブラハムが登るモリヤの山（旧約聖書『創世記』で神が預言者アブラハムに息子イサクをつれていき殺すよう命じる山）のような並みの高さではなくて、ジェイムズ・ウルフ将軍（十八世紀英国の軍人。英仏間の七年戦争中にカナダのケベックで崖を登攀した）が登ったみたいな、登山にはかなりの忍耐を要する山々なの。家々はまばゆいほど白く、道路もまばゆいほど白く、そしてなにより海岸の崖がまばゆいほど白いのよ（ドーヴァー海峡に面した白亜の絶壁。ホワイト・クリフやアルビオンとも呼ばれる名所）！　愛国心がないと言われるほどわたしがあの白い崖を嫌っていること、だれかわかってくれるかしら！　結局便箋二枚に愚痴を書きつらねたわね――とても大きな文字で書き綴ったから二枚になってしまったの。これから発送しますが、叶うならわたしもこの封筒のなかに入りたい気分よ。そしてあの美しくて愛しくて忌々しいロンドンへ舞い戻りたいものね。コペ（スイスのレマン湖畔の村）の木陰からパリを想って溜め息をついたスタール夫人（十八―十九世紀フランスの女流作家。ナポレオンと対立しパリから追放された）ほどの重い郷愁には及ばないにせよ。

うら悲しい思いに耽るエリザベスより

モントレゾール夫人よりデ・ウィント夫人へ　**五月二十七日**

メイフェア、――ストリート三十二番地より

ああ、愛しのエリザベス、今わたしは、この怖すぎる邸から一刻も早く逃げだしたくてたまらなくなってしまったわ！　いきなりこんなことを書いたけれど、あなたに感謝していないか

らだとは、どうか考えないでください。あなたが思っているとおり、わたしたち夫婦のために地上の楽園を見つけようと、あれほどの苦労をしてくれたんですもの。

かつてこの世のだれも語ったことがないような、そしてだれもそのための用心などしたことがないような、そんな出来事がこの邸で起こったのよ。今から十日ほど前に、下働きのベンスンが浮かない顔をしてわたしのところに来たと思うと、「奥さま、こんなことを申しあげてよいものかわかりませんが、このお邸が幽霊にとり憑かれているというのは、ご存じでしたでしょうか？」と言いだすじゃありませんか。知ってのとおりわたしは臆病者だから、すぐにこう問い返したの。「なんですって？　そんなこと聞いていないわ。本当なの？」するとベンスンは、「はい、わたしはたしかにそうだと思っています」と答えたのだけれど、その言い方がまるで墓掘り人でもあるかのように昏くて深刻だったの。そのあと彼が話してくれたところによると、その日の朝、わが家の女料理人が近くの雑貨店に食品類などを注文して、配達先の住所を告げたら、雑貨店の店主がこう言ったそうなの。「――ストリート三十二番地ですと？　そこのお邸にどれくらいのあいだ我慢してお住まいになっておられます？　前のご一家は半月とは保ちませんでしたが」女料理人がどういう意味かと問い糺すと、雑貨店主は急に奇妙な表情をして、こう言ったんですって。「いやいや、大したことじゃありませんよ！　ただ三十二番地にはなぜかだれも長くは住みつかないというだけでしてね」店主が言うには、最近四年ほどのあいだだけでも、どの住人も住みはじめた翌日にはすぐ出ていくということがつづいて、ひと月以上長く住んだ例を知らないそうなの。そう聞いて女料理人は大いに怪しみ、人が住みつかない理由を尋ねたそうよ。けれど雑貨店主はそれには答えをはぐらかして、もし理由をまだ知らずにいるのであれば、かまわず放っておくのがよかろうとだけ仄めかしたそうなの。すると女料理人はますます不審に思って、はっきりわけを話してほしいと迫ったの。雑貨店主は仕方なくしぶしぶという調子で、じつはあの邸にはたいへんな悪名があり、歴代の所有者たちも二束三文の値で売り払うのをくりかえしてきたのだと告白したけれど、それ以上はまたも答えを拒んだというの。そう聞いたわたしが、これはもうなにかしら幽霊憑きの噂があるのにちがいないと思ったとしても不思議はないでしょう？　それで曰く言いがたい恐怖心がつのったというわけなの。手に触れられ目に見える異常なものと実際に出遭ったり、血や骨や肉のあるなにかと自分が相対したのであれば、まだなにがしか勇気の持ちようがあるかもしれないけれど、肉体のない霊と顔を合わせることがあるのだろうかと、ただそれだけを思わされるのは、却って不安を大きくするものよね。

主人ヘンリーが帰ってきたとき、わたしはすぐ駆け寄って、事情を話したの。するとヘンリーは話の一切を笑い飛ばして、こう言ったわ——悪名を馳せている邸だと雑貨店主に言われたというだけの理由で、このいちばんいい季節に、ロンドンでも指折りに居心地のいい住み処を離れるというのか——とね。この世の中で上等なものはほとんどが一度は悪名を持つことがあるものだし、それにひょっとしたらその雑貨店主が、住み心地のよさそうなこの邸を自分の友人が安値で借りられるようにしてやるため、わざと悪い噂を立てようとしているんじゃないか、とまで言うのよ。そしてわたしの子供っぽい怖がり方を嘲るので、わたしはすっかり恥ずかしくなってしまったけれど、でもそれで安心できるようになったわけではまったくなかったわね。そうこうしているうちに、ロンドンの毎日の暮らしによくあるさまざまな用事で忙しくなって、人と話したり動きまわったりするばかりで、余計なことを考えている時間がなくなり、そして今やっとこうして手紙を書く時間を見つけたというわけなの。

家政婦のアデラは昨日到着して、昨日の朝には毎週お決まりの花や果物や野菜の籠が届いたの。花はいつもわたしが自分で花瓶に活けるのよ、使用人たちはだれもあまり趣味がよくないからね。それで昨日もそうやって花を活けているときに、ふと思いついたの――アデラがとても花好きなのはあなたも知っているわね。そこで、格別に素敵な花角(コーヌコピア)に薔薇と木犀草(もくせいそう)を活けて、彼女のお部屋の化粧台の上に飾っておいてやれば、よい贈り物として喜んでもらえると思ったのね。それを済ませて階下におりたあと、階段の上を見あげると、女中の一人――田舎育ちの丸顔の娘――がアデラの部屋に入っていくのが見えたの。部屋の仕度をしている最中だったから、新しいシーツを二枚重ねて腕にかかえて運びこもうとしていたのね。それでわたしはまたこっそりと二階へあがっていったの。花角に水をいっぱいに入れておいたから、女中が過ってこぼしてしまうといけないと思って。アデラの部屋のドアの把手をまわしてなかに入り、花角を見やって、花のようすがどうなっているか、床に落ちたりしていないかをたしかめようとしたの。その瞬間、なんだかゾッとする気配を感じて――なぜかはわからないけれど――部屋の奥へ目をやったの。女中はベッドのそばに立ちつくし、少し前屈みになって、両手をきつく握りあわせていたわ。神経がひどく張り詰めたみたいにじっとして、顔から眼玉が飛びでるかと思うほど大きく目を見開き、表情には言い表わせないほどの恐怖が浮かんでいたの。頬や唇の色は蒼白というより、激しい苦痛とともに死んで間もない死人の顔を思わせる鉛色だった。女中はわたしが見ていることに気づくと、やっと少し口を動かして、いつもとはちがう耳障りなしわがれ声でこう言ったの――「ああ、神さま！　わたしは〈あれ〉を見てしまった！」――そしてその直後に、丸木みたいな荒い音を立てて突然床に倒れたの。その音はロンドンの家屋にありがちな薄い壁と床を通じて邸じゅうに響きわたり、下働きのベンスンがそれを聞きつけて駆けこんできたので、わたしと二人がかりで女中を床から担ぎあげてベッドに横たえたわ。そして足や手を撫でさすってやったり、辛めの塩を鼻に嗅がせてやったりして、なんとかして意識をとり戻させようと努めたの。そのあいだもわたしとベンスンはしじゅう後ろを振り返って、なにやら正体不明の幽霊めいたものでも見えはしないかと部屋を見まわしたのね。女中は結局二時間ほども意識を失ったままベッドに臥せっていたわ。

　そのうちにヘンリーがクラブから帰ってきた。女中はやっと意識をとり戻しはしたけれど、手のつけられないひどい恐慌状態に陥っていたの。激しく暴れたりわめいたりするばかりなので、ヘンリーと執事のフィリップスが二人がかりでベッドに押さえつけていなければならないほど。もちろんすぐに医者を呼びにやったわ。夕方近くに医者が駆けつけたときには、女中はすこしはおとなしくなっていたけど、とにかく馬車に担ぎこんで、医者の自宅までつれていったというわけなの。じつはついさっきまで医者がまたわが家に来ていて、患者は今はかなり静かになってはいるが、依然としてひどい混乱状態にあり、正気には戻っていないと知らせてくれたわ。彼女が見たと言っていた〈あれ〉というのがなんなのか、わたしたちにはまるでわからないままで、彼女の精神状態からしても、それを知るためのわずかな手がかりさえ得られそうにないの。

このとんでもない出来事のせいでわたし自身うろたえるばかりだったので、支離滅裂なことを書いてしまっていたら、ごめんなさいね。あとひとつだけ、あなたに告げても仕方ないかもしれないことを記すとすれば、あの恐ろしい部屋にアデラを寝泊まりさせても大丈夫だなどとは、とても考えられなくなってしまった、ということ。あの部屋の前を通るたびに身震いが起こって、走りださずにはいられないほどなのですもの。

混乱を許してくださいね。セシリアより。

デ・ウィント夫人よりモントレゾール夫人へ　五月二十八日

ドーヴァー、ロード・ウォーデン・ホテルより

愛しいセシリア、あなたからの手紙、ついさっき届きました。なんと恐ろしい！　でも、なにかしら問題のある邸だということについては、わたしはまだ納得しきってはいないの。あなた方夫妻があの邸に住むに際しては、わたしは謂わば仲介者のようなものだから、その是非については責任があると思っています。件の女中はひきつけを起こしただけとは考えられないか

しら？　わたしの従弟が、似たような発作に見舞われたことがあるの。突然体じゅうがこわばって、ぎらついた目を大きく見開き、顔が鉛色に変わったのだけれど、それはあなたが女中について書き記した症状と同じでしょう。もしひきつけじゃないとしたら、初めから精神に異常を来す傾向があったのかもしれないわね。その女中の家系になにかしらそういう血統がなかったかどうか、調べてみるのも一案だと思うの。そういう例は近ごろよくあって、頓に増えているらしいから、それ以上のものではない可能性もあるでしょう。わたしが幽霊というものの実在をなかなか信じられずにいることは、あなたもよく知ってくれているわよね。そんなわたしだって、たとえば有名なコック・レーンの幽霊事件（十八世紀シティ・オヴ・ロンドンの裏通りコック・レーンで起こった一連のポルターガイスト事件。裁判で虚偽と判断されたが、依然謎も多い）のように、多くの幽霊騒動が実際に起こっていることは認めるけれど、もし幽霊実在の可能性まで認めるとしたら、あなた方が住みはじめて三週間になる邸のなかで、完全に正気だった人が突然狂気に陥ってしまうほどの恐るべき〈なにか〉が、それ以前にも目撃されていなければおかしいんじゃないかしら？　本当に〈なにか〉がいるのだというあなたの仮説に従うなら、あなた方夫妻も使用人たちも、今ごろは全員がおかしくなってしまっているはずでしょう。だから、どうかあわてふためきすぎることのないよう、きっと根拠のない騒動にすぎないと考えてくれるようにと、わたしは願っています。ああ、こんなときあなたのそばにいて、理性を保てるべく言い聞かせてあげられたらどんなによかったか！

　わたしが年をとったなら息子アーティーにはいちばんのささえになってもらわなければいけないから、今は悩みの種になっている彼の咳の症状が一刻も早く快方に向かうのを願っているところなの。だから、あなた方の可哀想な女中の病状についても、なにかわかったらすぐにまた手紙を書いて知らせてちょうだいね。ああ、鳩のような翼が自分にもあればいいのに！　連絡をもらえたらすぐに電報を打ちます。
あなたのエリザベスより。

モントレゾール夫人よりデ・ウィント夫人へ　六月十二日

ピカデリー、ボルトン・ストリート五番地より
愛しいエリザベス、わたしたち夫婦はすでにあの恐ろしくも呪わしい邸を出たの。もっと早く出ればよかったとどんなに思うことか！　ああ、大切なエリザベス、たとえこの先百歳まで生きられたとしても、わたしはもう同じ女には決して戻れない気がするほどよ。でも多少とも理性的になって、あの邸で起こったことを正しく伝えるように努めたいと思います。
まず件の女中については、とうとう精神病院に移されてしまったの。そこでもほとんど同じ状態がつづいているのですけれど。それでもときどき恐慌の症状が途切れることがあって、そういうときに医師たちは、いったいなにを見たのかと問い糺してみるの。でもその話が切りだされたとたんに、女中はなぜか完全に沈黙に陥って、ただ身震いしたり呻いたり、あるいは両手に顔を埋めたりするばかり。わたしは三日前に面会に行って、帰宅してから居間で休んだあ

と、晩餐のための着替えをする前に、病院でのことをアデラに話したのね。そしたらちょうどそのとき、ラルフ・ゴードンが訪ねてきたの。ラルフは訪問の都度にいつも十日ほどは滞在していく習慣で、そういうときアデラが居合わせると、彼女は可愛い仔猫みたいに嬉しそうに顔を赤らめる癖が出るの。もちろんラルフがとても男ぶりに優れているうえに人柄もいいからで、しかもいつも公園で遊んできたばかりの子供みたいに元気満々で、それになにより、そういう幽霊騒動めいたことにはとても懐疑的なの。

「ミセス・モントレゾール、ぼくは今夜また伺いますので、その部屋に是非泊まらせてください」ラルフは興奮したようすで、ひどく積極的な調子でそう言いだしたの。「部屋のガス灯を点けっ放しにして、あとは護身のため暖炉用の火掻き棒がひとつあれば、どんな悪魔が鼻づらを顕わしても、見事祓ってみせますから。たとえ白衣の女幽霊が七人揃って顕われようともね」

「本気で言ってるの、ラルフ?」わたしは信じられない思いで問い返したわ。

「本気ですとも」ラルフは強い調子で答えた。「それが最善の方法ですから。そうである以上、やるしかありません」

　するとアデラが青褪めて、「だめよ、やめて!」と口早に反対したわ。「お願いだから!　どうしてそんな危険なことをしなければならないの?　あなたまで頭がどうにかなって、病院送りにならないとは言いきれないでしょう?」

　ラルフは可笑しそうに笑いながらも、アデラがひどく心配してくれているのが嬉しいらしく少し顔を赤らめて、「大丈夫」と請けあった。「ぼくの気を狂わせるには、老練の隊長に率いられた騎兵隊以上の、幽霊の大軍勢が必要になるさ」

そんなことを言うほどに、ラルフは積極的で闘志に溢れ、しかもこのうえなく真剣だったの。だからわたしは渋々ながらもついに折れて、彼の志願を受け容れるしかなかった。アデラは青い瞳を涙に潤ませると、それをわたしたちに見せまいとしてか、急いで温室に駆けこみ、木立瑠璃草の花びらを摘みとったりしていたわね。それでもラルフはかまうことなく、自分のやりたいようにやろうとしていた。彼を止めることはもうだれにもできなかったの。わたしたちはその夜彼を宿泊させるための仕度を整え、彼もその準備のためにいったん邸を離れていった。

そして午後十時ごろ再来したラルフは、友人の同僚将校バートン大尉をも伴っていたの。ラルフの除霊実験がどうなるか、バートン大尉はとても関心を持っているみたいで。

「では、ぼくはこれからすぐ問題の部屋にあがります」ラルフは興奮した調子で、とても楽しみにしているふうに宣言したわ。「これほどの機会はめったにありません。平凡な人生とありきたりな日常に新たな環境をもたらしてくれる、とても贅沢な時間になりそうです。部屋にはガス灯を赤々と点して、それから頑丈な火掻き棒をひとつ用意しておいてください。そのあとのことはすべて、ぼくとそして神の導きに任せていただきます」

わたしたちは彼の指示に従った。

「仕度ができたよ」ヘンリーが問題の部屋をラルフの要請どおりに準備したあと、階下におりてきてそう知らせた。「部屋のなかは真昼のように明るくしてある。あとはきみの幸運を祈るばかりだ！」

「少しのあいだお別れだ、ミス・ブルース」ラルフはアデラに近寄ってそう告げ、そして彼女の手をとると、微笑と感傷の半ばする表情でこうつけ加えたの。「『さらば、きみよ。永遠（とわ）なれば、永遠の別れに。きみよ、さらば（ジョージ・ゴードン・バイロンの詩に基づく）』――これをぼくの最初で最後の告白と受けとってほしい」

それからテーブルのわきに立って、わたしたちみなに向かってこう言いわたした。「もしぼくが一度だけ呼び鈴を鳴らしたときは、部屋にはまだ入ってこないでください。緊迫のせいかなにかで、ついうっかり呼び鈴の紐を摑んだときだと思いますので。呼び鈴を二度鳴らしたときにのみ、部屋に入ってきてください」

ラルフはそう言い残すと、なにか楽しそうな鼻歌を口ずさみながら、階段を一度に三段ずつ駆け昇っていったわ。わたしたちは居間にとどまり、それぞれの不安と希望を胸に秘めながら、椅子に座して待った。会話を試みようとしたけれど、巧くは行かなかった。だれもが耳に神経を集中していたから。時計の針が刻む音が、まるで教会の鐘の音（ね）みたいに大きく聞こえた。アデラは長椅子に横たわって、愛らしい蒼白な顔をクッションに埋めていた。そうやって一時間ほども経ったころには、なんだか二年もの月日がすぎたように感じられ、そして時計が午後十一時の時報を打ちはじめたちょうどそのとき、呼び鈴の音が鋭くかん高く、リ、リ、リン、と一度だけ邸じゅうに響きわたったの。

「行かなくちゃ！」アデラがそう言って立ちあがると、居間の戸口へと駆けだした。

「そうよ、行きましょう！」とわたしも声をあげ、彼女のあとにつづいたわ。

ところがバートン大尉がわたしたちの前に立ちはだかって、居間を出るのを止めたの。

「いけません」大尉は決然とそう言うのよ。「今はまだ部屋にあがってはなりません。ゴードンがはっきりと言いわたしたことを思いだしてください。彼がどういう気質か、わたしはよく知っています。自分の指示が聞き入れられないのをなによりも嫌う男です」

「ああ、なんて悠長なことを！」とアデラが激昂してわめいた。「何度であろうとラルフが呼び鈴を鳴らしたのは、なにか恐ろしいものを見てしまったからにちがいないわ。すぐに行くしかないでしょう！」

アデラは両手を握りあわせながら必死にそう訴えたけれど、バートン大尉は頑として聞き容れず、わたしたちは結局それぞれの席に戻るしかなかった。そのあと十分ほど、耐えがたいほどの緊迫のときがつづいた。わたしは喉の奥になにかが詰まったような気がして、息も喘ぎ気味になるほど。――さらに十分がすぎたころには、千年も万年もすぎた気分だった。と思うと、突然激しい響きで呼び鈴がまた鳴ったの！　わたしたちは一斉に居間の戸口へと向かい、一秒もかからないほどの勢いで階段の上まで駆けあがった。アデラが先頭だったけれど、わたしと彼女がほとんど同時に問題の部屋に飛びこんだ。

ラルフは部屋の真ん中で石になったように棒立ちになり、あのときの女中と同じ表情を顔に貼りつけていた――若く雄々しい顔に刻まれた言いがたい恐怖の表情が、焔で記した文字のごとくわたしの心に焼きつけられた。ラルフがそうやって立ちつくしていたのはほんの一瞬のことで、つぎの瞬間には両腕をぎこちなく前へのばしたと思うと、しわがれた耳障りな声でこう呻いた――

「おお、神よ！〈あれ〉を見てしまった！」

それきり倒れて、息絶えたの。そう、死んでしまったのよ！　失神でも発作でもなく、ただ死んだの。わたしたちは強く若い心臓をなんとか蘇生させようと努めたけれど、無駄だった。この世の大地と海が自らの下に死者たちを眠らせることを諦める日まで、ラルフは生き返りはしないでしょう。今わたしの目は涙に曇り、もうこの手紙が見えないほどよ。あんなにすばらしい人だったラルフ！　今日はこれ以上は書けません。

失意のきわみにいる、あなたのセシリアより。

以上はすべて事実に基づく。

女優の最後の舞台

メアリ・エリザベス・ブラッドン

（夏来健次 訳）

Her Last Appearance (1876)

by Mary Elizabeth Braddon

メアリ・エリザベス・ブラッドン（Mary Elizabeth Braddon 1835 - 1915）

ヴィクトリア朝屈指の人気女流作家。邦訳に長篇『オードリー夫人の秘密』（林清俊個人版電子書籍）／『レイディ・オードリーの秘密』（近代文藝社）、短篇「冷たい抱擁」（創元推理文庫『淑やかな悪夢　英米女流怪談集』／みすず書房『ゴースト・ストーリー傑作選　英米女性作家8短篇』各所収）、「クライトン館の秘密」（アティーナ・プレス『ヴィクトリア朝幽霊物語』）／「クライトン・アビー」（作品社『ヴィクトリア朝怪異譚』各所収）、「昔馴染みの島」（創元推理文庫『怪奇礼讃』所収）、「善良なるデュケイン老嬢」（東京創元社『吸血鬼ラスヴァン　英米古典吸血鬼小説傑作集』所収）がある。

「女優の最後の舞台」（Her Last Appearance 1876）はヴィクトリア朝以前の十八世紀に時代を設定した華やかな演劇界を彩る（いろど）メロドラマで、ブラッドンの語りの冴えが活きる。

文字どおりの舞台となるロイヤル・オペラ・ハウス（本篇の時代には正確にはシアター・ロイヤルと称した）はシティ・オヴ・ウェストミンスター地区にある英国を代表する歌劇場で、所在地名からコヴェント・ガーデンとも呼ばれ、十八世紀前半に創設されて以来歌劇以外の一般演劇も上演しつづけている。建物は二度の火災と再建を経て現在にいたる。

一　女優の密会

「あの男は悪党だ」紳士が言った。

「彼はわたしの夫よ」淑女が言い返した。

どちらも短いひと言だが、ともに溢れんばかりの情熱を以てそれぞれの口から吐かれた。

「それがあなたの答えか、バーバラ？」

「神と人の道がそう告げよと命じる、この世で唯一の答えよ」

「あの男はあなたの心を悲しませているばかりか、低俗な悪事によってあなたの稼ぎを徒に浪費している。しかも、ロンドンじゅうがあなたの美貌と才能にじかに触れたいと熱望しているのに、あの男のせいでこんな安下宿に閉じこもったきりじゃないか。それでもあなたは過ちを正そうともせず、この境遇から逃げようとしないつもりか？」

「そうよ」と淑女は答え、紳士の心を騒がせるまなざしで見返した。「彼から逃げることがあるとすれば――いつかわたしが棺に入るときだけ。そのときこそ、神の審判によってわたしの過ちが正されるでしょう」

「バーバラ、あいつのせいであなたは命を縮めてしまうぞ」

「たとえそうでも、それがわたしへの彼のいちばんの愛情表現だとは考えられないの？」

紳士は部屋のなかを苛立たしげに歩きまわりはじめた。

淑女は暖炉の上の壁にかかる縦長の鏡へ顔を向けた。その表情は悲しみと怒りが半ばしあう複雑さを呈している。

彼女はロンドンじゅうが熱望すると言われた自分の美貌のことを考えていた。

曇った鏡が今彼女に映して見せているものはなにか？　夜ごとの重い心労に疲れた青白い顔、黒い瞳の双眸を囲む黒い隈（くま）。なんという目か！　昼日中（ひるひなか）のこの冷たい光のなかで、その目はあまりに黒く大きく、しかも白く小さな顔にはあまりにまばゆすぎる。だが照明の溢れる夜の劇場のなかでならば、目の下にかすかな紅（べに）が浮かび、瞳には天賦の才が焔のごとく燃え、観客の心を魅了する輝かしいものとなる――劇評家としてのホレス・ウォルポール（十八世紀英国の作家・政治家。ゴシック小説の嚆矢『オトラント城綺譚』作者）がそのように表現するほどに、バーバラ・ストーウェルはロイヤル・オペラ・ハウス（ロンドン、コヴェント・ガーデンに所在する歌劇場）の最大の栄え（はえ）と呼ぶにふさわしい名花だった。

バーバラはその令名高い舞台に立ちはじめてまだ二年めで、彼女の美貌も才能も依然として花盛りのただなかにある。にもかかわらず、ロンドン市民は昼の日の光の下で彼女をまだ見たことがない。馬車に乗ってパブ〈リング〉を訪れることもなく、華やかなオークション会場に姿を現わすこともない。パンテオン（シティ・オヴ・ウェストミンスター地区にあった娯楽施設。劇場にも供された。一九三七年解体）に現われて彼女に憧れる観劇愛好者たちを魅了することもなく、あるいはまたセント・ジェイムズ・パーク（シティ・オヴ・ウェストミンスター地区にある公園）で乳清（ウェイ）を飲んだりもしていない。言い換えれば彼女はどこへも行かないのであり、その秘密めいた私生活についてロンドン市民は二十あまりもの噂を立てた。真実のところはだれにもわからなかったが、その真実とはどんな昏い小説よりも悲しい物ではないかという囁きとなって、ロンドンの街を流れる川のようにたゆたいつづけた。女優バーバラ・ストーウェルが浮世から隔絶したのには三つの理由があった――ひとつめは彼女の夫が専制的な放蕩者で、妻には金銭をほとんどわたさず遊び歩いていること、ふたつめはそれゆえに彼女の心が失意のきわみに陥っていること、そして三つめは彼女の身に死が迫っていることだった。

　最後の三つめは彼女自身以外だれも知らない。彼女の胸の痛みの原因は、聴診器によってはつきとめられなかった――金の頂部付きの杖を携え単眼鏡をかけた立派な医師が助手をつれ馬車を駆って往診に訪れては、病状を小むずかしい専門用語で説明していくのみだったが、しかし残された寿命がいくらもないことは彼女自身がよく勘づいていた。

　バーバラの美貌も若かったころの新鮮さまでは維持できていなかった。出自は地方の教区牧師の娘で、ハートフォードシャーの村で素朴ながらも平和で幸福な生活を送っていたが、三年前ある不運な出来事をきっかけに単身ロンドンに移り住むことになり、婦人帽子商を営む独身の叔母のもとに身を寄せた。そしてこの叔母の家で出会ったのが、脇役ながらもロイヤル・オペラ・ハウスの舞台に立つ俳優ジャック・ストーウェルだった。本性は冷酷だが外見は紳士的な男で、そうした表面上のようすから単純な人々には賢明な人物と信じられ、それがまた当人の増長を招いていた。なかなか大成しない俳優によくあるように、劇団の座長に見る目がないからだと見なしていた。ロンドン市民はロミオ（ウィリアム・シェイクスピア作の十六世紀の戯曲『ロミオとジュリエット』の主人公）やダグラス

（十八世紀スコットランドの劇作家ジョン・ホームの詩劇『ダグラス』の主人公）などの若い英雄主人公を自分が演じるのを見たがっているのに、期待に応えられないのは座長のせいだと考え、その腹いせからボウ・ストリートの行きつけの酒場でよく不品行を起こした。その一方で社交界に出たときには品よくふるまう術を心得ており、「頼り甲斐のある美男俳優」で通っていた。場合によっては感傷的な男であるかのように見せる演技に長け、天を振り仰ぐときのまなざしなどにより、誠実さと男らしさに憧れる女性たちの心を摑んだりもした。

このような偽善の徒と恋に落ちたことによって、バーバラは若き日々の乙女らしさを費やしていった。ジャックのほうも彼女の格別な美貌に心を囚われた。イギリス人女性というよりもイタリアの古い絵画に描かれた婦人像を思わせるその美しさにすっかり魅了された。ロミオを演じるべき役者としては、これほどのジュリエットを見逃すわけにはいかなかった。汚れ爛れた本性を偽れるかぎりの愛情表現で隠し、己の満足のためにのみ彼女との結婚を図った。恋愛劇から甘い台詞を数多く盗用し、涙もろく頬を赤らめやすい田舎娘に心を開かせ、早急すぎる結婚を承知させることに成功した。弱点を衝かれた彼女は思いなおす余裕すら与えられないまま、結婚を避けがたいものとされてしまった。

保護者たる叔母は怒った。というのは叔母自身がジャックに恋愛感情を懐かれていると思いこんでおり、求婚する相手がいるとすれば自分だと夢想していたからだった――現実にジャックを夫にできると本気で考えていたわけではなかったにせよ。ハートフォードシャーに住むバーバラの父親もまた、聖職者である自分の許しを得ぬまま娘が伴侶を決めたことに怒り、このうえは以後ずっと親子の縁を断つとまで宣言した。じつは父親には再婚相手がいて、その存在が父娘のあいだの溝をさらに広げた。父親に全幅に嫌われたと思ったバーバラは、若干二十歳にして早くも親子の関係修復を諦め、以後は夫ジャックにのみ愛情を注いでいくと心に誓った。初めのころの若い娘らしい感傷的な恋愛から、それほどの強く固い気持ちにまでいたったことを見てとったジャックもまた、ついに彼女の愛情のすべてをわがものにできたと満悦になった。

　この甘くも愚かな夢はひと月と保(も)たなかった。結婚式の夜に夏空にかかっていた淡い色の三日月は、たちまち色褪せていった。賭博好きのひどい酔漢と結婚したことにバーバラはようやく気づいた。酒が入ると獣のように乱暴になるうえに、女性の貞節という言葉の意味も忘れるほど、夜ごと下賤な女たちと戯(たわむ)れすごす放蕩者なのだった。自己満足のためにのみ生きる暴君で、妻への愛情など一日一時間も省(かえり)みることがなかった。

　ジャックは自分の仕事である俳優としての演技について、妻に語り教えるなどという無駄なことは片ときもしてくれなかった。だがバーバラには天性の才能があり、独学で演劇を勉強していくうちに、夫の知識や能力がとるに足りぬものであることに気づいた。ジャックは芝居など単に慣例と伝統に沿うだけのものと見なしていたが、バーバラは自らの感性であらゆる劇に登場する女性像を理解していった。夫が夜ごと酒場で飲んだくれたり博打に耽(ふけ)ったりしているとき、自分で借りた下宿先にこもって、晩くまで黙々と演劇を学んでいった。夫への落胆と嫌悪と悲哀とが、却ってそれを忘れ自らを慰めるため、ますます芝居に没頭していく動機となった。悲劇の女性主人公たちの哀れさが自分の悲しみと重なった。自ら舞台に立つようになる前に、すでにして演劇への強い熱意と関心を持つにいたっていた。

あるときジャックは妻バーバラをリッチ・ストリートの劇団事務所につれていき、女優として契約してはどうかと勧めた。もし彼女が並みの女性にすぎなかったなら、一座のなかでも下位の立場を与えられて、週二十シリング程度の手当てを支給されて済ませられるところだっただろうが、しかし彼女の別格の美貌がまず座長の目を奪った。一座のなかにも天性の才能に恵まれている者たちが数人はいたが、彼らも容姿ではとても敵わなかった。イタリア婦人像のごとき瞳を持つこの若い新人女優なら、ロンドンじゅうの目を惹きつけるにちがいないと座長は期待した——とくに好敵手の関係にある劇団のほうが人気になりつつあった時期だけに。

「ストーウェル、話がある」と座長はジャックに告げた。「きみの奥さんに機会を与えたい。観客の目を惹くため、主役に抜擢したいのだ。もちろん、いきなり演技ができるなどとは思っていないがね。まずは芝居のABCを習得してもらわねばならない」

バーバラはジャックと座長ともどもロイヤル・オペラ・ハウスに赴き、昼の空き時間に初めて舞台の上に立ってみた。昼間の劇場内部は暗く、桟敷席を覆う白布の群れは幽霊のようで、バーバラの心を寒からしめた。巨大の劇場のなかの自分はなんと小さな生き物に思えることか！　本当に晴れてこの舞台での本番に立ち、ジュリエット（十六世紀のシェイクスピア作『ロミオとジュリエット』のヒロイン）の悲しみに魂を注いで表現できるだろうか？　あるいはモルフィ公爵夫人（ジョン・ウェブスター作、一六一四年頃の戯曲『モルフィ公爵夫人』の主人公）を、あるいはイザベラ（シェイクスピア作『尺には尺を』の登場人物）を、薄暗い部屋で鏡に向かい独り稽古をしてみたときのように演じられるだろうか？

「ねえ、ジャック」バーバラは自宅への帰途の道中でジャックにそう話しかけた――その日の朝の夫はいつになく彼女に優しかった。「広くて暗くて寒いあの劇場の雰囲気、わたしには恐ろしいほどだったわ。なんだかお墓のなかにいるような気がして」

「それは臆病になりすぎてるだけだ」ジャックは叱りつけるように言い返した。「仮にきみが死んでも、あんなに大きい墓に入れると思うか？」

　斯くてジャック・ストーウェル夫人バーバラ・ストーウェルは、ロンドンを離れてまずシアター・ロイヤル・バース（イングランド、サマセット州の観光都市バースにある劇場）で初舞台を踏み、座長が言うところの習得した芝居のＡＢＣを初披露した。結果は大成功で、女優としての天分を持っていることが疑いないものと見られた。経験の乏しさを大きくうわまわる才能の輝きを放った。それから舞台の申し子となったがごとく、心も魂も捧げて演技に励んだ――そうやって全身全霊で新たな人生を伐り拓いていった。ただ演じるためにのみ生きているかのようだった。夫ジャックが相変わらず一週間のうち三、四日は千鳥足で帰宅し、悪名高い不心得者ぶりを発揮しつづけているせいで、彼女はなおさら芝居以外に生きる喜びを見いだせなくなっていった。

　冬が訪れると、バーバラはいよいよ舞台をロンドンに移した。たちまち劇界に旋風を巻き起こした。彼女の才能、美貌、若さ、純粋さをあらゆる人々が褒めそやした。初めての連続興行での大成功によってたくさんの憧憬の手紙が彼女のもとに送られたが、ほどなく舞台以外の場では人前に出ない婦人であることが知られるようになると、一時的で軽薄な熱狂は沈静化した。

　バーバラに憧れ追いかけまわしさえする観劇愛好者たちのなかに、私生活での彼女が憐憫と同情を禁じえない女性であることを知った者が独りだけいた。

それはフィリップ・ヘーゼルメアという容貌にも経済的にも恵まれた若い男性だったが、決して単なる軽薄な女優憧憬者ではなく、豊かな教養と感性を持つ人物だった。

フィリップは新進女優バーバラ・ストーウェルを初めて見たときから心を奪われ、たちまち思慕の情まで懐くにいたった。だがほかの者たちのように相手の気持ちを考えない鼻につくほど熱狂的な手紙を送ったり、却って迷惑になる高い贈り物を届けたりといった、積極的な接近を試みることがなかった。ただ遠くから眺めて、沈黙のうちに憧れつづけるばかりだった——それもこれも、バーバラが高潔な女性であることを本能的に察知していたからだった。しかしそんなフィリップも一人の男子であり、節度をわきまえようと努めてはいても、願望を完全には抑えきれるものではなかった。そこでまず彼女の下宿先をつきとめ、そこの管理人に袖の下を摑ませて、世間に知られていない彼女の実像を訊きだした。

管理人の話によればバーバラの夫は悪徳漢で、美貌と才能に溢れる妻を不当に扱い、夜は星のごとく輝く名花を、昼は悲哀に窶(やつ)れて涙するばかりの色褪せた主婦に変えさせてしまう不逞の輩(やから)だという。もし彼女の人生を知りもしないときに出会って恋に落ちていたらと思うと、思慕の情が倍加した。彼女の人生を悲しいものに変えた原因を除去するためには、恥も外聞も捨てて自ら彼女を勝ちとるしかないと考えるにいたった。

低級な放蕩者の奴隷に堕している今のバーバラが——大衆の憧れの的である舞台上の名花が——自宅では夫にかまってもらえず叱りつけられるだけだとしたら、それ以上に不当なことがあるだろうか？　家庭でこそ主婦は幸せになるべきだというのに？　フィリップ自身は自由を謳歌していながら経済的に恵まれた身分にあり、そんな自分と一緒になれば彼女にも明るい未来が拓けずにはいまい。彼女と一緒にならいっそイタリアに移り住み、その地で生きて果てるのもいいかもしれない。それで彼女を満足させ幸せにしてやることができるならば。これまで彼女には手を触れたこともなく話しかけたことすらないが、今までの半年ほどは彼女の姿を見たり声を聴いたりするために生きてきたと言ってもよく、考えていることまですべてわかる気がするほどだ。心臓の鼓動のひとつひとつまで聴きとれる。あの愛らしい瞳が自分の思慕の情に気づいて応えてくれたことが、ときとしてあったのではないか？　フィリップはいつも劇場の桟敷席から身を乗りだし、熱演する彼女にできるかぎり近づくべく努めているのだから。あの知的な優しさによって、恋い焦がれる男の気持ちを理解しているのではないのか？

もしジャック・ストーウェルが離婚を望んでくれるなら、これに勝る吉事はない——フィリップはそう考えた。そうなれば、バーバラを晴れてヘーゼルメア夫人とすることができようというものだ。そしてフィリップは栄華のきわみを手に入れられる。彼女をわがものにすることは久遠の幸福であり、それほどに深い愛の実現となるのだ。この時代で最も美しい女性の夫となることによって、名声は子々孫々まで遺るだろう。ちょうど第五代デヴォンシャー公爵（ウィリアム・キャヴェンディッシュ、一七四八—一八一一）が当人の名声以上に絶世の美女（ジョージアナ・キャヴェンディッシュ、一七五七—一八〇六）を公爵夫人としていたことで世に知られているように。

そしてある日、フィリップ・ヘーゼルメアはジャック・ストーウェルの新たな蛮行の噂を聞きつけるに及び、ついに勇気を振り絞った——秘かに愛するバーバラ・ストーウェルその人の面前に立つ機会を摑み、いきなり自己紹介して気持ちを伝える挙に出たのである。最初バーバラは驚き呆れ、怒りさえ覚えた。しかしフィリップの深い敬意に感じ入るうちに憤慨も和らぎ、やがては真実の愛情が如何に素朴で如何に敬虔なものかを人生で初めて知るまでになった。フィリップの愛情表現は大胆な誘惑者のそれではなく、バーバラの誇りを重んじながら憐憫を寄せてくれる言行であり、しかも彼女のためなら己が血を流すことさえ厭わないほどの強い気持ちなのだった。

　じつのところ、バーバラにとってフィリップはそれまで口を利いたことのない相手ではあったが、まったく未知の男というわけでもなかった。劇場で夜ごと観覧に来てくれる客の一人として舞台上から目にとめていた存在であり、その熱心さは恋愛劇のなかの男女の愛情以上の深い思いを感じさせた。それほどに毎夜同じ席から同じ劇をくりかえし観賞していた——数多い演目のなかでもたまたま最近頻繁に舞台に載せる劇だったがゆえに。

　その一観客とこうして見えたおかげで、バーバラは彼の気持ちが本物の恋情であることを知った。その真剣な思慕が彼女の心に深く触れた。善良な男性からの愛情というものをこれまでの人生で知らなかった彼女にとって、生涯を捧げるほどの激しい愛の告白を聞かされ、あまつさえ、あまりに悲惨な境遇からあなたを救うことを認めてほしいという必死の訴えには、いったいなんと答えればよいのか！

　フィリップの告白を聞けば聞くほどに、バーバラの胸は高鳴った。そう、これこそが真実の愛――これまでの彼女が得られることのなかった愛の輝きであり、愛の華やぎだ。もうとり戻すことのできないその喪失の大きさを、今初めて知らされた気分だった。今まで純金だと思っていたものが、じつは哀れな安ぴか物にすぎなかったとようやくわかった。しかし、彼女の胸の鼓動が如何にこの真剣な求愛者に惹かれていようとも、感情より貞節のほうが大切という思いは変わらず、それが彼女の反応を頑なにした。ただ、ある一点だけこの求愛者に対して柔軟になったところがあった。これからもまた会いたいという嘆願を拒否しなかったことだ。こうしてフィリップは彼女の下宿先をときおり訪れることになったが、あまりに頻繁というわけではなく、貞節な人妻であることに対する敬意を失う逢瀬とはならなかった――もし失えばその時点で永久の別れになると彼も承知しているからにちがいなかった。

「わたしの毎日はとても寂しいものなの！」フィリップに再会を認めてやったとき、バーバラは自分に言いわけするようにそう慨嘆した。「だから、わずか三十分でもこうしてあなたと会えるなら、とても大きな慰めになると思うの。この慌ただしい世の中に、わたしを哀れみ気遣ってくれるだれかがいると実感できるだけでもね」

また、バーバラがフィリップの願いを聞き容れたのはもうひとつの理由のためでもあったが、それは彼がもし知ったなら嘆き悲しむにちがいないことだった。すなわち、バーバラが自分の人生の終わりに近づいているのを悟っていることにほかならない。もはや死のときはすぐそこまで迫っており、密会もいつまでもつづくものではないと考えていた。自分の命は日々刻々とこの世のあらゆることから遠ざかりつつあるのだから、と。それゆえ夫の非情さによる苦悩も、当初より徐々に薄れつつあった。いちばんの悩みの種だった夫の悪弊も、いずれ自分の死によって永遠に別れてしまうのだからと思えば、次第に荷が軽く感じるようになっていった。女優としての成功も初めのころは酔い痴れるほどに強烈な体験だったが、今は現実ではない夢のなかの出来事のように思えていた。彼女の弱い肉体を地上の悲喜こもごもにつなぎとめているあらゆる絆が、急速にゆるんでいくのを感じていた。現世という脆い大地に彼女を括りつけている枷が、今にもはずれようとしていた。

二　女優の刺客

フィリップは自分がバーバラからの信頼に値する男であることを積極的に示した。バーバラの粗末な下宿屋はもともとは二十年ほども貧しい放浪者たちを仮寓させていた安旅籠で、汚れた板壁には貧しさの臭いが沁みついているようだった。そこをしばしば訪れるようになったフィリップは、自分の温室で育てた生花や果樹を持ちこんだ。また昔からロンドン市民を楽しませてきた週刊新聞や新刊本などもときどき差し入れたり、さらにはロンドンの街の最新情報を教えてやったりもした——ホレス・ウォルポールがホレス・マン（十八—十九世紀米国の教育改革者。ウォルポールとの文通で知られる）に書き送った手紙でロンドンのクラブで囁かれる噂話を教えた顰に倣うかのように。刺繍にいそしむバーバラの隣に坐り、疑いなどさし挟む余地のない優しく丁重な会話で楽しませた。

そのおかげでバーバラは幸福さえ感じた。

彼女の命がゆっくりと消えつつあるその変化に、フィリップは気づく由もなかった。美しい花も萎れる運命にあるなどとは、推測する術もなかった。あまりに足しげく通うようになったため、漸進的な衰えを見てとれずにいた。彼女の美貌を久遠のものと信じていただけに、病による微妙な変化もむしろ新たな魅力と映るほどだった。

ある日フィリップはバーバラの額にひどい痣ができているのを目にとめた。黒髪からゆるく垂れる巻き毛で隠すべく努めてはいたが、求愛者の鋭い視線はその傷を見逃さなかった。気遣わしくわけを尋ねると、彼女はしどろもどろに言葉を濁すばかりだった。ようやく打ち明けたところによれば、昨夜寝室へ移ろうとしたとき、窓から突風が吹きこんだため、手にしていた燭台の火が消え、そのせいで床に転んでしまって、簞笥の角に頭をぶつけたのだという。その説明をするときの彼女は気まずさゆえか顔を赤らめ、言葉もつっかえがちだった。

「バーバラ、嘘をついているね！」フィリップは声を荒らげた。「その痣は男の拳に殴られてできたものだ。あの男とはもう一日も一緒にいてはならない！」

そのあとは熱烈な訴えがつづき、バーバラを動揺させた——自分と一緒に外国に移り住んで、新たな幸福を見いだそうというのだった。つまりはジャックと離婚し、自分と再婚すべしということだ。倫理の壁を超え、身分の差をも超えて。

「でも妻の倫は大切なものよ」とバーバラは言い返した。「不貞を働いて、女の誇りが保てると思う？　無理よ、フィリップ。邪なことはできないわ。たとえその結果として幸せが訪れるとしても」

求愛者の雄弁さも、彼女の頑(かたく)なさをほぐすことはできない。その決意はバース・ストーン（サマセット州バース近くで産出する石灰岩。建築材として優れる）のように硬かった。頑丈な石を崩さんと、打ち寄せる波のように強く訴えたが叶わず、フィリップはついにその場を去った。彼の心は暴君たる男への憤激に燃え盛っていた。

「神に護られんことを祈る！」去りぎわにそう呼びかけた。「あなたが自由になるときまで、もう会うまい！」

その言葉にあやういものを感じてバーバラは驚き、意味するところを考えた。夫を威嚇(いかく)しようというのだろうか？ もしそうなら、ジャックに危険を知らせたほうがいいのではないか？

フィリップ・ヘーゼルメアとジャック・ストーウェルはそれ以前に一度も出会ったことがなかった。ジャックが自宅にとどまっていることはめったにあるまい。だがあの男には是が非でもどこかで立ち向かわねばならない――フィリップは急激にそう心に決めた。出会いを叶えられる最適の場は、あの男が行きつけている放蕩(ほう)の巣窟(そうくつ)だろう。それを見つけるのはむずかしくはなかった。ジャックが夜ごと痛飲して遊び惚けているいちばんの定宿(じょうやど)は、ロング・エーカー（シティ・オヴ・ウェストミンスター地区の繁華街）から逸れた細い路地にある悪名高い酒場だった。そこは夜通し酒宴と博打で賑わい、気心の知れた者たちが祭のように騒いだ果てに、血を見る喧嘩で終わるのが常道だった。

十二月のある夜、ロイヤル・オペラ・ハウス近くの舗道が霜でぬらつき、松明持ち(リンク・ボーイ)（松明による道案内を生業とした少年たち）が茶色の濃い霧のなかで依然稼ぎに精を出している午前零時ごろ。フィリップ・ヘーゼルメアは友人であり腹心でもあるモンタギュー大佐を伴い、観劇を済ませたあと盛り場へと向かっていた。モンタギューは役に立つ男で、ロンドンの劇場や俳優について知悉しており、その俳優のなかにはジャック・ストーウェルも含まれていた。

「ストーウェルはじつにいい男だ」とモンタギューは請けあった。「一緒に酒を飲んであれほど愉快な男もいない」

「かもしれないさ」とフィリップは返した。「だが彼は妻に暴力を揮う。懲らしめてやらねばならない」

「なんと、フィリップ、きみはドン・キホーテになって風車と闘うつもりか？」

「ぼくのやることにはかまうな。きみはただストーウェルと引きあわせてくれればいい」

ジャック・ストーウェルは酒場の特別室で親しい者たちとファロ（カード当てを競うゲーム。十八－十九世紀英米で流行）に興じていた。そこは二階の奥に位置する小さい部屋で、窓から紐をつたって外に出られるようになっており、遊興の夜がなにかしら危険な事態になったときの逃走経路に供されている。この夜の客はみな目端の利く者たちで、いざとなれば猫のように急な屋根を掻き登ったり側溝をつたったりしてでも逃げるだろう。

モンタギューは取次の者を通じて名刺をジャック・ストーウェルにわたし、地方の大地主である友人の紳士を紹介したい旨を願いでた。ジャックはモンタギューがこの店の常連客であることを知っていたが、未知の地方人を紹介されるのは気が進まない意を示した。フィリップは毛皮の縁どり付きの外套と鬘で変装していたが、ジャックから不審げなまなざしを向けられるのは仕方なかった。ロイヤル・オペラ・ハウスの桟敷席から頻繁に観劇しているフィリップの顔を、平素のジャックならそうと認めてもおかしくないところだが、聞し召しているブランデー・パンチのせいですぐには気づかず、おかげでフィリップは賭け事に加わることができた。ゲームはあやうさを孕みつつすばやく進んでいった。フィリップは地方の大地主という装いに沿ってブランデー・パンチを気前よく注文しつづけ、賭けでも持ち金をまたたく間に失っていき、そのたびにわざとうるさく不興を口にした。そして夜が明ける前に仕返ししなければならないと口走った。モンタギューはそれがなにを意味するのかと案じながら、固唾を呑んで見守った。

さらに夜が更けるにつれ、フィリップは明らかな悪酔いの兆候を見せ、うるさくわめきながら次第に愚かしい泣き上戸ぶりをあらわにしていった。懐を擦り減らしながらも、やがては眠気まで見せて口数が少なくなっていき、それがジャックの警戒心を解いた。そしてこの田舎者の冒険者をもっと博打の深みに落としてやれともくろむにいたった——ほかの場合ならば危険と考えなおすはずの手を打って出たのだ。

その瞬間ジャックを驚愕させたのは、地方大地主が不意に立ちあがったと思うと、ブランデー・パンチのグラスを自分の顔めがけて投げつけてきたことだった！

「みんな、騒がなくて大丈夫だ」ジャックはうろたえをあらわにしながらも、顔に浴びた酒をぬぐいつつ一同を制した。「見てのとおり、このご仁は泥酔しすぎているだけだ。おれはたしかに恥をかかされはしたが、ここは冷静になるのが紳士というものだろう。モンタギュー大佐、友人をつれて帰ったほうがよさそうだな。千鳥足でもなんとか歩けるうちにね。おれたちも今夜のお遊びはここまでとしよう」

「このペテン師、詐欺師め！」フィリップが怒鳴った。「ぼくがモンタギューと一緒にここに来たのは、きさまが最後の最後でこっそり印をつけたカードを使ったことの証人にさせるためだ。カードの束をそっくりとり替えたのを、この目で見たぞ！」

「そんなことは嘘だ！」ジャックがわめいた。

「残念ながら嘘じゃないね」とモンタギューが言った。「わたしもたしかに見た」

「なんだと！　そこまで言われて黙っていられるか！」ジャックはそう言い返すや、剣をすばやく鞘から抜き放った。

「望むところだ」とフィリップが応じた。「妻を殴るようなろくでなしの輩が、果たして自分の身を護れるかどうか見きわめてやろうじゃないか」

「そうか、今こそわかったぞ！」ジャックが叫んだ。「おまえは毎夜桟敷席から身を乗りだして、おれの女房に見入っているあの男だな！」

フィリップは部屋の戸口に近づくとドアに鍵をかけ、その鍵をポケットに仕舞いこんだ。そして剣を抜いて待つ決闘相手の前に戻った。

モンタギューはじめほかの者たちは止めようとしたが、フィリップはだれもその場を動かず見守るようにと冷徹に諭すのみだった。一方のジャックは酒の酔いも手伝い、どうとでもなれという勢いだ。

準備はすばやくなされた——テーブルが倒され、グラス類が落ちて割れた。だがそうした騒音はこの酒場の余興とも言えるほどいつものことで、すでに眠気を催している階下の客の関心を惹きはしない。

少し広くなった室内の真ん中で二人の男は対峙し、たがいに激情を滾らせた。フィリップは縁どり付きの外套とともに偽りの泥酔をも脱ぎ捨て、片やジャックは酔いの悪影響をいちだんと深めていた。

平素は剣の捌きにも秀でた俳優だが、ジャックの最初の幾度かの突きはあまりにやみくもで鋭さを欠いた。それらをたやすくかわしたフィリップが不敵な笑みで睨み返すと、ジャックの憤激は弥増した。

「この闘いに女房を賭けてやろうじゃないか——それがおまえとバーバラの初めからの狙いだったんだろうがな。禍いがもくろまれていることに、もっと早く気づくべきだったよ。あの女は弱々しいうえに綺麗ごとばかり言うものだから——」

その台詞がジャックの口から最後まで吐かれきることはなかった。不意を衝いたフィリップの剣が左肺をつらぬき、俳優を永久に沈黙させた。

「今朝きさまの妻の額の痣を見たとき、今夜のうちに彼女を未亡人にさせてやると誓ったのさ」フィリップがそう告げるうちにも、ジャックは砂の散らばる床に俯せに倒れこんだ。

酒場の給仕たちが部屋の外からドアを叩いている。ジャック・ストーウェルの倒れた音が、なにごとにも動じない彼らさえ驚かせたようだ。テーブルがひっくり返ったりグラスが割れたりする音はいつものことだが、人の体の倒れる音はさすがに注意を惹かずにいない。モンタギュー大佐が窓を開け、そこから逃げるよう促すと、フィリップは危険をも省みず、滑りやすい紐づたいに急いで地面までおりた。ほどなくロング・エーカーに出ると、夜警が「今は四時すぎ、今朝は雨模様」と連呼していた。

三　女優の別れの吐息

翌日の夜にならないうちに、俳優ジャック・ストーウェルが酒場での争いの渦中で殺されたことがロンドンじゅうに知れわたった。酒場で同席していたジャックの博打仲間たちにはモンタギュー大佐が小金を掴ませ、フィリップ・ヘーゼルメアの存在について思慮ある沈黙を守るよう言いわたした。ストーウェルはよくある酒場での喧嘩の結果死んだとされたのみで、事件の詳細については警察にも把握できなかった。ボウ・ストリートの治安判事も目撃者たちを訊問したが、混乱した曖昧な証言を引きだせるにとどまった。ファロの最中にストーウェルがある男と諍いを起こし、たがいに剣を抜いて決闘となったが、その男の名前はだれも知らなかった。ストーウェルが死んだあと、酒場の給仕たちが部屋に入らないうちに、男は窓から逃げた。給仕たちは事前に見知らぬ客が店に入ってくるのを見てはいたが——亜麻色の髪をして、毛皮に縁どられた深緑色の狩猟用外套を着た男だった——逃げるところは彼らの目に入っていなかった。治安判事による審理も大雑把なものとならざるをえず、酔客の争いが引き起こした悲劇と結論されたのみだった。こんにちもしそれだけで済まされれば、新聞には糾弾の見出しが躍るばかりか、〈われこそ正義〉や〈裁きの紳士〉などといった匿名の投書で非難されるにちがいないが、ことなかれ主義が横行した往年にはさほどの関心を呼ぶことがなかった。せいぜいかのホレス・ウォルポールならば、今に遺る書簡集のなかで引き合いに出していてもおかしくないところだが。

フィリップは未亡人となったバーバラの自宅を訪れるべく試みた。しかし今は加減が悪く部屋にこもったきりだと使用人に告げられるに終わった。ロイヤル・オペラ・ハウスでは演目が変更され、市民のいちばんの目当てとなっている劇は「諸般の事情により一週間後まで延期」と発表された。

フィリップは温室で育てた生花や果物をバーバラ宛てに贈るにとどめ、しばらくは遠ざかるように努めた——せめてジャック・ストーウェルの亡骸が故人の自宅に安置され、未亡人が喪に服しているあいだは。ひょっとすると夫のときならぬ死はフィリップの手によるのではないかと、バーバラは疑っているかもしれない。フィリップが剣を抜いたのはバーバラの謬りを正すためだったのだと、果たして彼女は気づき且つ理解してくれるだろうか？　その点については希望があると思われた。もし本当にそうなら未来は明るい。ただ、今しばらくは間を置き、試練のときを耐えねばなるまい。

加減が悪くて閉じこもっているというバーバラの状態について、フィリップはあまり深刻には捉えていなかった。夫の不慮の死が妻にとって衝撃なのは当然で、それで休んでいるだけだと考えた。日にちが経てば暴君から解放されたことを実感でき、むしろ将来への安堵と希望を見いだすはずだと。あとは彼女がふたたび舞台に立つときを待つのみだと。

やがてついにその夜が訪れ、演目はジョン・ウェブスター（近世英国の劇作家。一五八〇－一六三四）作の『モルフィ公爵夫人』と公（おおやけ）にされた。全四幕、公爵夫人役にはバーバラ・ストーウェル。とくに悲劇が好まれた時代であり、悲惨さが深いほどよいとされた。ロイヤル・オペラ・ハウスは自殺劇や殺人劇を量産し、さながら巨大な霊廟のごとき観を呈していた。

フィリップは楽団が前奏曲を演奏しはじめる前から桟敷席に入っていた。人気女優の一時的な休業ののちの再登場でありながら、客の入りは半分ほどだった。男優が一週間前に謎めく死を遂げ、その未亡人の姿を久々に見られると前評判は高かったが、あいにくの天候が禍いした――街は濃い茶色の霧に覆われていた。しかも霧はあらゆる戸口から劇場のなかにまで忍び入り、一階席から桟敷席にいたるまで帳（とばり）をおろしたように薄暗い。

楽団がクリストフ・ヴィリバルト・グルック（十八世紀の歌劇作曲家。オーストリア、フランスで活躍）作曲の前奏曲「オルフェオとエウリディーチェ」を奏ではじめると、フィリップの心臓が早鐘を打った。舞台の幕があがるのを待ちきれない。最後にバーバラの姿を見てから一週間以上経つ。あれから彼女にどんな変化があり、それが二人の未来をどう予見させるだろうか！　フィリップは今こそ勝利の歓喜とともに舞台を見すえた。もはや二人のあいだをさえぎる壁はない。彼女に愛されているごとに一抹の疑念もない。求婚は必ずや喜びとともに受け入れられるはずだ。あと少しだけ間を置けば——世間が穏当と認める時期が来れば——彼女を妻にできる。ほどなくして、劇場のけばけばしい灯火に照らされる女優ではなくなるのだ。それでもまだ輝く星であることに変わりはないが、輝く場所は舞台ではなく、家庭という静かな天国に移る。

そんな未来図の明るさが、薄暗い霧に包まれた客の少ない劇場の陰鬱さを消し去るかのようだ。

幕があがり、ついにバーバラの姿が目に入った。愛らしい瞳は以前にも増してまばゆく煌めき、それに目を射られたフィリップは、彼女の落ち窪んだ頰の蒼白さを見逃した。表情のひとつひとつに天賦の才が火のごとく息づき、凄愴な悲劇を物語る。如何に虐げられ、どれほど苦しんできたか。無垢なか弱い女が、酷薄で暴力的な男たちのせいでどれだけ犠牲を強いられてきたか。異常な物語が、特別な登場人物が、彼女の演技で自然なものとなって蘇る。フィリップは魂をも耳に集中して聞き入った。この暗鬱な劇をこれまで一度も観たことがなかったかのように——すべての台詞が耳に馴染んだものであるにもかかわらず。この公爵夫人は彼女が創りだした最もすばらしい人物像だ。

桟敷席から身を乗りだし、台詞のひと言ひと言に意識を傾けた。バーバラの美しくも蒼白な顔を、その瞳を、貪るように見入った。その一方で、早く劇が終わってくれればいいとも願っていた。舞台袖の戸口で彼女を待ち受けるつもりだから。そして彼女の下宿に同行し、そこで二人の幸せな将来について時間をかけて語りあい、喪が明け次第結婚する約束をとりつける。

妻に暴力を揮った男と雖も夫である以上、つまらない慣習をも尊重し、未亡人が喪に服しているあいだは待たねばならない。

ことさら悲劇的な四幕めは、重なる陰惨な出来事の集大成としてゆるゆると長引く――騒然たる癲狂院の仮面劇、墓掘り人、鐘衝き男、葬送歌、処刑の縄と棺。バーバラは精霊のように青白く朧な風情で、すでにこの世の枷から脱した者であるかのようだ。もはや死すら恐れぬかのごとく。ついに幕がおりるとき、少ないながらも観客は嵐のような拍手を贈った。フィリップは立ちあがり、深緑色の幕を凝然と見つめた。死するモルフィ公爵夫人の表情によってその場に釘づけにされたように。そのあいだも観客はつぎつぎと劇場から急いで出ていく。暗夜に帰途を導いてくれる貸し馬車や松明持ちが巧く捕まえられるだろうかと案じながら。

そのときフィリップは背後から吐息の音がしたのを聞きつけ、思わず振り返った。かすかで悲しげな息遣いは、驚きとともに寒けを覚えさせた。

背後にはバーバラが立っていた。劇の最後に着ていた衣裳のままだ――経帷子を思わせる裾長の衣で、痛々しい死を連想させずにはいない。彼女は悲しげになにかを訴える物腰で、両手をフィリップのほうへとのばした。彼は惹きつけられるように前へ踏みだし、その手を摑もうとした。が、両手は顫えとともに引きさげられ、彼女の姿は暗い舞台袖の戸口で影のように立ちつくした。

「愛しい人よ！」愕きと歓びの狭間でフィリップが呼ばわった。「ぼくがこの舞台袖に来たのは、あなたと話せるときを待ちきれなかったからだ。ぼくを世界一の幸せ者にしてくれるために、今こそ自由の身になったあなたの、愛情をたしかめたくて。あなたへの気持ちはあらゆる甘い言葉でも言い尽くせない。ぼくも一緒に行っていいのか？　あなたの住み処へ向かう馬車に、ともに乗っても？」

フィリップが息も切れるほどに切迫して語りかけているうちに、不意に明かりが消えた。バーバラはもう一度だけかすかな吐息を洩らすと——半ば悲しく半ば優しい息遣いで——戸口から出ていった。同意の言葉はひとつも吐かなかったが、フィリップはその沈黙の意味こそ同意なのだと考えた。

暗い劇場のなかをまさぐり進み、舞台袖の戸口の外へとようやく出た。劇場の正面出入口にはとどまらず、狭い通りの向かい側まで歩いていき、バーバラが呼んだはずの馬車に彼女が乗るときを待った。これまでの幾夜もそうやってきたので、彼女の習慣は心得ているつもりだ。

霧の帳がおりた通りでは、二台の貸し馬車が客待ちのために駐まっている。そのとき一人の松明持ちの少年が燃え盛る松明を手にして急ぎ足でやってきたと思うと、息を切らしながらそのあとについてきたのは、茶色の外套を着てそれと同じ色の鬘で頭を飾った紳士だった。松明持ちの少年が通りを横切ると、紳士もそれを追い、二人とも劇場のなかに入っていった。息が切れるほど急いでいた紳士はいったい何用で劇場に来たのかと、フィリップは漠然と訝った。

辛抱強くなりゆきを待ったが、バーバラはまだ貸し馬車の前に姿を現わさない。劇場から俳優たちの一団が出てきて、通りを横切ってくる。みな熱心になにごとか話している。茶色い外套の紳士が劇場からふたたび外に出てきたと思うと、依然として松明持ちの少年の案内を頼りに、急ぎ足で霧の街へと消えていった。そのあと劇場出入口の守衛が姿を現わし、通りをあちらからこちらまで眺めわたした。今夜はこれで劇場を閉めるものらしく、淡く点る油脂角灯を消そうとしているところだ。フィリップはあわてて通りの向かい側から劇場出入口へと駆け戻り、すんでのところで守衛を止めた。

「なぜ劇場を閉めてしまうんだ?」と問い糺した。「ジャック・ストーウェル未亡人がまだ外に出てきていないんじゃないのか?」

ひょっとしたら霧のせいで、出てきたのを見逃したのかもしれないという思いが頭をかすめた。

「いいえ、お可哀想に、バーバラ・ストーウェルさんは今夜はここから出られません。明日になったら、足のほうを前にして運びだされることになります」

「なんだって? それはどういうことだ?」

「あんなお綺麗な方が、じつに悲しむべきことです」守衛はそう言って溜め息をついた。「あの悪辣なご亭主にひどい目に遭わされてきたのが、そもそもよくなかったんでしょうな。ここ三ヶ月ほど、肺結核を病んでおられたんです——わたしども劇場の者はみな知っていました。今夜お芝居が終えたすぐあと、あの方がこの扉口から劇場に入ったとき、舞台よりも棺のほうが似合うお姿だとつい思ってしまいました。すると豈図らんや、先ほど幕がおりた直後、舞台にどさりと倒れてしまったのです。口からは血がひと筋細く流れだし、白い衣裳をつたい落ちました。みなで楽屋に運びだしたときには、すでに瀕死の状態でした。すぐに遣いの者がヘンリエッタ・ストリート（コヴェント・ガーデン地区の通り）のバッド医師を呼びに行きましたが、手遅れでした。手当てを待たずにこの世から旅立っていたのです」

そう、バーバラの朧な顔をフィリップが目にしたまさにそのとき――あの瞳が譬えがたい愛と哀れみで見返したとき――彼女の苦難に満ちた魂は天上へと翼搏いていったのだった。

揺らめく裳裾（もすそ）

メアリ・ルイーザ・モールズワース

（夏来健次 訳）

The Story of the Rippling Train (1887)

by Mary Louisa Molesworth

メアリ・ルイーザ・モールズワース（Mary Louisa Molesworth 1839－1921）

　オランダに生まれ、のちに母国イギリスで小説家となって、おもに児童文学で多数の作品を著わして名を成した。モルズワース表記もあり。邦訳に長篇ファンタジー小説『かっこう時計』（福武文庫）／『カッコウ時計』（望林堂完訳文庫電子書籍）のほか、幻想短篇三篇がある（「王の娘の物語」ちくま文庫『ヴィクトリア朝妖精物語』、「ノロワの茶色の牛」青土社『妖精文庫4　旅のマント』、「月の裏側」国書刊行会『書物の王国4　月』各所収）。

「揺らめく裳裾」（The Story of the Rippling Train 1887）はダイナ・マリア・クレイクの「C――ストリートの旅籠（はたご）」と同様に話中話の形を採る。出現する幽霊はある種の凄愴さを漂わすが、最後にある人物が吐露する感慨が心温（こころあたた）まる。

　現場となる古い家の所在地はロンドンの「――スクエア」とだけされていて未詳なのが惜しいが、こうした漠としたロンドン怪談も捨てがたい味を生む。また語りの場となる外枠の舞台〈石切館〉はカントリー・ハウスとされていることから、首都ロンドンではなく地方の豪邸とおぼしい。

「どうかしら、みんなで幽霊譚を語りあうというのは？」とグラディス・ロイド嬢が提案した。

「もういい加減飽きあきじゃない？　幽霊譚って近ごろあまり聞かなくなったしね。それに、ああいうのは〈型に嵌まった〉話ばかりだし。幽霊を実際に見たり、声を聞いたり、いるのを感じたりした人が、自分で話すってことはほとんどなくて、みんな姉とか従兄とか友だちの友だちなどから聞いた話をくりかえすだけでしょう」そう異議を唱えたのは、ここ〈石切館〉に招かれた客の一人である年若いスノードン夫人だった。

「それはしかし、幽霊譚というものをひとまとめにして貶める理由にはならないんじゃないかな」と、夫人の夫であるアーチー・スノードンが反論した。「幽霊譚ってやつは、話そのものよりも実際に体験した人のほうが稀になってしまうのを、どうしても避けられない。百人の人々が同じ話をそれぞれに語るが、最初に語った人や体験者自身は、百の場所に同時に行って自分で語ることなどできないんだからね。きみだって幽霊譚じゃないほかの話なら、実際に体験した人が語っているわけじゃないから信じない、なんてことは言わないだろう？」

「わたしだって、幽霊譚はなんでもかんでも信じないと言ってるわけじゃないわ」とスノードン夫人が言い返した。「あなたは話の一部を採りあげてるだけよ、アーチー。わたしにはたしかに言いすぎのところがあったかもしれない、それは認めるわ。とにかく言いたいのは、実際の体験者が語った幽霊譚は、そうじゃない幽霊譚より絶対に優ってるってことよ。自分で体験したわけでもない話をされても、聞かされる人たちは不満に思うだけでしょ」と夫人は少し苛立ち気味につけ加えた。

スノードン夫人は疲れているのだった。一同が多少なりとも疲れていた。〈石切館〉の名で知られるこの広壮な地方豪邸にこうして集まっている人々にとって、ダンスに興じない宵は今日が初めてだったし、しかもこの館までの十マイルの道のりをいずれふたたび戻らねばならないと思うと、それだけで疲労感を覚えるのも無理からぬことだった。若く元気な者たちも、こういう宵が三晩も四晩もつづけばそろそろ飽いてもこようというものだ。

それで今夜はあまり活発な愉しみに興じるのは控えようという案が出され――音楽もゲームも朗読も詠唱も今日だけは休もうということになり――そのせいでだれと顔を合わせても気分が華やぐこともなく、そんなときようやくグラディス嬢が幽霊譚の披露会を提案したわけだが、それでも場が盛りあがるにはいたらなかった。

初めのうちはスノードン夫人の最後のひと言に反応する者が現われなかったが、そのうちにみなを驚かせることには、この〈石切館〉の当主デンホルム家の年若い娘ニーナが自分の母親に向かってこう言いだした。

「お母さま、怒らないでね――このことはあまり言っちゃいけないと前に注意されたのは憶えてるけど、でも、こういうときこそポール叔父さまに幽霊のお話をしてもらったら、とてもぴったりじゃないかしら？」さらにつづけて、「そうすれば、スノードンさん、実際に体験した人に話を――いいえ、体験した人から話を――聞いたと言えるようになるんじゃありません？」

ニーナの母親デンホルム夫人が気遣わしげに一同の顔をそれとなく見まわしてから、娘をそっと窘(たしな)めた。

「こういう機会だからあらためて教えておくけど、ニーナ、人に話を聞いたというのはちゃんとした文法じゃないわよ。それに、この〈石切館〉はポールの幽霊譚にふさわしい場所とは言えないしね。そもそも、その話題を口に出すのは感心しないわ――ポールはきっと喜ばないでしょうから。ちょうどもうじき彼がこの場に現われるころだしね。手紙を書き終えたらすぐ来ると言っていたから」

「叔父さまが話してくれたらほんとに素敵だと思うけどな」とニーナが残念そうにくいさがる。「お母さま、わたし今から書斎に行って、叔父さまに頼んでこようかしら？　そうすれば、もし話したくないようだったらすぐその返事を聞けるし。それならお客さまたちにとってもいいでしょ？　叔父さまは優しい人だから――頼みごとするにも、ちっともためらわなくて済むわ」

「おまえがそう言ってくれて嬉しいよ、ニーナ。なにごとにも例外はあるからね――自分のことが噂されてるのを立ち聞きしても、いい噂だったら悪い気はしないものさ」そう言いながら、部屋の戸口を半ば隠している網付き衝立(ついたて)をまわりこんで姿を現わした人物こそ、ポール・マリスカルだった。「わたしになにか頼みごとをしたいようだったけど、いったいなんだい？」

ニーナは驚きをあらわにした。

「叔父さまのドアの開け方、静かすぎるわ」と彼女は言った。「もしそこにいるんだとわかってたら、あんなこと言いださなかったのに」

「いいじゃないか、べつによくないことを言ったわけじゃないんだから」そう口を出したのは、ニーナの兄マイケルだった。「それにぼくの見たところじゃ、ポール叔父さんの耳にはちょっとだけ入っていたようだけど、厭な気分になってはいないようだしね」

「で、どんな頼みごとかな？」ポール叔父がくりかえした。「少ししか聞こえていなかったから、もう一度言ってくれると助かるね」

「頼みごとというのは——」とニーナが言いかけるのを、母親デンホルム夫人が制した。

「そのことは言っちゃいけないと、ニーナには注意したのよ、ポール」と夫人は不安そうに言う。「つまり——わが家に集まってくれた若い人たちのあいだで、幽霊譚を語りあうのはどうかという案が出たものだから、あなたの体験談を聞いてみたいという話になったのよ。気を悪くしないでほしいんだけれど」

「気を悪くするだって！」とポールは言い返し、「そんなことはまったくないよ」とつけ加えたが、そのあと束の間黙りこんだので、スノードン夫人が不安をあらわにした。

「だからしつこく言ってはだめなのよ」と夫人がニーナに囁きかけた。

ポールはそれを聞き逃してはいなかった。すぐ顔をあげ、笑みを浮かべた。

「わたしは気にはしませんよ、ここにいるみなさんに聞いてもらうとしてもね。かつてはたしかにあまり話したくないことだった、かかわっているほかの人たちのことを思うと。詳しいことまで知られると――その人たちが心を痛めるかもしれないから。でも今となっては、かかわった人たちはみなこの世にいない」そう言って、自分の姉デンホルム夫人へ顔を向けた。「〈彼女〉の夫もすでに亡くなったようだし」

デンホルム夫人はかぶりを振った。

「そんなことないでしょう。わたしは聞いていないわ」

「亡くなったそうだ」とポールがくりかえす。「去年新聞で訃報を見た。再婚していたようだがね。そういうわけだから、わたしとしては話をするのをためらう理由はない。聞く人たちが興味を持ってくれるかぎりね」そして一同のほうへ顔を向け戻した。「それほど長い話にはならないから、これ以上前置きする必要もないだろう。そうだな――ざっと十五年ほども前のことだ」

「ちょっと待って、ポール叔父さま」とニーナが言った。「心配要らないわよ、グラディス。わたしと手をつないでいましょう。おたがいに相手がひどく怖がっていそうだったら、手を抓りあうの」

「それはいい考えだけど」とグラディス・ロイド嬢が返した。「でも大丈夫よ、手をつながなくても」

「あら、そんなに強く抓るわけじゃないわよ」とニーナが言い張る。「真っ暗なところで抓るわけでもないしね」

「いっそ明かりを消したほうがいいかな?」とアーチー・スノードンが示唆した。

「だめよ、消さないで」とスノードン夫人が反対した。

「心配には及びませんよ、それほど怖い話じゃないから」とポール・マリスカルが少しすまなそうに言った。「でもそう言ってしまうと、なんだか嘘をついたみたいになるかな」

「いいえ、そんなことないわ、ポール叔父さま。わたしが横から口出ししたのがいけないのよ」とニーナが詫びた。「グラディスがどう言おうと、手をつないでいるから」と小声でつけ加えた。「やっぱり心の準備はしておかないとね」

「よし、それじゃ」とポールが語りを再開した。「今から十五年近く前のこと。〈彼女〉と顔を合わせなくなって十年も経ったころだった。そのあいだ〈彼女〉については考えたこともなく、ほとんど忘れ去っていた。わたしの人生からいなくなって久しい人だった。その点こそがこの話のとても奇妙なところだ」と最後のひと言を強調するように言った。

「〈彼女〉というのがだれなのかは、言っちゃだめなの?」とニーナがためらいがちに口を挟んだ。

「そうじゃない。今言おうとしてたところだ。話をするのにあまり慣れていなくてね。モード・バートラムという名前の愛らしく魅力的な娘だったが、知りあったというだけで深い交際をしたわけではなかった。愛らしいというだけでは足りない、とても整った顔立ちの、だれもが憧れるほどの美貌で、背が高く物腰は優雅だった。そのうえ明るくて気立てがよくて、そんな性格がいちばんの魅力だったかもしれない。でもこんなふうに言うと、グラディス、それからスノードンさん、そんなに魅力的だと思っていたのにどうして交際しなかったのかと、そう尋ねたいでしょうね。それに答えるとしたら、まだとてもその気にはなれなかったから、ということになる。自分がまだ数年は結婚できる状況ではないと思っていて、しかもすでにあまり若くはなくて三十歳に近く、一方のモードは十歳以上も年若かった。わたしには世間にどう見られるか考える分別があったし、年季も重ねていた。それが自分を護るためでもあった」

「モードのほうはどうだったんですの？」スノードン夫人が尋ねた。

「恋い焦がれる男たちに囲まれていました。だからわたしとしては、自分だけが彼女にとって大切な存在なんじゃないか、などと思うだけでも自惚(うぬぼ)れだという気がした。そう考えたのがまちがいだったかもしれないと気づいたのは、のちにいろいろなことが起こったあとになってからだった。だがそう思う今でもなお、ほかの選択肢を採れたかとなると、疑わしいと言うしかない」そこでポールは小さく溜め息をついた。「よい友だちだったとは言える。モードはわたしが好感を持っていたことを知っていたし、彼女にとってもそれは嬉しかったはずだ。わたしとしては、友だちのような好意と信頼を寄せてもらえればいいと思っていて、それ以上は望んでいなかった。最後に会ったのはわたしがポルトガルへ出発する直前のころで、かの地には三年とどまっていた。ロンドンに帰ってみると、彼女は二年前に結婚し、夫婦でインドに赴いていた。かつてをよく知る友人たち以外からは、彼女の名前が聞かれることはめったになくなった。

さらに月日がすぎていった。モードのことを完全に忘れ去ったとは言わないまでも、頭の片隅にもほとんど昇らなくなった。多忙でもあり、なにごとにも没頭する性質なので、自分の生活のことでいつも頭がいっぱいだった。ときおり似た女性を見かけることはあった――とくに従弟（いとこ）が自分の年若い妻の正装した姿を見てやってほしいと言ってきたときには、着飾ったモードを思いだしたものだった。従弟の妻の姿には、記憶のなかのモードを呼び起こさせるものがあった。最後にモードを見たのが彼女の正装した姿だったので、それが脳裏に焼きついていたためだと思う。だが思いだせるかぎりにおいて、これから話す出来事が起こったときには、モードのことをほとんど忘れ去っていたのもたしかだ。

その当時わたしはロンドンにいて、数年前に結婚したいちばん年長のハーバート兄さんがロンドンの――スクエアにあった古いわが家に住んでいたので、そこに身を寄せていたころだった。四月のある晴れた春らしい日のこと、まだ午後の四時になる前で、霧も出ておらずあたりには仄暗さもなく、とても幽霊にふさわしい雰囲気ではなかった。わたしは早い時間にクラブから帰宅して――数週つづく休暇の最中だった――何日か前から考えていたいくつかの手紙を書くつもりで書斎に入った。二階の書斎はたくさんの本が並ぶ居心地のいい部屋だった。手紙書きをはじめる前に、暖炉の前の安楽椅子で少しくつろいだ。まだいくぶん涼しかったので、火のそばで暖をとりたかったのでね。そうして手紙をどう書こうかと考えはじめた。そのときは、かつて親しかったモード・バートラムのことなど、ほんのわずかでも頭に浮かんでいなかった。それはもうたしかなことだ。書斎のドアは暖炉と同じ側にあるので、わたしは暖炉を前にしていると同時に、ドアのほうにも半ば顔を向けていた。書斎に入るときぴたりと閉めきってはいなかったので――把手をまわさず、軽く閉じておいただけだったので――ゆっくりと音もなく開いたときにも、さほど驚きはしなかった。ドアが独りでに開いたせいで、戸口がわたしの視界から隠された。ドアそのものが衝立の役割を果たしていると考えればわかりやすいだろう。だれかが部屋に入ってきたとしても、ドアの陰をすぎるまでその姿はわたしから見えないことになる。男にせよ女にせよだれかが入ってくるのだろうと半ば予想しながら、ふと顔をあげた。だがだれもいなかった。開いたままのドアがあるだけだ。わたしは椅子に坐ったまま、「手紙を書きはじめる前に、まずドアを閉めなければ」と、考えるともなくぼんやりと思った。

　ところがわたしの目は突然に絨毯の上に釘づけになった。視界のなかに入ってきたなにかは、否が応でも目を奪わずにいないものだった。あれはなんだ？――とわたしは訝(いぶか)った。『煙だ！』というのが最初の印象だった。『火が燃えているのか？』と案じたが、その惧(おそ)れはただちに退けられた。開いたままの黒ずんだドア板の向こう側から現われたものは、ぼんやりとした影のようでありながら、煙と呼ぶには物体感がありすぎる。つぎに浮かんだ考えは、われながら奇妙なものだった。『なんだか石鹸水の泡のようだ』と、つい独り言をつぶやいた。『女中たちのだれかが洗濯でもしていて、うっかりバケツをひっくり返し、階段に石鹸水をぶちまけてしまったりでもしたんじゃないか？』というのは、書斎の戸口のすぐ外に上階への階段があるからだ。だが――ちがっていた。目を擦(こす)ってよく見ると、石鹸水の泡という説は霧消した。揺らぎ漂うなにかは、次第にその実体感を明瞭にしてきた。それは――と不意に思いいたった――なにかしら絹地めいた布製のものの揺らめきだった。それがあたかも海岸に打ち寄せる漣のように、ある種神秘的な様相で丸まったりほどけたりをくりかえしながら、ゆっくりと書斎のなかに忍び入ってくるのだった。

わたしは目を瞠っていた。『どうしてすぐ立ちあがって駆け寄り、ドアの向こう側になにがあるのかをたしかめようとしないんだ？』とだれもが問うだろう。だがわたしはその問いには答えられない。なぜ自分が魔法にかかったみたいに、あるいはなにか抗しがたい圧力に押さえつけられたみたいに坐ったままでいたのか、わからないと言うしかないが、でもたしかに坐っているほかなかった。

そのなにかが絶えず揺らめきながらさらに進み入ってきて、わたしがようやく立ちあがりかけたとき、それが背の高い優雅な女性の姿をとっていることがわかった。漣のように揺らめく絹地は繊細な真珠色がかった灰色で、それはどうやらとても長いドレスの裳裾の部分とおぼしく、そのさらに上の部分は深い襞をなしてドレスの腰のところにまとめられているのだった。女性の進み方は――どう言い表わしたらいいかよくわからないが――つまり普通の歩み方ではなくなぜか後ろ向きで、やがてついに全身と横顔とが見えるところまで来ると、視界の中央で立ち止まったが、そのときでさえドアの端からほんのわずかに出ただけなのだった。そしてその不思議な訪問者の横顔が、わたしの見知らぬ顔ではないことが一瞬にして見てとれた！　十年前最後に見えたときと少しも変わらない、モード・バートラムの美しい横顔にほかならなかった」

ポール・マリスカルはそこで束の間話を途切れさせた。だれも口を開く者はいない。するとまた話がつづけられた。

「『少しも変わらない』と言うべきではなかったかもしれない。モードの横顔にはひとつだけ大きな変化があった。みなさん憶えておいでと思うが、前に言った『明るくて気立てのよい』ところがいちばんの魅力だったのに——沈んだ昏い表情など、物思いに耽るときですら一度も見せたことがなかったのに——わたしがじっと見入っていたあいだの彼女の顔は、かつてのようではまったくなくなっていた。そこに立つ彼女は——あるいは〈その存在は〉と言うべきか——後ろ向きなので横顔しか見せず、書斎の戸口の外にあるなにか——あるいはだれか——のほうを見やりながら、ひどく悲しげな表情を湛えていた。人の顔がそれほどの深い悲哀を浮かべているのをかつて見たことがないほどで、おそらく将来もなかろうと思われた。わたしは結局立ちあがれず坐ったままで目を瞠りつづけるしかなく、妖異であろうと思えるその存在のほうへ動いていこうとする気力も欲求も湧かなかった。だが怖がっていたわけではまったくない。妖異にちがいないとはすでに思っていたが、体が麻痺したかのようで——あるいは普通ではない状態に陥ったかのようで——それで動けずにいるだけなのだった。そしてそこに立つモード・バートラムの姿に目を釘付けにしつつ、彼女の表情が湛える言い知れぬ悲哀を、恐れではなくて計りがたいほどに深い憐れみとともに見守っていた。

そうやってどれぐらい長く坐りつづけたままでいたか、自分でもわからない。そんなふうに忘我のごとくじっとしているところへ、不意に玄関から呼び鈴の鳴る音が聞こえた。わたしは眠りから覚めたように立ちあがると、室内を見まわした。妖異はすでに消えているだろうと半ば予期していたが、しかしちがった。モードの姿が依然としてそこにあるのを認めると、わたしはふたたび椅子にへたりこんでしまった。そのとき、帰宅したハーバート兄さんが階段をあがってくるらしい音がした。その足音が書斎に近づき、ドアが大きく開け放たれて、兄が入ってくると、見守るわたしの目の前で、兄は戸口に立つ女性の体を通り抜けて歩いてきた――さながら霧か煙のなかを通りすぎるようにして。但し誤解しないでほしいが、そのあいだもモードの姿は一瞬でも非現実的なものとはならなかった。わたしの目には文字どおり生きている女性そのままのようすで立ちつづけているとしか見えなかった。――ドレスの陰影といい、髪の色といい、身につけている飾り物といい、すべてが明瞭に――ニーナ、きみがたった今身につけているものと同じほどはっきりと――見えていた。あるいは、兄がその場をすぎて部屋のなかまで入ってくると同時にそういう状態に戻った、と言ったほうがいいのかもしれないが。ともあれ兄はポールと呼びかけながら近づいてきたが、わたしは囁き声で、静かにしてと応えた。そしていっとき向かいの椅子に坐ってくれと促した。兄はそれに従ったが、でもわたしがいつまでも戸口に目を釘付けにしたきりなので、不審に思ったようだった。もし目を逸らしたら〈それ〉が消えてしまうのではないかという奇妙な予感があり、できるだけ冷静になりゆきを見守りたかった。そして、なにか見えないかと低い声で問うと、兄は釣られるようにわたしの視線の先を目で追い、それから当惑気味にかぶりを振った。そのとき初めて、女性の姿がわずかだけ明瞭さを欠いていることに気づいた。と思うと急速に失せていきはじめたが、決して視界から遠ざかって小さくなっていくというのではなく、ただ薄らぎ漠然としたものになっていくのだった。色彩も褪せてぼんやりと混じりあっていった。ひょっとしたら長く凝視しすぎたせいで雲って見えるようになったのではないかと思い、一、二度目を擦ってみたが、そういうわけではなかった。目の迷いではなく、モード・バートラムは——あるいは彼女の幽霊は——たしかに雲散していくところだった。ついにはわずかな痕跡も残さず消え失せた。彼女の立っていたところには見慣れた絨毯の模様が広がるばかりとなり、ドレスの陰になっていた家具類もふたたび姿を現わした——すべていつもそこにあるとおりに。ただ彼女のみが完全にいなくなってしまった。

ハーバート兄さんは張り詰めていたわたしの視線がようやく和らいだのを見てとったらしく、どうしたのかと尋ねた。そこで、見たとおりのことを話してやった。すると兄は、常識的な者ならだれもが言うであろうように、それはじつに奇妙なことだが、ときおり起こる現象にはちがいなく、実際には光の悪戯かなにかのせいだと考えるほうが賢明じゃないかと示唆した。過労などで気分が優れないときにはありがちかもしれないから、医者に診てもらうといいのではないか、とまで言った。だがわたしは首を横に振り、健康状態はきわめていいと言い返した。光の悪戯という意見については、たしかにそういう場合もあるかもしれないが、でも自分にかぎっては、そんな原因で幻を見た経験はかつて一度もなかった。

『とにかく』とわたしは言った。『今日の日付は書き留めておこうと思う』

ハーバート兄さんは笑って、こういうときはだれもがそうするだろうなと言った。さらには、もしその夫人の今の住所を知っているなら、手紙を送ってみたらどうかともつけ加えた。もし夫人が日記をつけているなら、今日という日に自分がどうしていたかをたしかめて知らせてくれるだろう、そうなれば楽しいじゃないか、と。『今日は四月六日だったな？』と兄は言った――つまりモードの生き霊がわたしの前に現われたのがその日というわけだ。兄には好きなように言わせておいた。兄の言葉を聞いていると、つらい印象が奇妙にもいくらか和らげられる気がした――モードの愛らしい顔に宿っていた深い悲哀が脳裏に焼きついていたから。だが彼女がどこに住んでいるかも知らなかったし、結婚後の姓すら聞き及んでいなかった。だからなにをするすべもなく、ただ――兄に揶揄われようともかまわず――その日の日付と時間をわたし自身の日記帳に克明に記すにとどめた。

日々がすぎていった。その日の不可解な体験を完全に忘れ去ることはなかったが、徐々に印象が薄らいでいくのは避けられず、あれは不思議な夢だったんじゃないかといつしか思うようになっていた。そんなある日、哀れなモードにまつわる話が耳に入ってきた――まさに〈哀れな〉と言わざるをえない話が。噂と言い換えてもいい程度の話ではあったが、そのあまりの悲しさからして、聞かなければよかったとまで思わされるものだった。モードの嫁ぎ先の知人からの伝聞がわたしの友人の耳に入り、それが巡りめぐってもたらされたのだった。モード・バートラムという女性を憶えているか、とその日友人は不意に問いかけた。もちろん憶えているとわたしは答え、なにか噂を聞いたのかと尋ね返した。すると友人はこのように語りはじめた。

『モードが亡くなったそうだ――何ヶ月か前に起こった出来事が心臓に祟り、長く臥せったすえに身罷ったらしい。ある夜なにかの催しのために盛装を纏っていたとき、火災に見舞われて大火傷（おおやけど）を負い、そのときは傷自体が命とりにまではならなかったが、その衝撃の深さから心が癒えることがなかったようだ。

あれほどの美貌だっただけに』と友人はつづけた。『いちばんの悲しみは容貌が恐ろしいまでに崩れてしまったことで、それが心臓への大きな痛手になったという。つまり、顔の右側が完全に焼け爛（ただ）れてしまって、右目は失明を余儀なくされたが、その一方で左側の横顔は不思議なほどにも火傷を逃（のが）れ、そちら側から見るとなにごともなかったかのように思えたそうだ。なんとも悲しいことじゃないか、あれほど愛らしくて明るい人だったのに！』

わたしは自分の目撃談を友人には話さなかった。人の口の端（は）に昇るのを好まなかったから。しかし友人の話を聞いて、異様な寒けが総身に走るのを感じずにはいられなかった。哀れなモードの幽霊が左の横顔しか見せなかったわけが、そのときようやくわかった」

「なんということ、ポール叔父さま！」ニーナが声をあげた。

「それで――日付の件はどうなりました？」とスノードン氏が問うた。

「火災があった日の正確な日付まではわからず終（じま）いでしたが」とポールは言った。「しかしモードの死が生前最後に会ってからちょうど半年後のころだったのはたしかなようです。だからわたしとしては、彼女の姿が目の前に現われたのは、火災があったまさにそのときか、もしくは直後のことにちがいないと思っています。だれかに同情を感じてほしかったのと――そしておそらくは別れを告げる意味もあったのかもしれません。可哀想なことです」

一同しばし沈黙に陥った。やがてポール・マリスカルは立ちあがり、手紙を仕上げなければというようなことをつぶやきながら、書斎へと戻っていった。

「なんて哀しいお話でしょう！」グラディス・ロイド嬢が口を開いた。「人前で話すのって、マリスカルさんにとっては、ご自分が予想したよりもつらいことだったんじゃないかしら。デンホルムさん、モードが嫁いだ男の人についてはなにかご存じじゃありません？ 優しい人だったんでしょうか？ モードは幸せだったんでしょうか？」

「彼女がどんな結婚生活を送っていたかまでは、聞いていないのよ」と〈石切館〉の女主人は答えた。「だから不幸だったかどうかとなると、わからないと言うしかないわね。夫だった人は彼女の死の二、三年後に再婚したらしいけど、だからといって悪い人だったとは言いきれないし」

「そうじゃないわ、お母さま」とニーナが言いだした。「わたしにはわかるの、モードがほんとに愛していたのはポール叔父さまなんだって――叔父さま自身が思っているよりも遙かに強い愛だったのよ。可哀想なモード！」

「マリスカルさんがずっと結婚せずにいるのも、そんなことがあったためかしら」とグラディス嬢が言った。

「そういうわけではないでしょう」デンホルム夫人が言った。「結婚しないのは実際上の問題がいろいろあるからというだけだと思うわ。仕事に追われる忙しい毎日をすごしているうちに、新しい人間関係を築くには少し年をとりすぎたと思うようになったんじゃないかしら」

「でも」とニーナがくいさがる。「モードに思慕われていることを、当時の叔父さまがもし少しても気づいてあげていたら、どうなっていたかしら？」

「そうね」とデンホルム夫人も折れた。「もし気づいていたら、実際上の問題がどれだけあっても、事態はちがっていたかもしれないわね」

するとニーナは細い声でさらにくりかえした。「可哀想なモード！」

隣牀（りんしょう）の患者

ルイーザ・ボールドウィン

（夏来健次 訳）

My Next-Door Neighbour (1895)

by Louisa Baldwin

ルイーザ・ボールドウィン（Louisa Baldwin 1845 - 1925）

女流作家・詩人。アルフレッド・ボールドウィン夫人（Mrs Alfred Baldwin）名義もあり。子息に英国首相スタンリー・ボールドウィン伯爵、甥に文豪ラドヤード・キップリング、義兄に美術家エドワード・バーン＝ジョーンズを持つ。邦訳短篇に「このホテルには居られない」（鳥影社『鼻のある男　イギリス女流作家怪奇小説選』所収）、「本物と偽物」（創元推理文庫『英国クリスマス幽霊譚傑作集』所収）がある。

「隣牀（りんしょう）の患者」（My Next-Door Neighbour 1895）もまたある種のジェントル・ゴーストストーリーで、鬼面人を驚かす展開はないが、「本物と偽物」でも感じられた登場人物の心理描写の細やかさが昏い余韻に繋がっている。またフランス北部のブルターニュ地方出身の人物を軸とする話で、同地方の特色を伝えている点も見逃せない。

舞台となる病院は所在地不明ながら、当時のロンドンの巨大病棟内部を患者の視点から描いているところが目を惹く。

何年か前、ある不運によりロンドンのさる病院の患者として五ヶ月ほどをすごしたときの話。十一月から翌年の二月にかけての入院生活はなんとも憂鬱なものだったが、初めの年は夏の娯楽が少なかったうえに、その後は雨と霧と霜が交互にこのうえなく激しく襲ったせいで、入院する前から戸外の愉しみに興ずる機会に恵まれていなかった。わたしの人生は登りくだりの激しい旅のようなもので、じつにさまざまな経験に満ちている。多くの国々を経巡って多くの人人と出会い、富を築いたのちそれを蕩尽し去り、今はついに困窮と向きあう仕儀となっている。だが富を失ったことこそ幸運と自分に言い聞かせ、過去の行動の結果に不満を言うべきではないと考えるようになった。資産を費やすことに与って力あった陽気な仲間たちは、逆境に陥るや否やわたしを見捨てた。陽が射しているあいだはいたるところで舞い踊る蚊や蚋が、曇り空になるとともにどこかへ失せてしまうのと同じだ。

わたしの不運の完璧さと徹底ぶりは称賛に値するほどだ。人生の初期からして金もなく友人もなく、しかも三十五歳にして早くも初めての深刻な病に見舞われた。健康でなければなにもできず何者にもなれないが、自分の立場をとり戻すためにはそれが不可欠というときに、健康から完全に見放されてしまった。富裕な縁者がいるにもかかわらず、自分の繁栄のために彼らと昵懇でいようと努めることがなく、逆境を脱するために彼らに救いを求めたりもせず、放蕩息子が家に帰るので歓待で迎えてほしいというような根拠のない見込みを仄めかしたりもしなかった。奇妙にも驚いたこととして憶えているのは、あるときわたしの住んでいた安下宿に医者がやってきて、病院の入院認可票をくれたことだ。それはだれかの好意によるのではなくて、当時しばしばあった幸運の籤のようなものらしかった。どこかの慈善家が私的にくれたものというような趣が感じられなかった。おそらく公共福祉のための大きな団体が、だれからも施しを得られそうにない貧者に配布したものだろうと考えて、わたしはそれを受けとった。

さまざまな種類の人間が同僚患者として収容されている大きな病棟の具わる病院で、わたしのようなある程度教育のある者が五ヶ月あまりものあいだできるだけ居心地よくすごすには、親しくしてもいい同僚患者をよく吟味して選ぶことが肝心だと思う。もし自分に興味を持ってくれている患者がいるとわかったなら、それこそがその人からの親しみの合図だと見なせばいい。事実わたしはそういう患者と出会い、世間での地位のちがいなどにかかわりなく付き合いを楽しむことができた。親しくさえなれれば、その人がじつは公爵だろうと、あるいは乗合馬車の馭者にすぎなかろうと、そんなことはどうでもいいのである。

長い入院生活のあいだには、たくさんの変化が起こるのを目にした。同じ病棟のベッドを埋める患者たちの数は頻繁に変わり、何人かが亡くなったが、多くは恢復し退院していった。やがてわたしがいちばん長くいる患者となり、長老めいた立場にいたった。病棟は細長い部屋で、両端に折りたたみドアが具わり、中央に大きな暖炉があって、左右の壁にはそれぞれ四つずつ縦長の窓があり、それらの窓ふたつずつにつき六つずつベッドが並んで、左右それぞれ十二ずつとなり、病棟全体で都合二十四のベッドが具わっていた。壁は心地よい青地で、ところどころに綺麗な飾り彫りが施されたり、あるいは文言や名言が刻まれたりして、わたしたち患者に愉しみや刺激を与えてくれた。あるいはまたそういうものが壁にない場所でも、近くの患者が退屈しないようななにがしかの代用物があった。

床は磨かれた木板で、絨毯や敷物に覆われてはいない。窓は紐付きの滑車を動かしてたやすく開け閉めできるようになっており、また病棟内の空気を入れ替えたいときには、一方の端の天井に近い壁に造りつけられた通気口から新鮮な外気をとり入れることができる。但しそうはやっても、病院全体の空気の独特な澱みはあまり変わることがない。わたし自身それはいつも感じていて、とくに炭素臭にはいつもムッとさせられ、ほかのさまざまな異臭をうわまわったが、とはいえそれとて病院内の種々のよからぬ要素のひとつにすぎないのもたしかだ。

長く入院しなければならなくなったわたしの病状は医師たちの関心の的となり、自分自身その病状のせいで苦しみもしたが、それはまた病人としての奇妙な自己満足の種にもなった。というのは、同じ病気を持つ者が病棟内でほかにいなかったからである。二十四人の患者全体で九種類の病気を持っていたが、そのうちの一種類を一人で持っているのはわたしの例だけなので、自ずとみなの関心が集中することになる。

病院では英国国教会の修道尼たちが看護師の任にあたっており、非常に熱心に務めを果たしてくれていた。彼女たちには今でも敬意と感謝の念を懐いている。みな能力に秀でているうえに意志堅固な女性たちで、気が短かったり礼儀を欠いたりする患者たちにも驚くべき忍耐強さで接していた。わたしは彼女たちの世話になっているうちに、病院の看護師という仕事のむずかしさや試練について幾許かなりとも蒙を啓かれていった。その結果として、もし自分が女で、且つ生活のためになにか仕事を選ばねばならないとしたら、病人を看護する仕事だけは――加えるなら船の添乗員も――避けたいと思うようになった。

自宅でおとなしく秘かに養生しても治らなかった病人が、縁者もだれもいない病院に移ってから恢復するというのは、考えてみれば驚くべきことだ。ただわたしの場合はひどく図太い神経を持っているらしく、一度手術をしたあとも大勢の患者のただなかにいつづけたが、手術の余波で衰弱していたのはほんの数日で、そのあとはむしろほかの患者たちのことを強く意識するようになった。ベッドのまわりを衝立で囲んで自分だけの架空の病室を想定したが、それでも枕の右隣には七人の、左隣には四人の患者たちの顔が想像のなかに浮かぶのを止められなかった。弱った者たちの呻き声や唸り声につねに聞き入り、夜ともなれば眠れるだけでも幸せだと言うかのような長い鼾にも、奇妙なほど達観して耳を澄ますのだった。

医師たちが病棟を巡り歩く回診のときには、いつも大勢の見習い医学生が伴い、その大行列を間近にするだけでも、神経の弱った患者は命を縮めるのではないかと思えた。回診の医師団は興味深い症例の患者がいると蜂の群れのように騒々しくとり囲み、説明を受けたり実際に目にしたりする。病状がひどければひどいほど、彼らは大いに満足するかのように熱心にノートをとった。患者のベッドのわきで見習い医学生たちに症例の説明をしているのは名高い外科医で、わたしはその威厳ある物腰と表情に見入りながらも、この医師もかつては彼ら学生たちと同じように素朴な若者だったのだろうかなどと考えたりした。射るような視線と燃えるような才気を持つこの外科医も、四十年ほど前には今の自分と同等の偉大な医師の背後にいて、同僚学生と秘かに目配せなど交わしたりしていたのだろうか？　そんなことを考えるうちに、ほどなく病院での日常生活にも意外なほどおもしろ味を感じてきて、やがて病苦から相当程度に解放されたころになると、同じ病棟のほかの患者たちを観察することがなによりの秘かな愉しみになってくるのだった。

病院の患者というのはじつにさまざまな人々の寄せ集めであり、あらゆる異なった境遇の者がたまたま二十四人一堂に会していると言ってもいい。しかも入れ替わりがとても激しく、ベッドが空いてもまたすぐ新しい患者がそこを埋めるので、牀（とこ）が冷めるという例がめったにない。年齢も容姿も体格も千差万別で、出身国までさまざまだった。いちばん多いのはやはりわれらイングランド人であり、次いでアイルランド人とスコットランド人、それから気が短くて小柄なウェールズ人、さらにはドイツ人やアメリカ人やフランス人もおり、ほかにインド人水夫やユダヤ人や黒人もいた。アメリカ人が入院した日にたまたま黒人も入院してベッドが隣同士になったが、ひどい罵（ののし）り合いがつづいたため、病棟内の平和と静寂化を図るため位置が変更された。また患者の職業も多種多様で、仕立屋、警察官、青物行商人、郵便配達夫、執事、馭者（ぎょしゃ）、墓掘り人、製糖業者、靴職人、果ては大型乗合馬車の車掌までいた。

また、患者たちの一部にはなにを職業にしているのかわからない謎めいた紳士たちもいた。そういう人々はたとえば街なかでも群衆の背後にしばしば見かけられる。なにか事故があったりして人が大勢集まってくると、必ずそういう者もどこかにいるものだ。ちょうど大雨が降ると土のなかにひそむ虫が地表に湧いてくるように。彼らはおおむね変わった仕事をしていて、凡人のように勤勉に働かなくても高収入を得ていたりする。日曜の午後には裾の長い外套と綿織りの上等な上着に身を包んで公園を散策し、欠かさず丈の短いパイプで高価な煙草を喫っている。そういう人々は入院する前どういうところで寝泊まりしていたものか、わたしなどには推測のしようもない。

同じ病棟でとくにわたしに愉しみを与えてくれた患者がいて、穏やかで繊細なその若者は、なぜ自分が公共病院という芳しいとは言いがたい施設に入ることになったのかを積極的に話してくれた。若者はリンカーン法曹院に所属するスクローニー氏とマクニブ氏の共同法廷弁護士事務所に勤務しており、そのため病院を退院したのち街なかでかつての同僚患者の一人とばったり出会う可能性をひどく恐れていた。というのはその同僚患者が煙突掃除夫だったからで、そういう職業の者と友だちだと思われるのは立場上困ると考えているとのことだった。

「その人は仕事柄顔がひどく黒ずんでいるので、ぼくはひと目見ただけではだれだか思いだせないかもしれません。でもその人は遠目にぼくを見かけただけでもきっと駆け寄ってくるでしょう。もし煙突掃除夫と親しく話しているのを人に見られたら、弁護士事務所での仕事に差し障るかもしれません」と、繊細すぎるその若者は言うのだった。

長くいる患者は自分の苦境がある程度治まると、自然とほかの患者に関心を持つようになるので、わたしにもさまざまな話相手ができた。ある執事とは非常に楽しい会話を交わすことができたので、もしおたがいが退院できたあと夜にでもその人のところを訪ねたくなったら、住まいのある街区の入場門の前で口笛を吹けばいいと教えてくれた。辻馬車の馭者をしているというある患者は、退院するとき心からの別れの挨拶を交わしたうえに、わたしが退院したあと初めてピカデリーに来たときには、是非自分の辻馬車に乗ってほしいと言ってくれた。パン屋を営む思索好きなドイツ人の患者は形而上学というものについて語った際に、その学問の定義をこのように述べた――

「ある人が自分でもよく理解していないなにかについて、あなたによく理解できない話し方で話したとき、その〈なにか〉や〈話し方〉を形而上学と呼ぶのです」

このパン屋は自分が退院するとき別れぎわの挨拶代わりに冗談でそう言ったのだが、それとともに商売柄から、パンを買いたいとき避けたほうがいいパン屋の一覧を作ってもくれ、そのなかには手を洗わずにパン生地をこねる店も含まれていた。わたしはもちろん礼を言った。ある青物行商人の患者は、通りで青物売りの手押し車から果物を買うとき、行商人の巧みな欺きの手管(てくだ)をどうすれば見抜けるかを教えてくれた。そういう話はたとえ実際には役立たないとしても、わたしにはとても愉しく、街の人々のさまざまな生活のようすを覗き見られる気がしたものだった。

わたしも自身は三ヶ月ほどのあいだほとんど臥(ふ)せっており、そののち手術後の余波からようやく恢復したころ、ほかの同僚患者たちよりも特段親しみを寄せてくる患者と知り合いになった。その患者が初めて入院してきた日のことはよく憶えている。新年が明けて最初の週で、丸二日間空(あ)いていた右隣のベッドが埋まったので、看護師がよかったですねと言ってくれた。そのまえに同じベッドにいた患者は口数の少ない鈍重な男で、自分の病状について黙然と考えていることが多かった。まるで自分こそがこの世でいちばん気の毒な男だと言わんばかりで、病院での生活で他人との前向きな付き合いなどする気もないしできもしないというふうだった。だから退院するときもだれも別れを惜しんだりはせず、その男の禿げ頭の下の苛立たしそうな険(けわ)しい顔がいつもベッドに横たわっているのを目にするよりは、枕だけがあるのを見るほうがましだとみなが考えていた。そんな例も含めた何人もの患者が入れ代わり立ち代わり右隣のベッドを占めてきたすえに、知的で共感の持てる新たな一人がそこに配置されたのは、大いに幸いで嬉しいことだった。

　その日の前夜わたしは体調が思わしくなく、翌日になって、午前のうちに医師が容態を診(み)に来たり、食事が運ばれてきたりするうちに、いつしかわれ知らず眠りに落ちていた。やがて目覚めると、驚いたことには、一時間半ほど前までは空だった隣のベッドに新たな患者が入っていた。しかも、もう一週間もいるのではないかと思えるほど居心地よさそうな、慣れたようすでそこにいたのである。

　その新参者は三十歳前後ぐらいの、背が高く浅黒い肌をした男だった。目を閉じて横たわっていたが、顔をこちらに向けていたので、そのひときわ印象的な顔をよく見ることができた。

イングランド人でないのはたしかだが、どこの国の出身かはまだわからなかった。髭を綺麗に剃っている印象だったが、もともと顔に毛が生えていないらしいとあとで気づいた。剃刀なしでひと月すごしたとしても、口もとや顎が黒ずむことがなさそうだった。肌は黄色がかった茶色で、まっすぐな黒髪が耳を覆って頬までのび、額の前髪は横一文字に切り揃えている。鼻は大きくて目立ち、口も大きく形がいいが、唇は薄い。耳から顎にかけての線には堂々とした風格がある。耳と口のあいだの縦幅が並みより大きく、長くて綺麗な頬の窪みが顔の輪郭に品格と哀愁を帯びさせている。目覚めるとどんな顔になるだろうなどと思いながら見ていると、不意に瞼が開いて黒い瞳があらわになった。両の目は左右に離れているが、まなざしは遠くまで見通すように澄んでいる。

顔に見入るうちに、髭のないなめらかな肌でありながら男らしさが具わり、且つまた表情には隙のなさと子供っぽい純朴さとが同居している印象を持った。それでわたしは心のなかでこのようにつぶやいた――

「患者さん、あなたのお国がどちらかはわかりかねますが、これまでどういうふうにすごしてこられたかは、お顔からおよそ読みとれる気がしますよ。この十九世紀をさまよっているのが似合わない方じゃありませんかな。十四世紀か、あるいは少なくともジャン・フロワサール（十四―十五世紀英国の年代記作家）が著した年代記のなかが本来の居場所で、そのページの外に出てくるべきじゃなかった、そういう方だろうと思えてなりませんね」

そんなふうに問いかけたいと思ったのは、病院の患者同士が普通に交わしあう、「お名前を訊いてもよろしいか？」「お国はどちらです？」「どんなご病気で？」などといったありふれた質問をしてはいけないご仁ではないかという気がしたからだった。それで、話しかけるのに適した機会が訪れるのをもうしばらく待つことにした。

やがて看護師が食事を運んできてくれたとき、このように尋ねてみた。

「こんど隣のベッドに来た患者さんは、どういう人ですかね？」

「フランスの方だそうです。あなたがお寝みのとき入院してこられましたわね」

「それはいいじゃないか」と、わたしは内心で自分に言い聞かせた。「フランス語をしばらく話していなくて錆びついているから、この人を相手に磨きなおせるだろう」そして看護師にこう糺した。「名前はなんというんでしょう？」

「ごめんなさいね、わたしフランス式のお名前が思いだせませんの。たしか長いお名前でしたけれどね。外国の方によくあるように」

わたしはわきの棚の抽斗から紙と鉛筆をとりだし、看護師にわたした。

「すみませんが、ベッドの上の名札から名前を書き写してくれませんかね？」

看護師は承知して名前を書き写し、その紙をわたしに戻してくれた。そこに記されていた名前は、ジャン＝マリー・テゴネック・ピプレイクと読めた。

「そうか、ブルターニュ（フランス北西部の半島。住民はケルト系。かつて独立国だったが十六世紀フランスに併合）の人だったのか」とわたしは言って、ふたつ重なっているラストネームを秘かに暗唱した。

「ブリターニュの方ですのね！　普通のフランス人は、なろうとしても決してなれるものではないでしょうね」看護師がそんなふうに言ったのは、ブルターニュ人という人々の民族性を正しく理解していないからにちがいなかった。

「看護師さん、ブリターニュじゃありません。ブルターニュですよ」と、わたしが正してやった。「それに、ブルターニュ人というのはフランス人とはまったくちがう人々なんです。仮にフランス語を話せる人だとしてもね。英語を話せるウェールズ人であってもイングランド人とは言えないでしょう、それと似たようなことです。あの患者さんの、十四世紀の人のような威厳ある顔立ちは、フランス人とはちがうブルターニュ人だからだと知って、わたしは納得できたわけです」

民族というもののちがいについて看護師にもっと講義してやりたかったが、彼女はわたしとの会話を切りあげて新入りの患者へと移っていき、あなたはフランス人ではないのですかとあけすけに尋ねた。お隣のベッドの方がそう仰るから、と。ベッド付属のテーブルを前にしてシーツの上に坐り食事を待っていた新参患者は、まず看護師へ丁寧な挨拶のお辞儀をしたあと、わたしのほうへも同じ所作を向けた。

「たしかにぼくはブルターニュ人で、フィニステール県にあるロスコフという町の出身です」如何にも異国人らしい強い訛りを帯びた哀愁のある低い声で新参患者は答え、丁重にこうつけ加えた。「名前はジャン‐マリー・テゴネック・ピプレイクと言いますが、どこでもジャン‐マリーとだけ呼ばれています」

「お名前からしてブルターニュ人の方じゃないかと思ったんですよ」とわたしは言った。「あなたの故郷であるあの地方については、かなりよく知っているものでね。フィニステール県とモルビアン県についてもよく知っています。そのあたりでひと夏すごしたことがあるので」

「ムッシュ、ブルターニュについてご存じでしたか！」新参患者は目を輝かせてそう返した。「モルレやランデルノーやカンペールやサン・ポル・ド・レオンやカルナックやプルガステル＝ダウラにも行かれましたか？」そのあとほかにもさまざまな地名を並べた。海岸の町もあり内陸の街もあったが、どこもわたしの記憶の外を通りすぎるだけだった。

「それらの地名は全部知っていますが」わたしは彼の積極性に好感を覚え、笑みを洩らしながら答えた。「食事を終えられたあと、またいろいろお話ししてくださると嬉しいですね。よく知っているというわたしの言葉が本当だとわかっていただけるように」

「いいえムッシュ、本当かどうか疑っているわけじゃありません。よくご存じと聞いて、ぼくのほうこそとても嬉しかったものですから！」

ジャン＝マリーは――わたしは心のうちで彼のことをすでにそう呼んでいた――食事の前後それぞれで、額（ひたい）と胸の前で十字を切っていた。彼が食事を済ませると、フランス語での会話を試させてもらったが、つねに芳しい結果になるとはかぎらなかった。というのは彼がフランス語を第二言語として習得しているのみだったので、風変わりな方言（パトワ）が混じりがちとなり、一方わたしの場合はパリにいたころ憶えた普通のフランス語であるためだった。だがとにかくにも急速におたがいを知ることができ、彼の子供のころの思い出の景色の数々や、大人になってから気に入ったさまざまな土地のことも話題に上（のぼ）った。そしてわたしはこのジャン＝マリーにますます好感を覚え、その結果として、医師たちが彼の病状について思わしくないと考えていることを知ると、心が大いに沈んだ。折に触れ彼が語り聞かせたこれまでの半生とは、以下のようなものだった。

ジャン＝マリー・テゴネック・ピプレイクはフランスのブルターニュ地方フィニステール県ロスコフの近在に住む貧しい漁師夫婦の息子で、妹アンヌ——かの地域では四百年後の現代でも英雄として語り継がれているブルターニュ女公アンヌ（中世ブルターニュ公国最後の君主。一四七七—一五一四）にちなむ名前だという——とともに二人きりの子供の一人だった。非常な貧しさのなかで育ってきた話は、わたしのような甘やかされた子供時代しか知らないイングランド人には信じがたいほど壮絶なものだった。彼ら一家は食肉を口にしたことがなく、主食は粗末きわまるパンで、野菜といえば玉葱とジャガ芋、ほかは祭日にのみときどき魚とミルクを摂れるだけだったという。毎朝四時に起床して漁用の網を修繕したり、住み処としていた小屋の外のささやかな畑での野良仕事を手伝うのが日課だった。父親は晴れた日にはいつも夜中に漁に出かけ、母親は窓辺で蠟燭を燃やして、沖に出た父親の漁船のための灯台代わりにしてやっていた。

海辺に吹く強い西風のなかを父親が無事に戻ってくると、信心深い母親は子供たちをつれて教会に行き、夫を守ってくれた聖母マリアさまに感謝を捧げた。とくに嵐の夜に夫が奇跡的に生きのびたときには、漁船を象ったお供えを作って、守護聖人である聖母さまに手向けるため、教会の礼拝堂の天井から祭壇の前へ吊るすのだった。神の慈悲に対する人間の謝意を示す徴として。

しかしある秋の不穏な夜に突然の激しい風雨が漁船の群れを襲い、やがて荒れる海と空が灰色の霧のなかでひとつになったかのような不安な朝を迎えると、人を貪った波によって、勇敢な漁師たちの溺死体が海岸に打ちあげられているのが見つかり、そのなかにジャン-マリーの父親の亡骸も含まれていた。

「フィニステールの海は情け容赦がないのですよ、ムッシュ。あの海のせいで多くの未亡人や孤児ができるのです。冬の夜には家のすぐ外で吠える飢えた狼のような声で海が荒れ騒ぎます。でも夏になると、さながら頭上に広がる空のように青くて静かな海に変わり、遠くの島々は穏やかな海上に浮かぶ雲の群れを思わせる景色になります。夏は神の慈愛のごとく海が凪ぎ、冬は神の怒りのごとく海が荒れて人を震えあがらせるのです」

ジャン-マリーは亡き父のあとを継いで漁師になるはずだったが、母は息子までが夫と同じように非情な海によって奪われるのを恐れて、少し離れたサン・ポル・ド・レオンに転居した。母は幼いアンヌをつれて畑仕事に専念し、ジャン-マリーはまだ十歳だったが、わずかなりとも手当てを稼ぐため、農場雇いの農夫として一日十二時間働いた。

「ぼくがなにを望んでいるわけでもないことを、神さまはお見通しくださっていたにちがいありません。なんとかパンを食べられて、あとは健康で体力があれば満足でしたから。やがて成長するにつれ、母と妹を扶助できるようになっていきました」

ジャン-マリーはあらゆるものに神を見ていたという。それほどに子供らしい信仰心を持つ者は男でも女でも、わたしはこれまで出会ったことがない。

ジャン＝マリーが二十歳になったとき、母親が労苦と困窮による疲労が因で亡くなった。親子三人とも懸命に働いたが、日々の暮らしを充分にささえられる稼ぎにすら足りていなかった。病気や怪我に侵されたときでも、臥せっていられるほどの蓄えがなく、母は死の間ぎわでさえろくに体を休められていなかった。母の死後ほどなくして、アンヌがバゾフ島に住む漁師のもとへ嫁いでいった。島では女たちは畑を耕し、男たちは海へ漁に出るのが習わしで、しかも子供の多い家族だったため、妹は嫁ぎ先でも依然として困苦から抜けだせなかった。

「ところで、ジャン＝マリーさん、あなたはどうやって英語を話せるようになったんです？」

彼の病苦が和らいで会話を楽しめるようになった日に、わたしはそう質問した。

「ムッシュ、ぼくに英語を教えてくれたのはあなたの同国人でして、とても有能な方でした。ブルターニュのカルナックにある有名な環状列石について調べるため、その地に長年住んでいた人です。ムッシュ・スミットという人で、ぼくにとって父親のような存在でした。ぼくはその人の使用人を務めていて、庭の菜園を耕したり牛や馬の世話をしたりして、その合間にムッシュ・スミットからむずかしい英語を教わりながら、数年のあいだ仕えさせてもらいました。主人はカトリック信者ではなく、そもそもキリスト教を信仰してはいませんでした。それでも神さまはあの方に善良な心をお与えになったので、貧しい人々はあの方のために祈りました。ぼくは主人に信仰を勧めようと思い、ブルターニュでは今でも聖人が起こす奇蹟が信じられていることを説こうと試みました。でもムッシュ・スミットは納得してはくれませんでした。イングランドに多くいる無信仰の人々と同じだと思いました――こんな言い方をして申しわけありません、でも神さまを巡る話で持ってまわった言い方をするのよくありませんので。ただ、主人も心の底では神さまの存在を信じておいでだったのだと思います。というのは、飼っていた牝牛(めうし)が流産したとき、信仰者と同じように嘆き悲しんで、哀れな牝牛のために聖エルボ（ルブターニュの聖人）に禱(いの)るべく、ぼくがユエルゴアまで赴(おもむ)くのを認めてくれたからです」

「聖エルボ教会はとてもふさわしいところだと思います」と、わたしが口を挟んだ。「聖エルボは家畜に格別な保護を与えてくれると言われていましたからね。あの教会で祭壇に捧げられた家畜の毛の房を見た憶えがあります。病気になった動物を思いやる不運な飼い主たちが、恢復を願って切りとった毛なのでしょう」

「ではひょっとすると、ムッシュがご覧になった毛の房こそ、ぼくがあの祭壇に捧げたものだったかもしれません」ジャン－マリーは感激したように言った。「地が赤毛で、ところどころに白い毛が混じっていました。ご記憶じゃありませんか？」

　じつのところ聖エルボ教会を訪れたとき見たものは、山羊(やぎ)や馬や牛などたくさんの動物の毛が祭壇を覆い尽くしている光景だったのだが、そう打ち明けるのは避けたほうが賢明だと思うしかなかった。

「それで、あなたのご主人の牝牛は恢復したんですか？」代わりにそう訊き返した。

「いえ、残念ながら、恢復の禱りのためにぼくがその地に赴いて三日めに死んでしまいました」

「なんと、毛の房を捧げるために丸二日もかけて聖エルボ教会まで歩いていったのに、無駄に終わったと？　聖人の霊はなぜそんなに無情だったのでしょう」

「聖エルボは病に罹った哀れな生き物のための禱りに際し、ふた通りの応え方を用意していると教えられました。もし恢復させるのがよしと判定された場合にのみ恢復し、そうでない場合には落命すると」

ジャン＝マリーはそう言ったあと、同じ信仰を持たない者とこれ以上聖霊について話しても仕方がないと思ったのか、その話題を切りあげた。

「二十五歳になったとき、主人に伴ってパリへ出向きました。ブルターニュの外に出るのは初めての経験でした。ところがなんということか、パリではまるで奴隷かなにかのように人々に見なされるのだと気づきました。通りを歩けば、街の人々はぼくの長い髪や鍔広帽子を見て笑うのです。自分では優雅なつもりでいるブルターニュの民族衣裳――英語で言う胴衣にあたるものですが――を見てさえ、女公アンヌの時代の祖先が織り成した模様が可笑しいというのか、笑うありさまでした。弥撒に行ったときでさえ人々はぼくを見て秘かに笑っていましたが、それ以上に、パリの教会の礼拝者の少なさに驚きました。ブルターニュの教会はいつも人で溢れていましたから。パリではよく金銭を余計に支払わされたり、街で道を訊けば別の方角を教えられたりしました。子供たちでさえぼくを汚い言葉で罵り、若い娘たちはブルターニュ人なら顔を紅潮させて怒るしかないような雑言を浴びせてくる始末でした」

やがて親しさがいちだんと増したころのある日、ジャン＝マリーは使用人仲間のフランソワーズという娘と恋に落ちた経験を打ち明けた。

「ぼくがこれまでに愛した女性は、そのフランソワーズ独りだけなのです。五年ものあいだ同じテーブルで食事をし、同じ庭で菜園仕事をして、弥撒にも一緒に出かけて、ともに禱りを捧げました。結婚はまだしていませんでしたが、ささやかな蓄えを少しでも減らしたくないという考えがまずあったのと、ぼくの可哀想な母のような主婦としての苦労をさせたくないという思いもあってのことでした。フランソワーズはもちろん美しい娘でしたが、そうであると否とを問わず、神さまがお与えくださった女性なのだと思われ、ほかの女たちの顔を長く見ることすら慎みました。いずれは結婚するつもりでそのあとも使用人をつづけさせてもらって、ムッシュ・スミット邸の近くの小さな小屋にでも夫婦で住めればいいと考えていました。主人はフランソワーズの代わりの料理女を雇うつもりのようでしたが、そうなっても彼女は邸での手伝いをつづけたいと言っていましたので。

結婚式を挙げる予定の日まであと二週間ほどというころになって、ぼくたちの善き主人が流行り病で臥せってしまい、フランソワーズが看病にあたりました。すると、なんということか彼女まで感染し、ともに亡くなってしまいました。主人ムッシュ・スミットとフランソワーズとが、いちどに二人ともです！　ぼくは自分も死のうと思い、二人の亡骸から感染しようと試みましたが、流行り病にはすでにぼくまで殺すだけの力がありませんでした——聖人を焼く火刑の火ほどの力は残っていなかったのです。考えてもみてください、ムッシュ、もしぼくがあれほど熱くフランソワーズを愛していなかったならば、二人はどこかの男とだれかの人妻として、ともに生き永らえていたはずなのです。ぼくに遺された彼女の形見は、ここに持っているこの念珠だけでした。彼女はまさに聖母マリアその人のごとく貧しかったのです」

そしてジャン＝マリーは痩せた長い腕をわたしのほうへのばしたと思うと、ベッドわきの棚の上に安物らしいひと振りの念珠を置いた。小さな木の実をつなぎあわせた輪に、十字架をとり付けて作ったものだった。

　仕えていた主人と婚約者の両方に死なれたジャン＝マリーは故郷ロスコフに帰り、親切な農場主ムッシュ・プロウメルの下働きとなった。フィニステール県の名産である玉葱を大量に作っている農場主で、非常に経営力に優れ、最良の市場で生産物を売りたいと考えていた。ジャン＝マリーは忠実に且つ知性的に仕え、三年がすぎて賃金もあがり、また英語を話せるようになっていたおかげで、ロンドンへ派遣されることになった。イングランドの青物卸商（おろししょう）に玉葱を売りこむ交渉をするためだ。十四世紀の人のような面差しを持つわが友人が、商業の分野で並はずれた才覚を持っていることには驚かざるをえなかった。主人のためそして自分のために利益率の高い取引を交渉して成立させ、その誠実な働きぶりと能力の高さにより、ムッシュ・プロウメルを大いに満足させた。

　そして三度めとなるイングランドでの商用旅行をしているさなかに、今のこの重病を患ってしまい、二度と故国に帰れないまま終わることになるのだった。

「ぼくの患いはもう一年以上もつづいています。苦痛の程度からして、命とりの病だと自分でわかっています。でもあまり気にしていません。肝心なことが終わっていますから。つまり商用をすでに済ませているのです。ここに入院する前日に、この国での稼ぎをすべてムッシュ・プロウメル宛てに送り、同時にぼくの貧しい妹アンヌとその三人の子供たちのために蓄えておいた三百フランも為替手形にして送りました。あとは死ぬためにこの病院に来たと、そう思っているのです」わが友はまるで他人ごとでも語るように、穏やかで無感情な調子でそう言った。

　わたしは黙って聞いていた。医師たちがジャン＝マリーの病状についてどう考えているかを知っていたから。どうやっても完治は叶わず、痛みを多少とも和らげられるだけなのだった。病院内にも彼以上の重病人はいないとすら思われた。中世風の迷信深さを持つ男ではありながらも、非常な勇気を具えたキリスト教徒であることはまちがいなく、そのためにわたしたちほかの患者は自分が恥ずかしくさえなるのだった。やっと痛みが和らいで会話ができるようになったときにも、人への礼節を失わず静かに話し、愚痴や不満が彼の口からこぼれることは決してなかった。同僚患者たちのわがままな物言いにも真摯に耳を傾け、その一方で、自分も含めた病人が陥りがちな自己本位で狭い了見から来る憂鬱さを人々から払うべく、できるかぎり明るく話そうとも努めるのだった。

　ある日わたしはジャン＝マリーがたいへんな苦痛に耐えていることに気づいた。色黒の顔が青褪め、口を開けばこんな言葉が洩れてきた。

「ムッシュ、今日の痛みは針に刺されるかのようです――われらのイエスさまが耐えた痛みにも比べられるかもしれないほどに」

　ジャン＝マリーが重篤となったその夜、わたしは横臥したきりまんじりともしなかった。彼の状態が心配でならなかったからであると同時に、彼の見せる不断の苦しみを間近にしては眠ることなどとてもできなかったからでもある。とどまることなく譫言（うわごと）をつぶやいていた。看護師は常時看病に励みながら、隣に寝ているわたしにこう囁きかけた。

「処方している睡眠薬が、今夜は効かないようなんですのよ。あまりに休みなく痛むからでしょう」

　深夜午前二時から三時のあいだごろ、ジャン－マリーの上へ身を乗りだしている女性の姿が目に入ったので、わたしは看護師がまた彼の病状を診ているのだと思った。その女性はわたしのほうへ顔を向ける側に立っており、白い帽子をかぶっているが、看護師のそれではないようだと気づいた。女性は彼に接吻をするのではないかと思うほど深く顔を屈みこませた。と思うと不意にひざまずき、両手で彼の片手を握りしめた。病棟内の照明のおかげで見てとれたのは、その女性が身に纏っているものがフランスのブルターニュ地方の農婦の衣裳であるらしいことだった。色織りの綿製の肩掛けで両肩を覆い、その両端を黒地の前掛けの胸当て部分に差しこんでいる。わたしは思わずベッドの上で上体を起こした。すると暖炉のそばで椅子に腰かけていた看護師がそれに気づき、すぐわたしに近寄ってきた。

「なにか欲しいものでも?」と看護師が問いかけた。

「いや、そこにいる女の人はだれかなと思って」とわたしは言い、依然としてジャン－マリーのそばに佇んでいる女性を指さした。

「女の人、とは?」と看護師は言い、その方角を見やった。

「そこにいる、ブルータニュの農婦の衣裳を着た女性ですよ。ジャン－マリーのベッドのそばで彼の手をとって、なにか話しかけているようじゃありませんか」

「夢でもご覧になったんじゃありません？」と看護師は返した。「そこには人なんていませんわよ。さあ、また横になって、眠るように努めてください。お隣の患者さんのせいでむずかしいのはわかりますけれどね」

わたしは夢など見ていなかったが、ジャン＝マリーは見ていたようだった。というのは、あとになって彼が目覚めたとき、夢から抜けだしてしまったのが残念であるかのように小さく溜め息をついて、穏やかな声でこのように言ったからだ。

「ムッシュ、神さまはとても親切にしてくださいました。夢のなかでぼくにフランソワーズを送り届けてくれたので、彼女と再会できたうえに、この手で抱きしめることまでできたんです。こうやって苦しむのもあと三日だけです。土曜から日曜に日付が替わったあとの午前二時に、フランソワーズがふたたびやってきて、ぼくをつれていってくれることになっているんですから！」彼はそう言うと、比べられるもののない幸福のなかにいるように笑い、そのあと間もなく譫妄（せんもう）状態に戻った。

木曜日、金曜日、土曜日とすぎていくあいだ、医師たちはわが友の臨終のときが間近に迫っているとはまだ診立てていなかったが、病状は確実に悪化の一途をたどった。ジャン＝マリーの精神は終始譫妄のなかを漂い、ブルトン語（ブルターニュ地方特有のケルト系言語）で絶えず独り言をつぶやいていた。ときどきフランス語に変わることがあり、そういうときはなにを言っているのかわたしにも理解できた。どうやら空想のなかで子供のころに返り、幼い妹と一緒に砂浜で遊んだり、岩場に腰をおろしたり、父親の漁用網を修繕したりしているらしかった。そうしているうちに彼の状態がどうなるのかと予想すると、わたし自身興奮して熱っぽささえ感じてきた。あのとき見た女性は彼の婚約者フランソワーズなのにちがいなく、彼女がふたたびやってくるのかと思うと怖くなった。だが医師にも看護師にもそのことは打ち明けなかった。そんな奇妙な体験を話しても、病人の妄想だと思われるのが落ちだ。だがわたしが神経性の興奮状態を見せるうちに、研修医の一人がそれに気づいて声をかけてきた。以前からとても親切にしてくれている、心根のいい若者だ。

「ひどく興奮しているようですが、いったいどうしたんです？」研修医がそう問い糺したのは土曜の午後のことだった。「初めての手術が終わったあと、これほど脈拍が速くなったことはないじゃありませんか。なにかを予想してそんなに興奮してしまうほどの、よくない兆候は出ていませんよ」

だが研修医にも真相は話せない。信じがたい話と思われるだけだ。そこで、ここ幾日かよく眠れない夜がつづいたので、いつもより具合が悪いように思ってしまうせいだと告げた。そしてそれに辻褄を合わせるべく、あたかも病人らしい意味不明なことを言うかのように、研修医にこう勧めてやった。

「先生、今夜の真夜中の午前二時に、隣のジャン＝マリーさんを診てやってくれませんか」

わたしが至極真剣な調子でそう頼みこむと、研修医は右手に持つ聴診器で左手の掌を叩く仕草をやめて、こう言い返した。

「ぼくがこのあとこの病棟に入るのは、午前四時と決められているんですよ。だからよほど納得の行く事情がないかぎり、今のご依頼を聞き容れるのはむずかしいですね。仮にその時間にぼくが隣の患者さんを診てあげたら、よほどいい方向へ進むという保証があるなら話は別ですが、そうでもなければ、ぼく自身が無駄骨のせいでひどい疲れを覚えるだけに終わってしまいますから」

「でもわたしには、きっかりその時間にジャン＝マリーさんを診てあげてほしいとあなたにお願いする、ちゃんとした理由があるつもりなんです」とわたしはくいさがった。「その理由を今ははっきりとは言えませんが、あとできっとお話しします——あなたがたしかに来てくださるならば、ですが」

研修医はもう一度わたしの脈を診たが、そのようすからして、やはり病状による妄想に陥っているのだと見なしたらしかった。

「なるほど、わかりました」と研修医は言った。「もし早めに仮眠から起きられたら、来てみることにしましょう——たしか午前二時と仰いましたね。その時間にジャン＝マリーさんを診てあげますから」

午後十一時、照明が薄暗くなり、病院内はどこも静寂に支配された。隣のジャン＝マリーは短時間のみ譫妄状態から脱して、穏やかな顔で目覚めた。ときおりなにごとかつぶやくのを聞いていると、どこかへの心地よい旅をして、会いたかった友人知己に会えたといったことを訴えたいものらしかった。そのせいかとても満足そうな興奮を示していた。看護師がなにか望むものはないかと訊くと、口にする答えはいつも決まっていた。

「なにかを望むときは終わりました。すべてを手に入れたので」それからわたしにはこのように告げた。「フランソワーズが迎えに来たら、一緒に行くつもりでいます。ですので、ムッシュ、あの念珠をあなたに受けとってもらえたら、とても嬉しく思います。あれをそばに置くなら、神さまがきっとあなたに、カトリック信者になるための導きを施してくださるはずですので」そう言って、感慨深げな表情を見せるのだった。

「ジャン＝マリーさん、あなたのような穏やかさと勇気を自分のものにできるのなら、わたしはカトリックにでもなんにでもなりましょう」

そうわたしは応えたが、しかしもはや彼に聞こえているとは思えなかった。ふたたび譫妄状態に入って、独り言をつぶやいたり、ブルターニュの古い民謡らしい歌の端々（はしばし）を口ずさんだりするだけになった。その歌声はどこかしらグレゴリオ聖歌を思わせなくもなかった。

「あのフランス人の患者が静かになってくれたら、おれもぐっすり眠れるんだが」わたしの左隣の患者が苛立たしげにそう言うのが聞こえた。

「この人に眠りを妨げられるのは今夜が最後です。もう少しの辛抱ですよ」とわたしは言ってやった。

午前零時をとうにすぎ、やがて一マイルほど離れた教会の鐘が午前一時を打つのが聞こえた。不意討ちの砲撃を思わせる響きだった。ジャン＝マリーの夢による予言が真実か否かを知るために、長く待つには及ばなかった。緊張しきっているわたしの耳には、病棟内のあらゆる物音が、看護師たちの絶えざる足音にいたるまで、不自然なほど大きく聞こえた。そのあいだも薄暗い照明のなかで横たわったまま、ジャン－マリーのいにしえ人のごとき顔立ちをじっと見つめていた。彼は仰向けに寝て目を閉じ、茶色の長い指は念珠をつまぐるかのような仕草を示し、唇はせわしなく蠢きつづけていた。そのとき看護師が薬を持って彼のベッドのわきに近づいてきた。薬の強い臭いがわたしのところまで漂ってきて、気分を悪くさせるほどだ。

「こんなときになってもなお、それほど刺激の強い薬で彼の眠りを妨げないといけないんですかね？」

わたしはジャン－マリーを思いやって看護師にそう問いかけた。長い時間のなかでもいちばんの穏やかな寝顔をしているときだったからだ。

「医師のご指示ですので」と看護師は答えて、患者の頭をわずかだけ持ちあげ、口にグラスを触れさせた。

ジャン－マリーが目を開けた。その表情から、刺激臭の強い薬に厭悪を覚えているのが見てとれた。だがすぐ幼い子供のような従順さに戻り、グラスの底の残滓にいたるまで薬を服み干した。

午前二時まであと数分というときになると、わたしの耐えがたいほどの切迫感が極に達した。暖炉の熾が崩れる音までが雷鳴のように大きく響き、ビクッとして震えあがらせる。ジャン－マリーの眠りは穏やかならざるものになっていたが、もはや譫言をつぶやくこともなかった。そのとき、目を疑うことには――目撃するにちがいないと確信していたにもかかわらず――ジャン－マリーのベッドのわきに、三日前に見たのと同じ人影があるのを認めた。ブルターニュの農婦の衣裳を着た女性だ。浅黒い顔にこのうえないほどにこやかな微笑みを湛えて、黒髪に純白の帽子をかぶった頭をジャン‐マリーの上へかしげ、頰に頰が触れるほどに顔を近づけた。わたしは心臓が息苦しいほど高鳴るのを感じつつも、わずかに起こした体を片肘でささえて、なりゆきを逐一注視すべく努めた。病棟内にいる患者すべてが一人残らず寝入っていることは稀であり、師長はじめ当直の看護師たちも当然みな目覚めているはずだ。それなのに、ジャン‐マリーのベッドのそばに立つ長身の人影が見えているのはわたし独りしかいないのか？ 風変わりな衣裳を纏った女性がそこに立って患者の上へ屈みこんでいるのを、丸十分は目を逸らさず見すえていた。女性が不意にその場にひざまずいたとき、ジャン‐マリーが恍惚の境にあるかのような低い声でこう洩らすのが聞こえた。

「おお、フランソワーズ、ぼくのフランソワーズ！」その喘ぎが彼の最期の呼吸となった。

「看護師さん、看護師さん！」わたしは大声で呼んだ。「ジャン‐マリーさんが死にそうです！」

ただちに駆けつけた看護師は、疑いなく自分ではそうと気づかないまま、依然として患者の上へ浮かぶように屈みこんでいるうっすらとした人影を通過していった。直後に病棟の奥のドアが開き、あの年若い研修医が入ってきた。

「どうしたんです？」ベッドから起きあがっているわたしと、ジャン‐マリーの脈を診ている看護師を目にして、研修医はそう問い糺した。

「ジャン‐マリーさんが亡くなりました――とても急に。一時間ほど前にお薬を服んでもらったばかりでしたのに」と看護師が言った。

そこでわたしは研修医に、木曜日に目撃したことを思いだせるかぎり打ち明け、今この場で現実となった夢の予言についてジャン－マリーが語ったことも話してやった。彼が夢を見ていたさなかに現われて間もなく消えたブルターニュの農婦姿の女性について人に話したのは、このときが初めてだった。日曜日へと日付が替わる前には研修医にもその点だけは打ち明けていなかったが、ことここにいたって、わたしの頼みが真実に基づいていたことが彼にもようやく得心できたようだった。哀れなジャン－マリーの亡骸をさし示しながら語るわたしの話に、研修医は大いなる関心とともに耳を傾けた。

「そういうお話をほかの患者さんから聞かされたとしても」と、やがて研修医が言った。「きっと譫妄による幻覚かなにかだと見なすにとどめ、頭を氷で冷やしてあげるよう指示するだけに終わったでしょう。仮にあなたに対してそうしていたとしても、まちがった診立てとは言いきれないかもしれません。とはいえ、あなたのような高い教育を受けてこられた方が、超自然的ななにかを面前で目撃したうえにそれを事実と納得していらっしゃるとなれば、少なくとも耳を傾けるには値するはずだと考えました。たしかにたいへん奇妙な出来事です。それを思うと、ジャン－マリーさんは記憶されるべき患者です。こういう前例は、ぼくには経験がありません。出来事のすべてを通じてひとつだけ確実に言えるのは、朝になったらなによりも早々に、あなたをこの病棟からほかへお移ししなければならないということです。もともとのご病気のみならずこんな事態にまで出遭われたために、神経に障ってはよくありませんので」

可哀想なわが友人の遺体は、ほかの患者が彼の死に気づかないうちに病棟から運びだされていった。数時間後、わたしは同じ病院内の別の病棟に移され、新たな顔ぶれの患者たちに囲まれる仕儀となった。そのときには早くも、ジャン－マリー・テゴネック・ピプレイクを巡る異様な出来事が果たして夢ではなかったのかどうか確信が持てなくなっていた。

令嬢キティー

ウォルター・ベサント、ジェイムズ・ライス

（夏来健次 訳）

Lady Kitty (1873)

by Walter Besant & James Rice

ウォルター・ベサント（Sir Walter Besant 1836－1901）、ジェイムズ・ライス（James Rice 1843－1882）

ベサントは詩人として出発して間もないころ、雑誌発行者だったライスと出会い、以後共作で長篇小説十二作と多くの短篇を発表した。ライスの早世以後は単独の作家・歴史家として活動し成功した。本邦初紹介。

「令嬢キティー」（Lady Kitty 1873）はユーモア怪談で、小生意気な少女幽霊の憎めない魅力が微笑ましく、皮肉味のある落ちも利いた佳品。

令嬢キティーが住み憑く邸のあるリヴァプール・ロードはシティ・オヴ・ロンドンの北に位置するイズリントン地区を南北に走る通り。また後半登場するリカルヴァー公爵の邸宅はセント・ジェイムズ宮殿の裏手に位置する設定で、バッキンガム宮殿にもほど近いところと思われる。

ここに述べる世にも珍奇な物語は、このうえないほどに平凡な、そんなことなどとてもありそうにない場所で起こったことに基づく。蓋し幽霊は古い建物や寂しい土地にとり憑くものだ。グレイ法曹院（カムデン地区にある法曹院＝法廷弁護士養成・認定施設）やテンプル（シティ・オヴ・ロンドン地区内の法曹街）は好例で、あの界隈ではぼく自身夜中にそうしたものをしばしば目撃した。神秘的な世界のあり方についてごくわずかな知識しか持たないわれわれが想像できるかぎりにおいてさえ、それは自然なことであり予期されることだろう。しかしイズリントン地区（シティ・オヴ・ロンドン地区の北に隣接する地区）リヴァプール・ロードで超自然的な出来事がありうるなどとは、何人も一瞬たりとて思い及ばないのではないか。

以下はこの話の女性主人公その人の許諾を受けて記すものである――こうして書いている原稿を、彼女は今この時点で読み進めている。超自然的世界の情報において価値ある寄与となるであろうこの興味深い体験を、ぼくが一般読者に巧く伝えられるかどうか見きわめるために。

「前置きはそのくらいでいいでしょう。早く本題に入ってちょうだい」

今のは女性主人公からの口出しである。

ぼくは素直に従う。独身者だったころのぼくは、ひどく貧しい男だった。貧しかったがゆえに、今からちょうど二年半前、リヴァプール・ロード沿いのある小さな家を借りられたときはとても嬉しかった。家賃があまり高まらない界隈であることが幸いした。二分割式（セミデタッチト）の邸宅（ヴィラ）だが、実際は舎宅（コテージ）と呼びうる程度の小ぢんまりとした建物で、邸宅と称しているのは単に面目のためと思われる。とにかく賃借料が安かったし、家具はすでに持っているものを持ちこむだけで充分だった。一階はほぼひとつの部屋が占め、奥に台所があるだけだ。二階には寝室がふたつ。通いの家政婦として雇った高齢の婦人は毎朝八時にやってきて、清潔の女神ヒュギエイア（ギリシア神話中の健康の女神）に充分なだけの生贄（いけにえ）を捧げる務めを果たし――ちなみに、まったく奇妙なことにジョン・ランプリエール（十八―十九世紀英国の古典学者。ローレンス・ノーフォーク作『ジョン・ランプリエールの辞書』の主人公に擬せられていることで知られる）の著作には清潔の女神が一度も出てこない！――それが済むとできるかぎりすばやく帰っていく。個人的には若くて容姿のいい女性使用人を選びたいところだが、現実的には老齢で見た目のよからぬ婦人のほうが安い賃金で済むし、陰（かげ）で主人の悪口を吹聴したりする可能性も低いのではないかと考えた。

「前置きはもういいと言ったでしょう！」ぼくの肩の背後で主人公がまた窘（たしな）める。「早く物語をはじめなさい。わたしが登場しないうちに、ひと晩がすぎてしまうじゃないの」

　椅子を十あまり、テーブルをふたつ、ベッドをひとつ、浴槽をひとつ、そのほか少しだけの家具を新居に送り届けると、ぼくは勤め先の銀行をあとにした。銀行の重役たちは感謝の念も気前のよさもない専制的な独裁主義者どもで、ぼくのような想像力に富んだ行員に年間百二十ポンドの給与しか払わない！　午前九時から午後五時までこき使っておきながら。仕事に使ったその同じペンで、「家伝の茶器」と題する詩を書いた才能あるこのぼくをだ。休日に教会に行くだけの貧しかったある年の秋に二週間ほどで書いた詩で、それ以外のときは勤務先のために一年じゅう精励刻苦し、年末にはたいへんな稼ぎ高をあげた。しかもそれは給与が年百五十ポンドにあがるまで結婚はしないという、半ば自虐的な誓いを立ててのうえの結果なのだ！

息苦しいほどの群衆
大いなる過ち(あやま)――

歴史上の多くの偉大な詩人たちがそうだったように、ぼくも自分の才能が開花するときを待ちつづけた。

「もしいつまでも本題に入らなくて、わたしをなかなか登場させないなら、あなたが心配するようなことをやって、ひと晩じゅう眠れなくしてあげてもいいのよ。ほんとにわがままな人なんだから！　そういう人って、いつも自分のくだらない不運を嘆いてばかりいるものよね。そんなつまらない話、だれが読みたがるというの！」

それこそまさにぼく自身不満に思うところだ。こうした前置きを人が読みたがらないというのは。その手の読者はぼくの給与があがる力になってはくれない。ぼくの詩を読むこともなく――このうえなく美しい作品も含まれているというのに――詩人として評価してくれるような人たちではない。

それは去年の夏のある暖かい宵、件（くだん）の新居に住みはじめた当夜のことだった。たしか七月六日、土曜日だったと思う。寒暖計が終日華氏八十四度（摂氏約二十九度）を割らない暑さで、寝室にベッドをあげたり居間に絨毯を敷いたりするのはたいへんな労苦だった。例の高齢な家政婦が手伝ってはくれたが、しょっちゅうぜいぜい息を切らしては椅子で休んでばかりいる始末で、ぼくは閉口しどおしだった。開いた窓のそばでパイプ煙草を吹かしたあと、台所に置いた飲みかけのビール樽から一パイントだけ所望しようと考えた。窓にブラインドをおろし、角灯（ランプ）に火を点（とも）すと、それを持って台所へ向かった。

家のなかはまだなにもかもちゃんとしてはいなかった。台所ぐらいはちゃんとしておいてくれと高齢の家政婦に言っておいたのだが、テーブルに置いた薬缶（やかん）や鍋をそのままにして帰ってしまったあとだった。ビール樽のそばの床に砂が少し散らかっていた。暖炉を修繕した業者が落としていったものだろう。そういうものを掃いて捨てるのも家政婦の仕事だとは、わが老婦人は考えもしないらしい。ぼくはその砂を見るともなく見やったあと、角灯をわきに置いてビールにありついた。角灯をふたたびとりあげたとき、砂の表面に足跡がふたつついているのが目に入り、おやと思った――大きさや指のようすからして子供の足とおぼしい。ふたつ横並びになっていることからして、足の持ち主はそこにいっとき立ちつくしていたものと思われる。じつに奇妙だ。ついさっき初めて砂を目にしたとき、そんな足跡はなかったはずだ。さらに奇妙なのは、見ているうちに三つめの足跡が砂の上に現われたのだ。まさに目の前で。ちょうど砂が途切れかけるあたりだ。そんな不思議な光景を目撃して思わずゾッとしたとしても、勇気がないと誹られることはなかろうと思う。われ知らずビールのグラスをとり落とし——そのときビールが角灯にかかって火が消えた——ギャッと悲鳴をあげるや、狭い庭園へと逃げだしたが、その先への逃走は塀に阻まれた。もし塀がなかったら、こんにちただいまにいたるまで逃げつづけていたかもしれない。煉瓦の塀に足止めされると、何者かが追ってきてはいないかと振り返った。そういう追い詰められた状況になれば兎でも——いや芋虫ですら振り返るしかないだろう。どこにも逃げ場がないとなれば。きわめて感受性の強い詩人であるこのぼくが、高さ六フィートの塀によって逃げるのを阻まれたとなれば。頬を青褪めさせ、目をぎらつかせて、その場に立ちつくした。だれもいないではないか！　人っ子一人！　狭い庭園の端に板造りのベンチが置かれている。庭園と呼んだが、家主に倣ってそう呼んでいるにすぎない。奥行き六ヤード程度の、草も花も木もない庭園擬きにすぎない。苔や黴以外の生きた植物はなにも生えていない。それでも植物があるにはちがいないから、家主は庭園と呼ぶのだろう。ぼくはベンチにどっと腰をおろし、顔の汗をぬぐった。砂の上に子供のものらしい二歩分の足跡がまず見えた、爪先から踵にいたるまで。そのすぐあと、見ているうちに三歩めまで現われたのだ。あれはいったいなんなのか？

　ロビンソン・クルーソーがいちばん怖がった体験は、裸足の足跡をひとつだけ見つけたことだった——仮にその足跡の主が民話『ジャックの豆の木』のジャックか、あるいは七里靴（ヨーロッパ各地の民話中の魔法の靴）を履いただれかだったとしても、ぼくが目撃したものに比べれば蚤に喰われた程度の体験にすぎない。足跡ひとつだけならだれでも見るかもしれない——それを思いだすだけでも身震いするのだが——ちらりとかいま見るぐらいなら。しかし足跡がふたつ、さらに三つめが目前で現われたとあっては！　ロビンソン・クルーソーでさえいちばんたいへんなときに足跡をひとつ見つけただけで震えあがったというのに。これはいったいなにを意味するのか？

ぼくはベンチに座したまま、どうすべきか三十分ほども考えあぐねていたように思う。もし逃げるとすれば、家のなかに駆け戻って玄関から逃げるしかない。少なくともその道筋は可能だが、しかしなんという怖い道筋か！　あるいはいっそ塀を乗り越え、隣家を抜けて逃げる手もあるが、泥棒と見なされて捕まるかもしれない。泥棒になるよりは幽霊と遭遇するほうがまだましか。そこで、いつかの経験を思いだして気持ちを強く持つべく努めはじめた。というのは、かつてある月の夜に不意に目覚め、一人の女性がこちらに向かって手を振っている姿を見たことがあるのだ。そのあと三十分ほども横たわったまま息苦しさがつづき、たまらずベッドから抜けだしてみると、壁に女性の衣裳がかかっているのが目に入った——伯母の衣裳だった。またある夏の夜——これはもっと怖かった——『幽霊スミットン』（十九世紀英国の弁護士・作家サミュエル・ウォーレン作の小説）をベッドで読んでいたら不意に燭台の明かりが消え、それとともになにやら黒いものが窓を叩く音が聞こえた——ゆっくりと慎重に規則的に叩いているふうで、そのときの戦慄は明らかに前の場合をうわまわった。一、二時間も音がつづいているうちにどうにか気持ちを強く持って目を凝らすと、大きな甲虫（かぶとむし）が窓をつついているのだとわかった。

だがそのどちらの場合も、ここで述べている出来事に見合うほどの驚きではなかった。

この状況の恐ろしさは比類ない。角灯が消え、黄燐マッチがどこにあるかもわからない暗い家に独りきりで、しかも蠟燭があるはずの部屋にはあの足跡がついているのだから。砂についた裸足の足跡の記憶が消えようとしない！　このうえは歯を食いしばり、危険に立ち向かうしかない。気力のすべてを振り絞って立ちあがり、家のなかへと引き返していった。神経を極度の緊張に引き絞られつつ、台所に入った。幸いマッチと蠟燭が見つかり、点灯した蠟燭を燭台に立てて手に持つと、まずはビールで気勢をつけてから、散らかっている砂を今一度見やった。すると、こんどは足跡が五つできていた！　もうそれ以上とどまって見つづける気にはなれず、燭台とビールを携えて家の正面側へと急ぎ、居間に駆けこんだ。そして安楽椅子に身を投げだし、安堵と恐怖とに同時に浸った。するとそのとき、暖炉前の絨毯の上で寝ていた愛犬が不意に目覚め、恐れおののくような鳴き声を洩らした。

「ちょっと、なんとかしてちょうだいよ！」突然聞こえたその声は、少女めいたひどく陽気な調子だった。「わたしはこの家で犬を飼いたくなんてないんですからね。犬って好きじゃないの。だからここでわたしと一緒に暮らすつもりなら、まず〈彼〉を追いだすことね。もしそれが嫌だというのなら、そのわけをすぐに見抜いてあげるわ」

「お、おまえは」と、ぼくはつっかいがちに言いだした。「だ、だれだ？　どこにいる？」

「わたしがどこにいるのかという疑問に答えるなら、あなたのテーブルの前の椅子にかけているわ」たしかにテーブルに向かって犬が吠えている。「でもわたしがだれかという疑問は、それとはまったく別問題よ。まだあまり答えたくはないわね」

「個人的なことを訊いて悪かったかもしれないが――姿の見えない訪問者には、そう訊くしかないだろう」

「そうかもしれないわね」と少女の声は言った。「でも、姿は見えないままになるでしょうね」

「おまえは――き、きみは――この邸と関係があるのか？　名前ぐらい教えてくれないか」

「関係があるのかという質問が、ここに住んでるのかという意味なら、今はそうとは言えないわね。でもここに住むことにはなっているのよ。それから、わたしの名前はキティーよ」

「住むことになってるって、どういう意味なんだ？」

「わたしが初めて学校に行ったときまず教えられたのは、先生に質問をしちゃだめってことだったわ。それでもかまわず質問したら、ほっぺをぶたれちゃったの。こんなふうにね――」

読者は海で沖まで泳いだとき、海月(くらげ)に頬を刺されたことがあるだろうか？　海月というのは触れたかどうかもわからないうちに、チクッと刺された痛みを感じるものだ。このとき感じた衝撃はまさにそんなふうだった。たしかに頬をぶたれた痛みを感じたのに、その原因がまるで特定できない。頬をぶった相手が見えないのだから当然だ。ただ奇妙なことには、肉体的な痛みを感じたおかげで、崩れそうだった精神状態がいくらか安定した。どんな危害を加えてくるかわからない相手と遭遇したとき、ひとたび危害を加えられると、わけがわからなかった超自然的な相手のことが少しだけ理解できるためか、不安がいくらか和らぐのだ。どうやらこの幽霊は若くて気むずかしくて、しかもかなり短気らしい。生きている人間の頬を叩くことができた〈彼女〉は、ほかにもなにかやれるのだろうか？

「それでもぼくは質問するしかないね。こんなに不思議な、説明のつかない状況に出くわしちまったんだから」

「不思議でもなんでもないわ」

「きみにはそうだろうが――ぼくには不思議以外のなにものでもない」

「仕方のない人ね。わたしは継母のせいでこの邸に残されたのよ。それで、あと三週間はここにいなきゃならないというわけなの――あなたと一緒にね」

「それじゃ、せめて姿を見せてくれないかな？」

「こうやって対等に話せているんだから、それでいいと思うんだけれど」

「対等じゃないね。こっちは状況がまるでわかっていないんだ」

「気にすることはないわよ。あなたはそのままでいいの」

「まったく自分勝手だな。状況がわからなきゃどうしようもないじゃないか」

「わたしは継母のせいで、外に出る手段をすべて封じられたの。それでここにいるしかないというわけ。でも今は気にしていないわ。ねえ、なにかやって楽しませてくれない？　わたしは暖炉の上の棚に坐って眺めているから」

〈彼女〉のあまりに気やすい言いぐさに、ぼくは腹立たしくなってきた。

「あなたがこの邸に越してきてくれて、わたしとても嬉しいのよ。ずっと寂しい日々をすごしていたから――閉じこめられてからの二週間はね。さあ、なにかやってみせてよ――たとえば、唄うとか踊るとか」

「それじゃ、ぼくの作った詩を朗読してやろうか？」

「詩ですって？──くだらないわ！　昔サミュエル・ジョンソン（十八世紀英国の詩人・文献学者）をよく読んでもらったけど、いつもすぐ寝ちゃったわ。それより歌がいいわね」

ぼくは唄いはじめたが、人前で唄うときいつもそうであるように、三小節めでもうやめてと言われてしまった。

「こんどは踊ってよ──わたしと一緒に」

踊りはできないと断ったが、無駄だった。〈彼女〉によって椅子から立ちあがるのを余儀なくされ、四、五十分にわたって一緒に踊らされた。ようやく解放されたときには、これまで出会ったことがないほどなにをやってもだめな人と言われてしまった。やっとテーブルの椅子に戻り、どっとへたりこんだ。午後十一時になっていた。

「パイプを喫ってもいいかな？」

「だめよ。紳士は女性の前では煙草なんて喫わないの。臭いが嫌いだしね。どうしてもというなら、嚙み煙草にすることね」

「嚙み煙草は好きじゃない」

「それは悪かったわね。でも喫煙という趣味を認める気にはなれないのよ。だからわたしがここにいるこの先の三週間は、もし喫いたくなったら庭に出てやってほしいの。そうしないと、ごくわずかしか眠れなくしちゃうわよ。わたしは生きている人間といくらでも長く話していられるんですからね――そのせいで自分が居心地悪くならないかぎり」たしかに〈彼女〉はさらに話しつづけた。「でも、人と話しているあいだも自分の姿を見せることができないように仕向けられているのよ、ある人によってね。だからわたし、成長しているあいだその人を決して許すつもりがないの」

「きみは今も成長してる、ってことか？」

「よく変なことを言う人よね！　幽霊だからって、いつまでも子供のままだと思ってるの？　変なことを訊き返して、話の邪魔をしないでちょうだい。姿を見せられないというのは言ったとおりだけど、触れればここにいることがわかるはずよ――もう気づいてるでしょうけど。わたしにひと晩じゅう体を抓られたら、きっと絶対眠れないと想像がつくでしょ？」

「体を抓られたくないのよりもまず」とぼくは言い返した。「幽霊が紳士のいる居間に勝手に入ってくるのはやめてほしかったね」

「そうなの？　そう考えるのは無知だからよ。幽霊はどこにでも行くものよ、壁があろうとなにがあろうと、通り抜けた跡ひとつ残さずにね。でもわたしにはわかるの、あなたはもうこれ以上わたしを苛立たせない人だって。だから、ここにいるあいだはきっといい友だちでいられるはずと思ってるの。さあ、そろそろ楽しませるなにかをはじめてほしいものね。あなたがお仕事に出かけているあいだは、自分でなんとか楽しむしかなくなるんですもの。夕方お仕事から帰ったら、本を読んでくれたり、会話をしてくれたりするでしょうけど――歌以外のいろんなことをね。そして午後十一時になったら、あなたは庭に出て煙草を喫えばいいの。今ちょうど十一時ね。大好きな煙草を楽しむといいわ。そのあとはこっそり寝室にあがって眠るといいでしょう。但し寝室に入る前に靴を脱いで、決して足音をさせないようにね。というのは、先に寝室に入っているわたしの寝つきがとてもいいからよ。それじゃ、おやすみの握手をしましょう」

さしだされた〈彼女〉の手が、ぼくの目に見えた——白くて冷たくて、小さく細く繊細な手だった。見えるのは手首から先だけで、その向こうは消えている。ぼくは束の間握手するあいだに、指をできるだけのばして、腕があるはずの見えない部分に触れようと試みた。その瞬間、頬に強烈な一撃を受けた。さっきの一発めよりも強い力だ。

「よくそんなことをするわね！」〈彼女〉が怒鳴る。「こんどやったら、永久に敵同士よ！」

ぼくはぎこちなく詫びを言い、そそくさと庭園に出ていった。犬はまだ庭園にいて、用心するようにぼくをまわりこんだが、怪しいものがいないとわかると、跳びついてきて手首を舐めた。だが依然として邸のなかには入ろうとしなかった。

翌朝、〈彼女〉はいなくなっていた。物音もせず気配もなく、邸内にいるのはぼくと老家政婦だけだ。あとは庭園にいる犬のみ。恐れと期待と好奇心が綯い交ぜとなった奇妙な気分のまま、勤めのため街へ出かけていった。ひとつだけ誓ったことがある——だれにも言うまいということだ。この貴重な体験を、銀行の同僚たちなどに洩らしてはならない。

単調で疲れるだけの仕事を九時から五時までやって——昼食休みの三十分は除外できるとしても——それが済むと、できるかぎりの速い足どりでリヴァプール・ロードへの帰途を急いだ。

邸に着くと、物音はしなかった。余所者が入っている気配は微塵もない。口笛を吹いて犬を呼んだ。が、犬は相変わらず外にいて、玄関口から物欲しそうに邸内を覗きこむだけで、すぐこそこそと逃げてしまう。お茶を淹れて飲むころには、やはりすべて混乱した夢だったのではないかと考えはじめていた。

時計が午後七時を打った。

「こんばんは」と、いきなり声が言った。あまりの唐突さに、もう少しで椅子から転げ落ちるところだった。「よくくつろげたかしら？　お茶もたくさん飲めた？　あなたが充分休息しないうちは邪魔しないようにしようと思ってたの。じゃ、そろそろお話をはじめましょうか」

つまり、〈彼女〉が語りたいという意味だ。あんのじょういつ果てるとも知れず語りつづけ、結局四時間にも及んだ。これまでどんなことを見聞きしてきたか、生前の人生がどんなものだったか。現在の〈彼女〉の状態については奇妙にも語りたがらないようすだったが、それなりに満足しているらしいことは感じとれた。そしていずれ庇護下から解放されたなら、もっと満足できるはずと期待していることも。

「わたしがどこから来たかというと」と〈彼女〉は言った――まるで移民であるかのような奇妙な言い方だが、しかしその意味するところは明らかだ。「およそ百年前の時代からなの。もう少し前だったかもしれないけれど。とにかく、そのときは十歳で、今は十五歳になっているの。つまり生きている人たちの五パーセントの速さでしか成長しないのね。そういう成長が認められているのは、二十一歳になるまでのことなの。そのあとは成長が止まってしまうのよ」

「ああ、なるほどね」とぼくは返した。

「なにが『なるほどね』よ。なにもわかっていないくせにごまかさないで。あなたにこんなことまで打ち明けるのは、身分のちがいにふさわしくないことなんですからね。というのは、わたしの父が公爵だからよ――先々代リカルヴァー公爵（架空の公爵家と思われる）といって、わたしはその令嬢のキティー・リカルヴァーというの。あなたもこの家名ぐらいは知ってるんじゃない？」

ぼくは偽りのうなずきを返した。そんな名前はまったく知らない。

「父は大臣だったけれど、いろんなことを考えあわせると、あまり賢い人ではなかったようなの。もちろん、代々つづいた家系を継ぐだけの器量はあったんでしょうけどね。でも一般的な考え方からすると、どうも名君とは言えないわね――なによりも、わたしの実の母が家を捨てて出ていったあと、継母になる人と再婚したのがその証拠よ。あんな人を先々代リカルヴァー公爵二代夫人に選ぶなんて、おつむが弱い男だとしか思えないもの」

「ちょっと待ってくれ」とぼくが口を挟んだ。「その称号がどうも奇妙に聞こえるんだがね。先々代とか先々々代とか呼ぶんだとすると、先代が十も二十もつづく呼び方になる場合もあるってことか？」

「ああ、そんなのは大した問題じゃないわよ。もちろん第何代公爵と呼べばいいだけの話だけれどね。たとえばフランスのモンモランシー公爵家なんかはあまりに長くつづいてるから、先々々々代とか呼ぶのはめんどうすぎるわよね。そんなことはともかくとして、その先々代リカルヴァー公爵二代夫人とわたしが一緒に発疹チフスに罹(かか)って死んでしまったの――あるいはなにかほかの病名だったかもしれないけど、それも今は大した問題じゃないわよね。とにかく憶えているのは、死んで幽霊になってからもひどく悩まされたってこと。規則によって死後も継母の庇護下に置かれたからよ。自分の力でいろんなことができるほど成長するまでは、そうするしかなかったの。なにか悪さをやったりしたら、だれもいない邸に何週間も監禁されたりするのよ。ちょうど今のわたしがその状態だというわけ。でも大した悪さじゃなかったのよ、大騒ぎするほどのことじゃないの。でも継母に言わせると、礼儀違反ということになるらしいのね。莫迦(ばか)ばかしい！　わたしは絶対それほどのことじゃないと思ってるわ。でもどんな悪さかは訊かないでちょうだい。生きている人たちに幽霊の世界の生活について詳しく話すのは固く禁じられているの。だからあなたにこんなことまで話したともし知られたら、きつい罰を受けなければならないわ。さあ、こんどはあなたが自分について話してくれる番よ。お金はたくさん持ってるの？　いいえ、そんなことはなさそうね。家柄はいいのかしら？　それもちがうみたいね。といっても、べつにそういうことを気にするわけじゃないの。ほんとにいい家柄なんて、イングランドじゅうでも数えるほどしかないんですからね。血筋が何代つづいてるかなんてことにも、リカルヴァー家の人間は大して重きを置かないの。なにしろわが家はノアの大洪水以前からつづく血筋で、スノードン山（ウェールズの最高峰）の頂上に登って洪水を逃(のが)れたと言われているから、気にしても仕方がないのよね。もちろん史実じゃないでしょうけど、とにかくわが家の年代記ではそう伝えられているの」

「ぼくの家系は、きみが言うところのいい家柄でないのはたしかだ」そういうことを言われると少し気むずかしくなりがちなぼくは、このように切りだした。「父はノーフォークのマドルバラで教区牧師をしていたにすぎないし、伯父は四万ポンドの借金をして事業を起こしたが結局破産を――」

「教区だとか事業だとか、せせこましい考え方ね！」キティー嬢がきつい声でさえぎった。

「あなたの尊敬すべきお父さまが――そのうちわたしたちのために礼拝をしていただきたいものね――もし牧師じゃなくて主教だったら、わたしが感心するとでも思ってるの？　ほんとに莫迦ばかしいわ！　でもあなたのお話をつづけてちょうだい。きっと小説みたいにおもしろいお話になるでしょうからね。そうよ、あなたに小説を読んで楽しませてもらう代わりになりそうね！」

ぼくは自分についてのあらゆることを語り聞かせた。といっても結局のところそれほどたくさんの話にはならなかったが、語っているとわれながら自分のことについての興味が深まっていく気がした。話が終わりに近づいたころになって、年収百二十ポンドで生活する苦しさを延延とつづけると、キティー嬢が突然苛立たしげにさえぎった。

「そこまで長くて退屈な話になるとは想像もしていなかったわ。生活が苦しいのは自分の努力が足りないからだってことがわからないの？　洪水が迫っているときスノードン山の頂上まで登ったわたしの祖先のことを考えてごらんなさいな！　わたし自身はたかだか百年ぐらいの経験しかない小娘にすぎないけれど、それでも洪水がつねに身近に迫ってるってことは理解しているつもりよ。もしあなたが本当に貧しさから抜けだしたいのなら、自分の力で戦っていくしかないんじゃないかしら」

ぼくはかぶりを振った。ロンドンの銀行の事務室にいながらどんな戦いをすればいいのかなど、考えても仕方のないことだ。キティー嬢にそんなことを言っても理解されるはずもなし。

「ところで、あなたは今までに恋愛をしたことはある？」

そう訊かれて気づいたが、なんとも奇妙なことには、ぼくは自分の話をあれほど語りながら、エミリーについてはなぜか省いてしまっていた。おそらく、キティー嬢が聞きたいのはあくまでぼく自身についての話題だけだと思っていたからだ。なんという自惚（うぬぼ）れ！　女性のすべてがそうとはかぎらないが、やはりほかの女性のことは聞きたいものだろう。

仕方なく、エミリーについて打ち明けた。婚約して五年になること、なのに結婚できるとはまだ思えないこと、それでも我慢して待ちつづけてくれる健気（けなげ）さと、そしてだれにも負けない愛らしさを持った女性であること。

「だれにも負けない、ですって！」キティー嬢が声をあげた。「よくもまあ、そんな惚気（のろけ）を言えるものね！　男ってみんなそうよね。女ならだれでも天使だと思ってしまうの。きっと野暮ったい女に決まってるわ！　その人はなにかできるの？　メヌエットは踊れる？　チェンバロは弾（ひ）ける？　刺繍（ししゅう）はできる？」

「い、いや――残念ながらどれもやらないようだね。でもプディングなら作れるよ」

「それはまた！　お役に立ってけっこうね、あなたのような暮らし向きの男性にとっては。でもまさか、だれにも負けないほど愛らしいというのは、〈わたし〉にも負けない、って意味じゃないでしょうね？」

ぼくは敬意を損なわないよう注意しながら、それはなんとも言えないと答えた。まだきみの顔も姿も見ていないのだから、と。

「明かりはそのままにして、ほかに蠟燭をふたつ点してごらんなさい。わたしが見えるようになるはずだから」

ぼくは言われたとおりにした。台所の明かりのほかに蠟燭に火を点けるのは少しもったいない気もしたが、そこにいる〈だれか〉がたしかにすぐ見えてきた——顔を含む頭部と、ふたつの手と、足載せ台に載せているふたつの足が見てとれたが、腕を含む服装に覆われているとおぼしい部分はまるで見えない。とくに裸足の足が可愛らしい。しかし、おお！——どこよりも顔だ！　なんという美しい貌か！　小さく精妙な形の薔薇の蕾にも似た口唇、その下のわずかに先割れした顎、濃い茶褐色の瞳を湛える大きな目、そして長く豊かな黒褐色の髪は波を描きながら背中へと垂れ、見えない服装の向こう側へ隠れるところで途切れている。顔はまだ愛らしい少女のようでもあると同時に、一抹成長した女性らしさもかいま見える。ぼくを見るその表情は、さながら王子パリスを見る女神アフロディーテのようで（ギリシャ神話中の〈パリスの審判〉にちなむ）、その微笑みは意識的な優越さを湛えている——計りがたいほどの気高さを。ぼくは息を呑み、思わず床にひざまずいた。もう少しこのまま見えていてほしいと嘆願した——あとほんの少しでもいいから、と。

「きみほどの美しさではない」そう口に出していた。「エミリーは決してきみには敵わない。ああ、キティーお嬢さま！　きみの生きていた時代の淑女とは、みなそれほど美しかったのか？」

「みんなとはかぎらないけれど、たしかに美しい人はいたわね。たとえばガニングズ家の令嬢はとても美しかったわ——但し化粧のおかげだった、それはもう分厚く塗りたくっていたから！　でもそう言われなければわからなかったでしょうね。それより、わたしの顔を見てそんなふうに言うあなたは、恋人に対して早くも不誠実になっているわよ。あなたのクロエ（古代ギリシアの恋愛物語『ダフニスとクロエ』のヒロイン）はクラリッサ（十八世紀の英国作家サミュエル・リチャードソンの小説『クラリッサ、若き淑女の歴史』の主人公）ほどの美貌ではないのかしら！」

「そうかもしれない」とぼくは返した。「でも、エミリーを愛してることに変わりはない。彼女とは共通の境遇でつながっているんだ。とにかく、姿を見せてくれてお礼を言うよ、キティーお嬢さま。もし見せてもらえなかったら、真の美貌とはなにかを知らないままでいただろう。できるなら、平素どおりのきみを——つまり、きみの境遇にふさわしいにちがいないドレスを着ている姿を、見てみたいな。あっ、待ってくれ、まだ消えないでくれ！」

　意外にも思いやりのある少女だった。丸一時間に及んで視界にとどまりつづけてくれた。自分が画家でないのが残念だ。絵を描けるなら、彼女の座像をスケッチなりともしたいところだ。それでも彼女の顔の輪郭は——もし幽霊の顔に本当に輪郭があるとすればだが——心に深く刻みつけられた。決して忘れられないほど強く。

丸一時間も見つめていたのだから！　しかも、令嬢キティー出現の栄に浴することができたのはそのとき一度きりではなかった。夜ごと彼女の美しい御手に接吻できる誉れを賜り、愛らしい顔を飽かず観賞した。ついにはエセックスの貧しい農家に住むわが愛しいエミリーの顔が、空想のなかで窶れすさんだ顔に変じ果てるまでになった。三週間にわたって毎夜毎夜――一夜ごとになんと短く感じられたことか！――彼女がぼくの狭い部屋で椅子に座してくれたおかげで孤独が極楽に変わり、寂しさが楽しさに転じた。彼女の恩義には報いても報いきれないほどだ。しかもそれだけではない。ある夜彼女が前置きもなしに不意にこんなことを言いだした――

「ねえ、ロデリック」ちなみにこれがぼくの名前だ。なんだか妙な名前だが、生後わずか数ヶ月のときこれをつけられて、まわりに大勢の大人がいたからなにもできず、ずっと後年になるまで厭がることすらできなかった。「ねえ、ロデリック、あなたがずっと気を遣ってくれたり世話をしてくれたおかげで、こうやって閉じこめられているわたしの生活がとても明るいものになったわ。だからこのところ、あなたのためになにかできないかとずっと考えてるの。たぶんいちばんいいのは、あなたとエミリーをできるだけ早く結婚させてあげることじゃないかしら」

「それはまだ無理だ。今のぼくは年収わずか百二十ポンドなんだからね」

「毎晩のようにそう言ってるわよね。いい加減聞き飽きちゃったわ。わたしがもう少し大人になって、幽霊科学者か幽霊考古学者か幽霊発掘者になれたら、どこを掘れば金貨の入った壺が山ほど出てくるか教えてあげて、一気に大金持ちにしてやれるのにね。でも今のわたしはまだ小娘で、金貨入りの壺のことなんてまるで知らないし、知りたいとも思っていないし。だから、その代わりになることをしてあげようと思ってるの」

　ぼくは耳を傾けていた。そして令嬢キティーには本当にぼくのためになることをやれる力があるのかと訝った。

「わたしたち幽霊は、自分がとり憑いている家に幸運が訪れるのを見るのがほんとに嬉しいの。だから、なんていうのかしら、その家に住む人に影響を及ぼすことによってそれを実現しようとするのよね。でもときどきそのせいで却って怖がらせてしまうんだけど、それは結局わたしたちが所詮幽霊でしかないからよ。わかるかしら？」

「なんとなくね」とぼくは答えた。「乏しい経験からするとだけど。それじゃ、もしぼくが本当に幸運な男になりたいと望むなら――」

「でもわたしたち幽霊は、じつはただ思いあがってるだけかもしれないのよ」キティー嬢が鋭くさえぎった。「だから今言おうとしたことは言わないでおいて。あなたは今のとおりのあなたでほんとにいい人なんだから。もしあなたの奥さんになる人が、長たらしくて退屈なだけの話をするご主人の癖を治してくれる人なら、それだけで奥さんはあなたのためにとても役に立つ人だと言えるでしょ。お金をたくさん持ってなんかいなくてもね。それを承知のうえで、敢えてわたしの勧めを聞いてみる？」

　安楽椅子にかけているぼくの目の前でキティー嬢も椅子に座し、若い女性がその姿勢でいればその高さになるだろうとわかる位置に顔だけを浮かべている。彼女の顔しか見えないことにぼくはもうすっかり慣れっこになり、そのほかの部分については考えもしなくなっていた。椅子の背凭れが見える空間に彼女の透明な体があるはずだとたまに気づいて、ふと奇妙な感じを受ける程度だ。ぼんやりした霧か雲のようなものが背凭れをうっすらと隠しているわけではなくて、まったくなにもないのだから。それでも習慣はなんにでも人を慣れっこにさせてしまう。ただぼく想像のなかでのみ彼女は長いドレスを着てそこにいる。貧しいエミリーには着たくてもとても着られないドレスだ。そして小さな両手は見えない体の前で重ねあわせられ、彼女の左右の肘が椅子の肘掛にそれぞれ載せられているのを想像させる。さらに言えば、あの最初の夜以降、顔と両手のみならず両足もためらいなく見せてくれている。

「それじゃ、よく聞いてちょうだい。わたしたち幽霊が自分のとり憑いている家になにかをするのは――いいことであるにせよ悪いことであるにせよ――この世に影響することによって古い血脈を蘇らせるための行為なの。わかるかしら？　それじゃ、古い血脈による影響とは具体的になんなのかを教えましょう。明日から二週間にわたって、『タイムズ』（十八世紀創刊された世界最古の日刊新聞）の広告欄を見てほしいの。するとやがて、リカルヴァー公爵からの求人広告が見つかるはずよ。そしたら見つけ次第すぐ応募するの。現公爵は大学を卒業して間もない若さで、リカルヴァー家の一族と資産をより栄えさせるために多くのことを考えている人なのね。自分を古い時代の封建領主にもひとしい存在にしたいとまで思っているから、仕える人々の利益のためを計らうことにもまったく吝かではないの。でも公爵自身がなんでもかんでも自分独りだけで執り仕切るのはむずかしいから、私設秘書を雇いたいと思っているのね——つまりあなたのような事務的な仕事に長けた人がそれにふさわしいというわけなの。書簡類を書くことにも慣れているでしょうし。すべての時間を仕事に捧げることができて、年齢がちょうど三十歳ぐらいの、あなたこそがぴったりだと思うのよ。ほかにまだなにか言う必要があるかしら？　ああ、そうだわ、あとひとつだけ。今のあなたはリカルヴァー家の偉大な歴史についてあまりにもなにも知らないから、それについては勉強しておいてもらわなければいけないわね。

さて、ロデリック、あなたとはこうしてすっかり親しい友だちになれたけれど、そろそろお別れしなければならないわ。というのは、わたしもついに囚われの状態から解放され、霊界のわが一族の許に帰れることになったからなの。これまですぐ癇癪を起こしたりすることが多くてごめんなさいね。そういう癖があるとは自分でもわかっているんだけれど。あなたがリカルヴァー公爵のところに面接に行くとき、わたしもその場にいられるように努めるわ。そして後推しが必要な場合にはそうするように努めます。ではさようなら」

キティー嬢は立ちあがり——実際には顔だけが浮きあがったのだが——重ねあわせていた両手を離して、こちらへ向かってのばした。ぼくは彼女の両手をとり、唇を触れさせた。かつて見ただれの手よりも愛らしい。彼女の顔に別れの微笑みが浮かんだ。どんな淑やかな令嬢の微笑みよりも麗しい笑顔で、最後にこう言った——

「わたしが生きていた時代には、男性から女性への別れの接吻は唇にしたのよ。あなたにもそうしてほしいものね、もしお厭でなければ」

この誘惑は期待をも遙かにうわまわってぼくを圧倒した。そこで、前へ身を乗りだし、いつもとは大きくちがうやり方で――といってもそれほど大それたことではないが、百と二十歳という彼女がすごす年月から期待される程度の仕方で――彼女の額とそして唇に接吻した。直後に彼女は消え、ぼくは当惑して室内を見まわした。部屋のドアを引っ掻く音が聞こえ、ビクッとした。愛犬が駆けこんできた――客人を迎えているとき彼が部屋に入ってくるのは初めてのことだ。そばに駆けよってくると、客人など初めからいなかったかのようにその場にしゃがみこんだ。

すぐに『貴族名鑑』を買ってきて――古本で八シリング六ペンスかかった――リカルヴァー公爵家の名高い来歴を貪(むさぼ)り読んだ。それから『タイムズ』紙の求人広告に二週間にわたって毎日目を通したが、なかなか成果が得られなかった。ちょうど二週間目の日に――八月十日だった――ようやくつぎのような広告を見つけた――

「私設秘書を求む。年齢三十歳を超えた事務経験に富む紳士が望ましかるべし。書簡類の処理にも慣れ、日々の職務に時間のすべてを費やして奉仕できる人物。一部に執事としての職分も含む。本紙担当Kまで連絡されたし――」

ここまでのぼくの陳述に疑いを懐く読者がいるならば、是非その日の『タイムズ』を閲覧していただきたい。以上に引用した広告がもしそこに見つけられなかった場合は、嘘つきとか大法螺(おおぼら)吹きとかこきおろしてもらってもかまわない。だがたしかにこの広告が載っているのだ!

ぼくはすぐに応募の書状を新聞社に送ると同時に、自分の履歴を証明してくれるべく銀行の上司に依頼状を送った。

月曜日の午後に返信が届いた——

「リカルヴァー公爵閣下は火曜日の午前十一時に、私邸にてロデリック・リー氏と喜んで面談されたい由（よし）」

銀行の上司に臨時休暇を願いでたうえで、リカルヴァー公爵の私邸を訪問した——セント・ジェイムズ宮殿（シティ・オヴ・ウエストミンスター地区にある十六世紀から残る古い宮殿）の裏手に建つ広壮な邸宅だった。緊張に身震いを覚えながら、案内された部屋に恐るおそる入った。すぐに公爵の視線を浴びた——二十三歳ほどの若者で、興味を注ぐ表情を一瞬見せたあと、椅子にかけるよう促した。

「わがリカルヴァー家についてはご存じですか、リーさん？」

「はい、閣下。リカルヴァー公爵家ご一統の系譜に関する知識につきましては、試験にも合格できるほどのつもりでおります」

「それは頼もしい。系譜学にご興味がおありで？」

ぼくはうなずいた。

「それはけっこう。では、その方面の質問をひとつ」

先ほど公爵が初めて口を開いたときから、その背後に愛しきキティー・リカルヴァー嬢の笑顔が見えていた。しかもこのたびは顔だけでなく、全身をあらわにしていた。裾が後方の床まで広がる壮麗なドレスを纏い、公爵の耳もとになにか囁きかけている。公爵は彼女の暗示にかかったかのように、ぼくにこう尋ねた――

「キティー・リカルヴァーという女性について、なにかご存じのことは？」

「その方は閣下の曽大叔母にあたられるご令嬢でいらっしゃいました。一七七二年に、当時の公爵さまの第二代夫人ともども発疹チフスに侵され、ご両名とも亡くなられました。キティーお嬢さまは悲しむべきご最期のときわずか十歳でしたが、すでに豊かな機知と快活さをお示しでした。しかもご一統の系譜のなかでもとりわけの美貌をお持ちでいらっしゃいました」

「なるほど、すばらしい！」と言って公爵は微笑んだ。背後のキティー嬢もうなずきながら微笑み、さらに拍手する仕草まで見せた。

公爵はほかにいくつかの質問を済ませたのち、退出を促した。ぼくが会釈して去ろうとするとき、公爵の背後にいる美しい少女が手で接吻を投げてよこす仕草をした。そして大きくうなずき、歓喜のあまりか笑いながら跳びあがった。すると公爵が去りぎわのぼくを呼び止めた。

「リーさん、もう少しだけよろしいですか。これからあなたのお仕事ぶりについて、お勤めの銀行に問い合わせをしようと思っているところです。これを見てください、六百三十五通の求人応募状の束です。すべてわたしの広告を見て、あらゆる年齢あらゆる立場の人々が応募してくれたものです。これからする問い合わせでもし満足な結果が得られたなら、この束はそっくり屑籠行きとなります」

ぼくは晴れてリカルヴァー公爵の私設秘書兼執事となった。今や公爵家の歴史のあらゆる細部まで、所有地所のあらゆる一隅まで知悉(ちしつ)している。エミリーと結婚して二年がすぎ、幼い一人娘の父親となった。娘は母親エミリーにまったく似ていない。わが妻の瞳は青いが、娘は瞳も髪も茶色だ。公爵の許可を得たうえで、娘をキティーと名づけた。公爵はこれまで知るかぎりだれよりも優しく善良な人物だ。今のぼくは願っても得られないほどの幸福に恵まれている。ひとつだけ残念なのは、キティー嬢の顔をあれからふたたび見るのが叶わずにいることだ。ぼくが独りでいて妻エミリーに聞かれる心配のないごく短い稀(まれ)な折(おり)に、耳もとで囁きかける声が聞こえることがたまにあるだけで。でもそのことは公爵には言わないし、従順な妻エミリーにももちろん言わない――ひと言たりとも洩らせない。おお、麗しきキティーお嬢さま！　神聖なほどに美しく、ぼくのような世俗的な男が愛するにはあまりにもこの世ならぬ存在だと見なしつつも、それでも彼女の姿を心のなかに住まわせ、決して去らないでほしいと願うことが、すばらしい妻エミリーに対する背信になるべからずと念じてやまない。

編者あとがき——魔の都(みやこ)、霊の市(まち)

夏来健次

英国の首都ロンドンを舞台としたヴィクトリア朝（一八三七－一九〇一）の幽霊譚怪奇小説の傑作集成をお届けします。

　イギリスが大英帝国と呼ばれて史上最も輝かしい発展を遂げたこの時代、その中心はやはりロンドンであり、十九世紀末には人口六百万人に達して、ニューヨークをも遙かに凌(しの)ぐ世界最大の都市となりましたが、そんな華々しさとは矛盾するかのように、ロンドンの文芸界で怪奇短篇小説が最も夥(おびただ)しく書かれたのも十九世紀後半であり、シャーロック・ホームズに代表される探偵小説の隆盛や切り裂きジャックに象徴される犯罪文化の爛熟(らんじゅく)と同様に、この時代の昏い側面はロンドンを舞台とする幽霊譚からも汲みとれるように思われます。

　そこで本書では、当時じつはその分野で最も大勢を占めていた現今知られざる怪奇系作家たちの未紹介作品の訳出を主眼として十三篇を選び、そのうち十二篇を本邦初訳作品としました。それぞれの物語にかかわるロンドンのストリートやスクエアが明示されている作品群、また架空の街区や場所不明なものも含め、総じて怪異の跋扈(ばっこ)する魔都の雰囲気を味わっていただけるのではないかと思います。

中心となる作家／作品としては、ミステリー小説の始祖（しそ）の一角と目（もく）される大家ウィルキー・コリンズの比較的知られていない怪奇譚の逸品「ザント夫人と幽霊」（※本書中唯一既訳のある作品）、また本邦初訳作としては、児童文学の才媛イーディス・ネズビットの秀作「黒檀の額縁」、大衆小説の女王メアリ・エリザベス・ブラッドンの力篇「女優の最後の舞台」などを採りあげました。概観するに、男性の悪徳や利己主義のために女性が犠牲となる（おもに三角関係により）展開から幽霊が生みだされる物語が偶然にも三分の一ほどを占めましたが、それもまた現代にまで通じる大都会の習俗性の一端と見ることも興趣かもしれません。

本企画進行中に、『幻想と怪奇14』（新紀元社）にて「ロンドン怪奇小説傑作選」が特集され、本書編者も訳者の一人として参加させていただきましたが、偶然にも同テーマということで大いに刺激を受けました。ともどもに好事家（こうずか）諸賢の書棚を賑わせられれば幸いです。

末筆になりますが、『英国クリスマス幽霊譚傑作集』につづき平戸懐古（ひらどかいこ）氏に訳出協力を仰ぎました。

二十一世紀世界最大の魔都の辺境より、遙か霧の彼方に浮かぶ倫敦（ロンドン）を夢に望みつつ記す。

編者紹介 1954年新潟県生まれ。主な訳書にスティーヴンスン『ジキル博士とハイド氏』、ホジスン『幽霊狩人カーナッキの事件簿』、レノルズ『人狼ヴァグナー』、編書に『英国クリスマス幽霊譚傑作集』、共編書に『吸血鬼ラスヴァン』などがある。

検印
廃止

ロンドン幽霊譚傑作集

2024年2月29日 初版

著 者 W・コリンズ、
E・ネズビット

編 者 夏来健次（なつきけんじ）

発行所 （株）東京創元社
代表者 渋谷健太郎

162-0814/東京都新宿区新小川町1-5
電 話 03・3268・8231-営業部
03・3268・8204-編集部
URL http://www.tsogen.co.jp
DTP 工友会印刷
晩印刷・本間製本

乱丁・落丁本は、ご面倒ですが小社までご送付ください。送料小社負担にてお取替えいたします。

ISBN978-4-488-58408-5 C0197

あまりにも有名な不朽の名作

FRANKENSTEIN◆Mary Shelley

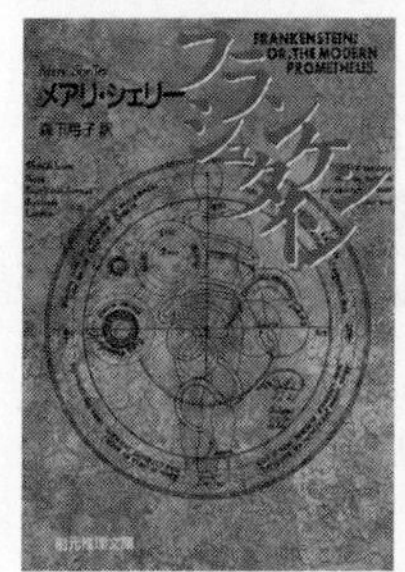

フランケンシュタイン

メアリ・シェリー
森下弓子 訳
創元推理文庫

◆

●柴田元幸氏推薦――「映画もいいが
原作はモンスターの人物造型の深さが圧倒的。
創元推理文庫版は解説も素晴らしい。」

消えかかる蠟燭の薄明かりの下でそれは誕生した。
各器官を寄せ集め、つぎはぎされた体。
血管や筋が透けて見える黄色い皮膚。
そして茶色くうるんだ目。
若き天才科学者フランケンシュタインが
生命の真理を究めて創りあげた物、
それがこの見るもおぞましい怪物だったとは！

巨匠・平井呈一の名訳が光る短編集

A HAUNTED ISLAND and Other Horror Stories

幽霊島

平井呈一怪談翻訳集成

A・ブラックウッド他
平井呈一 訳
創元推理文庫

『吸血鬼ドラキュラ』『怪奇小説傑作集』に代表される西洋怪奇小説の紹介と翻訳、洒脱な語り口のエッセーに至るまで、その多才を以て本邦における怪奇翻訳の礎を築いた巨匠・平井呈一。
名訳として知られるラヴクラフト「アウトサイダー」、ブラックウッド「幽霊島」、ポリドリ「吸血鬼」、ベリスフォード「のど斬り農場」、ワイルド「カンタヴィルの幽霊」等この分野のマスターピースたる13篇に、生田耕作とのゴシック小説対談やエッセー・書評を付して贈る、怪奇小説読者必携の一冊。

世界的ベストセラー
『ジョナサン・ストレンジとミスター・ノレル』
の著者の傑作幻想譚

PIRANESI

ピラネージ

Susanna Clarke

スザンナ・クラーク　原島文世 訳　四六判上製

僕が住んでいるのは、無数の広間がある広大な館。そこには古代彫刻のような像がいくつもあり、激しい潮がたびたび押し寄せては引いていく。この世界にいる人間は僕ともうひとり、他は13人の骸骨たちだけだ……。
過去の記憶を失い、この美しくも奇妙な館に住む「僕」。だが、ある日見知らぬ老人に出会ったことから、「僕」は自分が何者で、なぜこの世界にいるのかに疑問を抱きはじめる。
数々の賞を受賞した『ジョナサン・ストレンジとミスター・ノレル』の著者が、異世界の根源に挑む傑作幻想譚。

THE VAMPYRE
and other classic vampire masterpieces
G・Gバイロン、J・W・ポリドリほか
吸血鬼ラスヴァン
英米古典吸血鬼小説傑作集
夏来健次／平戸懐古 編訳